徳間文庫

雪のなまえ

村山由佳

徳間書店

目次

プロローグ　夢と自由と

少なくとも雪乃《ゆきの》の記憶にある限り、その朝の両親のいさかいは過去最高に深刻だった。べつだん大声でどなりあったとか、つかみあいにまで発展したとかいうわけではない。たぶん、議論に夢中になるあまり、娘が家にいることを忘れてしまっただけだ。

「ねえ、航《こう》ちゃん。ものごとって、あなたが考えるほど簡単じゃないんだよ」

母親の英理子《えりこ》が、諭《さと》すように言う。父の航介《こうすけ》ともどもダイニングにいるらしい。

少し遅く起きた雪乃は、パジャマ姿のまま洗面所へ行く途中、廊下で両親の会話を聞く羽目になってしまった。

「ね、わかってる？　あの子の中学受験まで、あと一年ちょっとしかないってこと」

「わかってるよ。俺だって自分の娘の年ぐらいちゃんと……」

「だったらどうして？　こんな時期に学校を変わったりしたら、ますます勉強が遅れちゃうじゃない」

いっぺんに目がさえた。

学校を変わる？　いったい何の話だろう。

「そんな大事なことを、いつもの思いつきで言わないでよ。あの子のこの先の人生、あなたがぜんぶ責任とってやれるわけ？」

島谷家《しまたにけ》は三人家族だが、厳然としたヒエラルキーがあって、そのトップに君臨するのは英理子だ。航介の主張は、たいてい右から左へ聞き流され、まともに取り合ってもらえないことも多い。

しかたがない。誰が聞いたって、それこそ五年生の雪乃が聞いたって、英理子の意見はいつも正しい。あらゆる可能性を熟慮《じゅくりょ》した上で導き出された答えを理路整然《りろせいぜん》と述べられたら、つけいる隙《すき》などない。

英理子に比べて航介のほうは、何ごとによらず、深く考えるより先に直感と感情で（つまり思いつきと気分で）ものを言ってしまう性格だ。そのぶん、足りないところを妻に指摘されたらしょんぼり引き下がるしかなくなる。

雪乃はといえば、そういう父親を、しょうがないなあと思いながらも深いところで受け容れていた。やたらと単純で、やたらとお人よしで、そのせいで家族が迷惑を被《こうむ》ることは多々あるけれど、大好きだからぜんぶ許せる。

（きっとお母さんも同じなんだろうな）

けんかをしていない時は、二人ともよく笑うし、けっこういちゃいちゃしている。なんだかんだいって夫婦仲はいいのだ。

それでもこの日ばかりは特別だった。航介はなかなか引き下がらず、英理子の受け答えはどんどん尖《とが》っていった。

「転校なんかして、いきなり受験勉強に集中しろって言ったって無理だよ。結局、苦労するのはあの子なんだよ？　どうしてそれがわからないかな」

「いや、そうは言うけどさ」

航介がなだめる。

「そういうのみんな、人生の価値をどこに見いだすかによって変わっちゃうことじゃないの？　勉強ガリガリやって、いわゆるイイ学校へ進むのって、改めて考えたらそんなに大事なことかなあ」

最近お腹《なか》のまわりが太くなってきたせいもあって、航介の声は豊かに響く。これまで広告代理店の営業マンとして仕事をしてきた間、恰幅《かっぷく》のよさや説得力のある声は強い武器になってきたはずだが、いかんせん妻には通用しない。

「なに言ってんの、大事に決まってるでしょう」

英理子はあきれたように言った。

「私を見ればわかるでしょ。偏屈《へんくつ》な作家先生からどれだけ苦労して原稿取って来ようが、何十万部超えのベストセラーを出そうが、うちの会社では正社員にはなれないんだよ？　ただ大学を出てないっていうだけで。それがどんなに悔しいことか……」

誰より有能な妻の苦悩は、航介にもよくわかっている。じんわりと方向転換を図《はか》った。

「そうだね、うん。確かにそういう側面はあるかもしれない。だけど、もし中学受験を見送ったとして、それだけで将来を棒に振るみたいな考えはどうかと思うけどな。それよりも、大事なのは今のことだろう。俺は、あんなふうな雪乃を見ちゃいられないんだよ。学校なんてとこ、行きたくないなら行かなくたっていいのに、無理を続けたおかげであんなに痩《や》せちゃってさ」

「本人が自分の意思で頑張ろうとしてたんだから、いいじゃない、いいことじゃない。いじめられてるのだって、あの子が悪いわけじゃないんだから。自分が悪くもないのに逃げてしまったら、この先もずっと逃げ癖《ぐせ》がついちゃうでしょ」

逃げ癖。なんだか、こわい言葉だ。

雪乃は、パジャマの胸のあたりを握《にぎ》りしめた。むき出しのくるぶしが薄ら寒い。

「いや、いいんじゃないの、今はそれで。っていうか、つらいことからは逃げちゃっていいでしょ」

断固とした口調で航介が言う。

「だいじな娘がまわりの理不尽な圧力に押しつぶされるところなんか、俺は見たくないよ。英理子はそうじゃないの？　いったいきみは、娘にどこまで多くを望むつもりなんだ？」

（あ、だめだよお父さん、そこは地雷）

廊下にいる雪乃が首をすくめるより先に、英理子が、まるで雪の女王のような冷ややかな声で言った。

「ちょっと待って。今、何て言った？」

「あ、いや……」

たちまち航介がしどろもどろになる。

「私があの子に、いやがることを無理にやらせたためしがある？」

「そ、そういうことじゃなくてさ。つまり俺が言いたいのはええと……」

「もしかして、あの子があなたに言ったわけ？　『お母さんの期待が重すぎてつらい』とか」

「まさか。なんでそんな話になるんだよ」

「そうよね、言うわけがないよね、あの子は頑張り屋さんだもの。これまでだって自分の意思で頑張ってきたんだもの」

（どうしよう）

雪乃は、ますます強くパジャマの胸のあたりを握りしめた。自分のことで、両親に言い争いなどしてほしくない。割って入ったほうがいいのだろうか。

「航ちゃんはさ、生きる姿勢がいいかげんなんだよ。無責任なんだよ。今ごろになって、『あんな雪乃を見ちゃいられない』って、じゃあ何、今まで私があの子を平気でただ眺《なが》めてたとでも思ってるわけ？」

「そうは言ってないだろ」

「あの子が学校でどんな思いをしてきたかぐらい、あなたより私のほうがよく知ってる。担任の先生からああだこうだ言われた時だって、忙しすぎるあなたに何にも相談できない間だって、私ひとりでさんざん悩んで考えてきたんだよ。そりゃ、あなたは今の今まで見ないで済ませてきたかもしれないけど、母親の私はそうはいかなかったんだから」

ドアの陰で、雪乃は眉根《まゆね》を寄せた。

（お母さんも、どうしてそんなきつい言い方……。お父さんの立つ瀬がないじゃん）

案の定、父親の声が険《けわ》しくなる。

「きみこそ、ちょっと待ってくれ。俺が、今の今まで見ないで済ませてきたって？　俺だって雪乃のことはずっと気にしてきたよ。その上で、もうこれ以上は目を背けるわけにいかないからこそ言ってるんだろ？　あの子が学校へ行けなくなったのは、言ってみれば精いっぱいの悲鳴なんだよ。それなのに、どうしてお尻を叩こうとする？　そこまで無理させてどうするのさ。いっそのこと学校を移ることも視野に入れて、何なら家族みんなで引っ越しして環境を変えるとか、」

「だからそういう思いつきでものを言うのはやめてったら！」

「思いつきじゃないよ。きっかけは確かに雪乃のことだけど、それだけじゃない。俺たち自身も、このへんでいっぺん、ここから先の人生について真剣に考え直してみるべき時が来てるんじゃないのかな」

「はあ？　なに言ってるの？　私はいつだって真剣に考えてます。イイカゲンで考えなしなのはあなただ……け……」

英理子が、ぎょっとなって口をつぐむ。

その様子を見て、航介もふり返る。

雪乃は、二人の視線を浴びながらダイニングに入っていくと、テーブルをはさんで向かい合っている両親を順ぐりに見やり、ため息を一つついてみせた。

そうして静かに言った。

「ふたりとも、そろそろ会社行ったら？　遅刻しちゃうよ」

ほうっておいてほしい。

そっとしておいてほしい。

雪乃の思いはそれだけだった。

この秋が終わり、冬が来て春になれば、みんな六年生になる。クラス替えはないにせよ、空気は変わるだろう。たぶん。

たとえそうでなくても、今、いじめの中心になっている女子はとても気分屋だ。きのうまでいじめていた子に飽きたなら、次の標的は無作為に選ばれる。今回はたまたまそれが雪乃だっただけだ。大ごとにせず、じっと耐えてやり過ごしていれば、そのうち風向きも変わるはずなのだ。

けれど母親の英理子は、耐えてやり過ごしたりなどしなかった。クラスの子のお母さんからいじめのことを耳にすると、会社の仕事を片づけるのとまったく同じ有能さで、まず担任の先生に連絡し、分厚くふくらんだスケジュール手帳をにらみながら面会の約束を取りつけ、いざ会ってくると、疲れた顔で雪乃に言ったのだ。

「あの先生、こういうことになるとあんまり頼りにならないね」

雪乃は、悲しくなった。好きな先生を悪く決めつけられるのはいやだった。先生には先生の立場というものがあるのだ。お母さんは自分の娘のことだけ考えていればいいけれど、先生は、クラス全体のことを考えなきゃいけない。

だからこれまで黙っていたのに、と思った。

五月のゴールデンウィークが明けて間もないある日のこと、いきなり潮目が変わったかのようにクラスの女子たちから無視されるようになった。仲の良かった友だちまでが、とばっちりを恐れて離れていった。

つらくなかったわけがない。学校のことを考えるだけで、たちまちおなかが痛くなる。気分が悪くなって道ばたに吐いたこともある。どこか遠くへ逃げてしまえたらどんなにいいかと思った。

ぜんぶ夢でありますように。

ぜんぶ夢でありますように。

目が覚めたら終わっていますように。

夜、ひとり泣きながら目をつぶり、朝になって目を開けては、何ひとつ終わっていないことに絶望した。

それでも、逃げるわけにはいかなかった。自由などどこにもなかった。自分が学校へ行かなくなったりしたら、お母さんは心配してくれるだろうけれど、同時に、きっとがっかりした顔をする。

そんなわけで雪乃は、じめじめする梅雨《つゆ》の間も、夏の炎天下の登校日も、秋の運動会に向けた練習が始まってからも、まるで何ごとも起こっていないかのように顔を上げ、毎朝ことさら元気に「行ってきます」を言って玄関を出た。

学校の正門が見えてきたところで足が前に出なくなり、貧血を起こして顔からアスファルトに倒れこんだのは、九月の終わりのことだ。

それから十日間、家からほとんど一歩も出ていない。両親があんなふうに言い争いをしたくなるのも当たり前だ、と雪乃は思った。

早く学校へ行かないと。

早く学校へ行かないと。

早く学校へ行かないと。

だめだ、息が苦しい。

この時点では雪乃も、もちろん英理子も、まったく予想していなかったのだった。まさか航介が、それから三日もたたないうちに辞表を提出してこようとは。

あまりのことに言葉さえ失っている英理子を前に、航介は満面の笑みで言った。

「さあ、これで自由だ。いよいよ夢を叶えられるぞ」

第一章　新天地

秋景色の山道を、白いワゴン車は登ってゆく。

行く手には木々の枝が大きなひさしのように覆《おお》いかぶさっている。モミジも、ヤマザクラも、ケヤキやナナカマドも、それぞれに色づいて美しい。青空を背景にして色とりどりの葉が陽の光に透けている様子は、まるで天然のステンドグラスのようだ。

道ばたに栗《くり》のイガがたくさん落ちているのを見て、

「じっちゃんちの裏庭の栗も、甘くてうまいんだよなあ。明日にでも一緒に拾うか。革手袋はめてさ」

ハンドルを握る航介が楽しげに言う。

英理子の返事がないので、雪乃は答えをためらった。

今朝早く、東京の家を出た時点では、母娘は後部座席に並んで座っていた。正直なところ雪乃としては、週末にかけての連休を利用した今日から三日間の旅がそれなりに楽しみだったのだけれど、母親が乗り気でないのは伝わってきたから、はしゃぐのはなるべく遠《えん》慮《りょ》していた。

とはいえ、田舎が近づくほどに、気持ちは抑えきれなくなる。高速道路を下りてから最初に立ち寄ったコンビニで、雪乃はとうとう助手席に移った。都会とはがらりと変わった景色を、前の席でじっくり眺めたくなったのだ。

いま走っている道は、しょっちゅうくねくねと折れ曲がる。右に左にそそり立つ斜面が迫ってくるかと思えば、ガードレールに遮られただけの谷底が覗《のぞ》いたりして、ずいぶんとスリリングだ。背筋はゾクゾク、お尻はワギワギする。

隣の運転席をちらりと見やり、

「お父さんって、もしかして運転上手だったりする？」

と訊《き》くと、航介はふっと目尻にしわを寄せて笑った。

「どうかな。今日はきみたちを乗せてるから、かなりの安全運転だけどね」

「今日は、って何よ」後ろで英理子がようやく口をひらいた。「今までは違ったの？　いつでもこれくらい慎重に運転してよね」

航介は首をすくめながら、

「へーい」

と適当な返事をし、雪乃のほうに目配せをよこした。

島谷家の夫婦は、子どもの前でも平気で口論をする。よほど感情にまかせた激しいものでない限り、今は雪乃が聞いているからやめようとか、後でこっそり話そうとか、そういうふうに隠すことはめったにない。両親が言い合うところだけでなく、お互い歩み寄って仲直りをするところまできちんと見せるのも、子どもには大切な教育だから——だそうだ。

雪乃もたいていの場合、両親の言い争いを深刻に受けとめ過ぎることはない。今日にしたって、お母さんてば、あんなこと言って怒ってるみたいだけどほんとはお父さんが毎日会社の車であちこち営業に走り回ってるのが心配なんだよね、と受け取りかけて、それから大事なことを思いだした。

そうだった。先週、父親は会社を辞めたのだった。

〈いや、突然思い立ったわけじゃないんだ〉

あの晩、航介は弁解した。どう弁解するかをかなり考えてきた感じの弁解だった。

〈雪乃の学校でのいろいろがなかったとしても、もうずいぶん前から考えてはいたことなんだよ〉

〈ふうん。いつかいきなり会社を辞めようって？〉

〈それ以前に、自分はいったいこの先の人生をどう生きていくべきなんだろうか、みたいなことをさ〉

〈へーえ〉

英理子の反応は冷たかった。おそろしく怒っているのが、居間のソファで膝《ひざ》を抱えている雪乃にもはっきりと伝わってきた。

〈そんな大事なことを、ほんとうに『ずいぶん前から考えてた』なら、どうして私にはひとことも相談してくれなかったの？　どうせ反対されるだけだとでも思った？〉

〈だって英理子さん、反対するだろ？〉

〈当たり前でしょ〉

〈だよね、うん〉

そう、だから話さなかったんだ、と航介は言った。

〈相談しなかったのは悪かったと思うよ、ほんとに。きみだったら最終的には俺のことをわかってくれると思えばこそ、甘えが出ちゃった部分はあるかもしれない〉

〈で？　会社を辞めて、それでどうしようっていうの？　『この先の人生をどう生きていくべき』か、わかってるんなら教えてよ〉

すると航介は、一つ大きく頷《うなず》いてみせながら言った。

〈人間やっぱり、土を離れて生きていくのって間違ってると思うんだ〉

〈それがさっきの『夢の田舎暮らし』宣言ってわけ？　ずいぶん短絡的じゃない？　そん

な夢があったなんて、これまで聞いたことなかったけど〉

つり上げた眉尻をひくひくさせている英理子に、航介は苦笑いして言った。

〈いや、話したよ、何度か〉

〈いつ〉

〈雪乃がもっと小さかった頃とか、あと、わりと最近も、田舎はいいねって〉

〈うそ。知らない〉

英理子は首を横に振ったが、雪乃は覚えていた。

〈去年の秋にじっちゃんとばっちゃんとこへ行った時、二人で話したじゃないか。こういうとこで子どもを育てられたら最高だよねって〉

そうだ、父親はよくそう言っていた。

〈田んぼや畑を作って、日が暮れるまで泥にまみれて働いて……そういうのって人として最高だよね、ってさ。あの時は、きみだって反対しなかったろ?〉

〈はあ?〉英理子の声が裏返る。〈航ちゃんったら、ばっかじゃないの？　それとこれとは話が別でしょ。あの時のはあくまで一般論としてであって……〉

深くて長いため息をつき、英理子はそれきり口をつぐんでしまったのだった。

ふだんから理解しあい、愛しあっている夫婦というものは難しい。なんでも話しているようでいて、むしろ逆だったりする。黙っていてもきっとわかってくれている、と思いこむせいばかりではない。相手がどういう場面でどんな反応を示すか前もって想像がつくだけに、かえって話さないことや、あらかじめ諦めることも増えてしまうのだ。

ともあれ――いま島谷家の親子三人が向かっているのは、長野と山梨の県境にほど近い町だ。

山麓《さんろく》に広がるその小さな町では、航介の年とった祖父母、雪乃から見ればひいおじいちゃんとひいおばあちゃんが、今もほそぼそと農業を続けている。田舎への移住云々《うんぬん》はまあともかくとして、久しぶりにじっちゃんとばっちゃんの顔を見に行こうじゃないか、ということで、航介はどうにか英理子を連れ出すところにまでこぎつけたのだった。

助手席の窓から景色を眺める合間に、雪乃は時々、サイドミラーに映る後部座席の英理子を観察していた。

隣に誰もいなくても、英理子は座席に深く腰掛け、背筋を伸ばしている。長旅だからといって、雪乃がよくやるみたいにお尻を前にずらしてだらしなく座ったりはしない。何ごとに関してもきちんとしていなくては気の済まない母親が、よくもまあこの父親と一緒になったものだと雪乃は思う。恋って、偉大だ。

頭の回転が速くて、賢くて、心は熱くて、いざという時に頼れる女性。それが、雪乃から見た母親のイメージだ。

でも、

〈ほんとうに頭がいいっていうのは、お父さんのような人のことを言うのよ〉

と、当の母親から言われたことがある。

〈勉強ができるっていうことと、いわゆるＩＱの高さとは、必ずしも直接に結びつくわけじゃないのよね。私はただの勉強家。あなたは、そうね、どっちかっていうとお父さんタイプだと思う。せっかく頭がいいのに好き嫌いが激しくて、通知表を見ても教科ごとの成績が見事にばらばらでしょう〉

五年生になって替わった担任の女の先生は、保護者への連絡事項の欄にこう書いていた。

〈熱中すれば素晴らしい結果を出すこともありますが、興味の薄いことに関しては集中力に欠けるようです〉

広げて読んだ時、英理子は、なんだか自分が責められているような顔をした。かすかなため息を、雪乃は聞き逃さなかった。母親を失望させたのだと思って悲しかった。

〈ねえ、雪乃。あなた、クラスでいじめにあっているってほんと？〉

夏休みが明けてしばらくした頃、突然、そう確かめられた。同じクラスの子のお母さんから聞かされたのだと英理子は言った。

――みんなと一緒になって無視しないと、また自分が仲間はずれにされてしまう。でも、このままじゃ雪乃ちゃんがかわいそう。

雪乃の前にいじめられていたその子は、良心の呵責《かしゃく》に耐えかねてか家で泣いて訴え、その母親がわざわざ電話をしてきたというわけだった。

〈もっと早く打ち明けてくれればよかったのに。お母さん、マミちゃんのママから聞かされるまで全然知らなくて、おろおろしちゃった〉

マミちゃん。広瀬真実子《ひろせまみこ》。雪乃が今、いちばん聞きたくない名前だった。はっきり言って、いじめを始めた子たちの名前以上に。

母親による、学校へのその後の対応を思いだす。あれが〈おろおろ〉の結果だと言うなら、〈てきぱき〉やったらどんなことになっていたんだろう。それとも、〈おろおろ〉させられたからこそ本気を出したということなんだろうか。

雪乃は、サイドミラーから目をそらし、後ろへ流れてゆく景色を眺めた。

紅葉に覆われた山々は、美しくも切ない。まもなく散ってゆく木々に急《せ》きたてられているようで、落ち着かなくなる。

同じ五年生でも、中学受験を目指す友だちは、今日のような休日、のんびり遊んではいないはずだ。雪乃も、ふだんなら土曜の午後から塾へ通っている。学校はともかく塾だけは真面目《まじめ》に通っておかないと、勉強の遅れを取り戻すのはほんとに大変だから、と母親に言われてのことだ。

(こんなことしていて、いいんだろうか)

焦《あせ》りと苛立《いらだ》ちが渦《うず》巻いて、心臓の裏側あたりをざらついた指で撫《な》でられている心地がする。

「お、そろそろ、この先だぞ」

晴れやかな父親の声に、雪乃ははっとなった。

航介がゆっくりとハンドルを切ると、車はトンネルに入った。ごおおお、と音がこもり、オレンジ色の明かりに包まれる。

「ここを抜けたとこの景色がもう、さあ」

「知ってる! 覚えてるよ、あたし」

雪乃は、助手席でせいいっぱい伸びあがった。このトンネルを出たら右カーブになっていて、その先にひろがる眺めといったら——。

「あ、ほらここ……。う、わあー」

知っているのに思わず声がもれた。

ゆるやかに湾曲するカーブの左側が大きな谷になって深く切れ落ち、はるか底には銀色のリボンのようにきらめく川が流れている。ぽっかりと口を開けた巨大なクレーターのような谷の向こう岸に、真っ青に澄《す》みわたる秋空を背景にしてギザギザの岩山がそびえる。

その斜面は今の季節、燃え立つような赤と橙《だいだい》と黄のグラデーションに彩られて照り映えていた。まるで、豪奢《ごうしゃ》なビロードのガウンをまとっているかのようだ。

「すごい、きれい……！　ねえ、ほら見て、お父さん」

「見てるよ」

「もっとちゃんと！」

「それは無理、事故るって」

と航介が笑う。

「じゃあお母さん、ね、見てほら！」

「見てます。きれいね」

落ちつきはらった英理子の声に、雪乃は、口をつぐんだ。

わかっているのに、ついうっかり忘れてはしゃいでしまう。だって、楽しいのだ。こんなふうに一瞬でも学校のことを忘れ、嫌な友達や先生の心配そうな顔など思い浮かべもせずに、ただ目に映る景色を楽しむなんて久しぶりのことなのだ。

雪乃は、自分に言い聞かせた。

〈いじめ〉と言ったって、あんなのはそれほど深刻なものじゃないと思う。どちらかというと、〈きぶん〉だ。クラスの中で権力を握っている女の子の、ただの〈きぶん〉に過ぎない。

自分さえそれを上手にやり過ごして、ふつうの顔で学校に通えたなら、すべて丸く収まる。いきなり田舎暮らしをしようなどという父親の無謀な計画は立ち消えになり、東京で別の仕事を探すことになるだろうし、そうすれば母親もこれまで積み上げてきたキャリアを放りださなくて済み、島谷家はこれからも円満にまわってゆくだろう。

そのためにも自分はこの週末、まるで劇の主役のように、ある〈役〉を演じおおせなくてはならないのだ、と雪乃は思った。すなわち、

〈豊かな自然や動物と触れ合い、久しぶりにひいおじいちゃんやひいおばあちゃんと会ったことで、まるで魔法のように心が軽くなり、お休み明けからまた晴ればれと学校に通えるようになる少女〉

という大役をだ。

雪乃がそのお手本にと考えたのは、ずいぶん前に父親がボックス入りのDVDを買ってきて見せてくれた、『アルプスの少女ハイジ』だった。

藁《わら》の上にシーツを広げただけのベッドなんかに寝たら、雪乃ならまず間違いなくダニに

刺されて身体《からだ》じゅう赤く腫《は》れあがるだろうが、そこはまあ雰囲気だけでかまわない。ひいおじいちゃんのところに白いヤギのユキちゃんはいなかったはずだけれど、それも仕方ない、白っぽい雑種犬のキチに代役を務めてもらおう。

肝腎《かんじん》な点は、ハイジが都会からアルムの山へ戻りたくて病気になったのとは反対に、雪乃は、「田舎も悪くないけどやっぱり都会のほうが好き！」と主張しなくてはいけないことだ。

（なぜって——そうしないと、お母さんが悲しむもの）

英理子がほんとうはどれほど編集の仕事を大切に思っているか、雪乃は身体じゅうでひしひしと感じ取っていた。

車は、峠《とうげ》のいちばん高いところを越え、ヘアピンカーブの続く坂をしばらく下っていった先で有料道路を出た。料金所のブースの中にいたおじさんが、雪乃と視線があった拍子にニコリと笑って手をふってくれたので、雪乃も思わずふり返した。東京ではあんまりないことだな、と思った。

「ここまで来るとほっとするなあ」航介の声が弾む。「ああ、やっと帰ってきたー、って感じがするよ」

後部座席の英理子は何も言わない。

左へ曲がり、小道に入る。こんなに狭いのに、標識には〈国道〉とある。

木々の間を縫って、秋の陽が斜めに射している。ずっと林しかなかった景色の中に、ぽつりぽつりと民家が見え始め、なおも走ると、やがてバイパスに出た。

道も風景も一気にひらける。山は近いのだけれど、その風貌《ふうぼう》が柔らかくなった感じがした。

このあたり一帯も平地ではなく大きな山麓の一部だし、高度もあるから東京よりは気温が低い。が、南斜面だけに陽当たりが良く、土地は肥沃《ひよく》で、耕作に向いている。斜面のあちこちに木組みの棚がしつらえられているのは、ブドウだ。食用の品種もあれば、ワインにするものもある。

雪乃の口の中に、甘酸っぱい唾《つば》がわいてきた。この間の夏休みは塾が忙しくて来られなかったけれど、去年の秋の連休に遊びに来た時は、ブドウをたくさん食べた。それも、家の近くのブドウ畑からもぎたてのものを、いくらでも好きなだけ食べることができたのだ。喉《のど》をのけぞらせて棚の下を歩き回り、ひときわ大きな房《ふさ》を見つけて「これ！」と指さすと、曾祖母《そうそぼ》が目を細めながら、収穫用のハサミでぱちりと切ってくれる。

それを、庭の井戸から汲《く》み上げた水に浸《つ》けて、粒を傷つけないよう、つぶさないよう、気をつけてていねいに洗ううち、雪乃の細い指の先は凍えるほど冷たくなり、同時にブドウの粒も中まで冷やされて、一粒もぎって口に含む頃には、噛《か》みしめる歯の根にしーしーとしみるほどだった。

黒っぽい紫色をした粒の、濃厚な甘酸っぱさ。透きとおったエメラルド色の粒の、華やかでかぐわしい香り。どちらも甲乙《こうおつ》つけがたいほど、芳《かんば》しくておいしい。よそではちょっと味わえない贅沢《ぜいたく》だ。

前に来た時は十月の半ばだったが、今はもう十一月だ。ブドウは終わってしまっているだろうかと思うと、雪乃は残念だった。

航介の運転する車はバイパスをそれ、斜めの脇道へと入っていった。

農協の集荷場をかたわらに眺めやりながら、小さな踏切を渡り、古い山寺の塀沿《へいぞ》いにしばらく走ってゆくと集落が現れる。白いワゴン車はやがて、そのうちの一軒の庭先へと乗り入れた。

広い前庭の奥の方で犬が吠《ほ》えている。キチだ。とても元気そうだ。

騒ぎを聞きつけて、家の中から曾祖母のヨシ江《え》が顔を覗かせた。航介たちを見るとくしゃくしゃに相好《そうごう》を崩し、

「まあまあ、やーっと着いただかい。よくだにー」

玄関の薄暗い土間《どま》で草履《ぞうり》を履《は》いて、陽のあたる前庭まで出てくる。

その足取りを見て、雪乃はどきっとした。去年の秋に会った時に比べて、足の運びがなんだか覚束《おぼつか》なくなっている。身体が先に前へ出てしまって、足のほうは少し遅れるような感じなのだ。

こちらへ来ようと気がはやるからよけいにそうなのだろう。雪乃は、あわてて自分からヨシ江に駆け寄った。

「ヨシばぁば、ただいま」

「はいはい、お帰り。いつ来るかー、いつ来るかーって、朝から首をゾウさんみたいに長くして待っとっただわ」

「ばぁば、ゾウさんの長いのはお鼻でしょ。首ならキリンだよ」

「あっ、そうだわい、そりゃあそうだわい。雪乃はやっぱりかしこいねえ」

ヨシ江は上を向いてころころと笑い、それから、雪乃の顔を両手ではさんでその目を覗き込んだ。

「久しぶりだわい。まーたこんなに大きくなって。どう、元気だっただかい？」

「うん」

雪乃はちょっと嘘《うそ》をついた。

「ヨシばぁばは？」

「ばぁばはこのとおり元気だに。だけんど、爺《じい》やんがねえ」

「茂三《しげぞう》さん、どうかなさったんですか」

と英理子が訊く。

「え、なに、どういうこと？」荷物を土間から運びこもうとしていた航介が、聞きとがめて再び庭先へ出てくる。「じっちゃん、畑とか行ってるだけじゃないの？　どうかしたの？」

「それがねえ」ヨシ江は顔を曇らせた。「今ちょっと、病院へ行ってるだわ」

「どうして？」

親子三人の声がそろった。

「いや、昨日、そこんとこの土間で転びなすってね。そん時、こう、手をついたのがいけなかったんか、手首が腫れちまっただわい。たいしたことはねえって言い張るだけども、さんざん言って聞かして、お隣さんに運転頼んで、やーっとお医者へ行かせたとこ」

ヨシ江は、自分も心配そうに眉尻をさげて言いながら、雪乃に目を戻した。

「ああ、ああ、だいじょぶだに雪ちゃん、そんな顔しなくたって」

また雪乃の頬《ほお》を両手でつつみこみ、やさしくさする。ヨシ江が〈雪乃〉とか〈雪ちゃん〉と呼ぶ声は、両親のものとも誰のものとも違っていて、愛しさがてんこ盛りといった感じだ。そうして呼んでもらうと雪乃はいつも、心の底から安心できる。自分はここにいていいのだと、それどころか自分の存在をこんなにも喜んでくれるひとがこの世にいるのだと思えて、嬉《うれ》しさと晴れがましさに満たされ、とても落ち着く。

でも、いつもだったらそこに曾祖父の茂三も加わってくれるのだ。ヨシ江とはまた違った、少し荒っぽいやさしさで頭をわしわし撫でてくれるのに。

「さあさ、とにかく上がってゆっくりして」

ヨシ江が一緒になって荷物を運ぼうとするのを、英理子が慌てて止める。

「大丈夫ですよ、私たちでやりますから」

「そうかい？　じゃあ、お茶でも淹《い》れようかねえ。たいしたお茶菓子もねえだけど」

「いえいえそんな、おかまいなく……」

「ねえヨシばぁば、野沢菜《のざわな》は？」

横から雪乃が訊くと、ヨシ江は「ええ？」と目を瞠《みは》ってふり返った。沓脱石《くつぬぎいし》から上がりがまちへ、よっこらせ、と掛け声つきで身体を押し上げながら、

「なんとまあ。雪ちゃん、あんた野沢菜なんか好きかい」

「うん、大好き。でも、お土産屋さんとか東京のスーパーで売ってるようなのじゃ駄目なの。ヨシばぁばの漬けたやつが好き」

「ほんとに言ってるだかい。まーた嬉しいことぉ」

ころころと笑い声を響かせ、ヨシ江は身体を左右に揺するように歩いて奥の台所へ行き、冷蔵庫から平たい密閉容器を取り出した。中には、食べやすい長さに切った野沢菜がきちんと詰めてある。

市販のものはもっと鮮やかな緑色をしているが、それに比べるとこちらはいくぶん茶色っぽい。

「こんなんでいいんかい？　けっこう酸っぱいに」

小さな一本を箸《はし》でつまんで、ヨシ江が雪乃の口にひょいと入れてくれる。奥歯でゆっくりと噛みしめた。葉と茎《くき》それぞれの歯触り、しみ出してくる塩辛い酸味と、自然な甘み。懐《なつ》かしいおいしさだ。

「うん、これがいいの」

雪乃が言うと、ヨシ江は目尻を下げて顔をくしゃくしゃにした。

仏壇のある居間には、もう、こたつが出してあった。朝晩はもう冷えるらしい。こたつ板の真ん中にはカゴに盛ったみかんがあり、ヨシ江はそれを畳の上にどけて、個包装の最《も》中《なか》や羊羹《ようかん》などを菓子皿に盛って出してくれた。

最後に、中くらいの皿に盛りつけた野沢菜を運んでくる。湯呑みとともに、めいめいに小さな取り皿が配られた。食事の時と違って、お茶うけとしての野沢菜は、箸でなく爪楊《つまよう》枝《じ》でつついて食べるのが作法なのだ。

「ゆーっくりしてってくれればいいに」

ようやく自分も腰を下ろして、ヨシ江は言った。

こたつの四辺のうち、縁側の日なたを背にして航介、右隣の辺に英理子が座り、その間の角のところに雪乃が座っている。航介の左隣がヨシ江。その左側にはお湯のポット。そして、仏壇のすぐ前の一辺だけは今、空席だ。雪乃が古ぼけた座椅子《ざいす》とぺちゃんこの座布団を見やっていると、ヨシ江が言った。

「で、いつごろまでこっちに居られそうだだ？」

航介が口をひらくより先に、

「あさって、日曜日の午後には失礼しなくちゃならないんです」

英理子が答えた。

「えっ、そんなに早く？　あっという間じゃないかい」

「そうなんですけど……ごめんなさいね。私も航ちゃんも仕事があって」

航介が何か言いたげに口を尖らせるのを、英理子が目顔で黙らせる。

「本当はもっとゆっくりさせて頂きたいんですけど、雪乃も学校や塾がありますし。でも、ちょうど今日来ることができて良かったです。茂三さんのお手伝いも、少しはできますもの」

英理子の微笑《ほほえ》みに無言の圧を感じて、航介や雪乃が黙っていると、何も知らないヨシ江は、うん、うん、と自分を納得させるように頷いた。

「雪ちゃんは勉強を頑張っとるんだもんねえ、えらいねえ。なあに、爺やんの怪我《けが》だってたぶんたいしたことねえだから、手伝いなんか気にしなくっていいだよう。英理子さんもたまにはのーんびり、温泉でも浸かって羽《はね》をのばすといいだわい」

「ああ、温泉いいな。夕方にでもみんなで行こうか」

航介が、どこかほっとしたように言った。大切な話を切りだすのは、主《あるじ》が帰ってからにしたらしい。

雪乃は、野沢菜をいくつかつまみ、熱いお茶をふうふう冷ましながら飲み干すと、親たちの話が途切れるのを待って言った。

「ちょっと外へ行ってきていい？」

「いいけど、遠くへは行くなよ」

「うん。キチの顔見てくるだけ」

ヨシ江が、ちゃんとあったかくしてお行きよ、と言ってくれた。

家のすぐ横にある納屋《なや》が、キチの住まいだ。こちらの足音を聞きつけて、ひん、ひぃん、と甘え声で鳴いている。

「キチ！　久しぶり、元気だった？」

雪乃の姿を見るなり、白い犬はつないである引き綱《つな》をぴんと張り、後ろ足で立ちあがって、両手でおいでおいでをした。しばらく会えずにいても、ちゃんと覚えていてくれる。雪乃は駆け寄り、けものくさいキチの首っ玉に抱きついた。

今でこそ大きさは柴犬と秋田犬の中間くらいだが、五年ほど前の初詣《はつもうで》の帰りがけに拾われた時は、茂三のふところにおさまるくらい小さかったという。抱かれてぷるぷる震えている子犬を見たヨシ江は、この子にも私たちにもこの先いいことがたくさんありますように、との願いをこめて、〈吉〉――キチと名付けたそうだ。

毎日、畑へ出かける茂三に付き合っては、日がな一日そのへんを走り回って過ごす。季節のいい間は納屋で寝起きするけれど、うんと寒くなったら小屋ごと家の土間に入れてもらえる。もちろん、ちゃんと仕事もある。庭先に見慣れないやつが来たら吠え、お腹いっぱい食べたらたっぷり眠る。大仕事だ。

「ねえ、キチ」

雪乃はしゃがんで白い犬を撫でた。

「この家の子になれて、よかったねえ」

ソウナンデス、ソノ通リナンデス、とでも言いたげに、キチが尻尾《しっぽ》を振り回しながら雪乃の頬っぺたや顎《あご》を舐《な》める。

「キチはさ。毎日、楽しい？」

ソリャアモウ、楽シイデス、楽シイデス、と大きな尻尾が揺れる。

「そっか。いいな、うらやましい」

ナンデスカ、ナンデスカ。満面の笑みを浮かべたキチがはっはっと息を吐き、赤い舌をだらりと垂らす。

「だって、キチには悩みとか、ないでしょ。自分で自分のことキライになっちゃうとか、全然ないでしょ」

ナイデスヨ、ナイデスヨ、ボクハボクガ大好キデス、ダッテ僕ハ、イイヤツデス。

顔じゅうをべろべろ舐めまわされ、雪乃はとうとう悲鳴とともに笑いだした。

上着の袖《そで》で顔を拭《ぬぐ》ってから、あ、お母さんにこんなとこ見られたらきっと何か言われちゃうな、と思う。ポケットには皺《しわ》ひとつないハンカチが入っているのだから、ちゃんと井戸で顔を洗ってから拭《ふ》くべきなのだ。

その時、キチの耳がぴんと立った。引き綱をまたぴんと張り、庭先のほうへ鼻面《はなづら》を向けて、わふっ、わふっ、と吠える。

間もなく雪乃の耳にも、近づいてくる車のエンジン音が聞こえてきた。家の前の道でキュッと停まり、それからスライドドアが開く音がする。

キチの頭をひと撫でして、雪乃は駆けだした。庭を横切り、自分の家の車をよけるようにして道へ出てみると、ちょうど、小柄な老人が誰かの助けを借りて黒っぽいワゴン車から降り立ったところだった。

「シゲ爺！」

大声で呼びかける。

どこから声がしたのかとあたりをきょろきょろ見回した茂三が、雪乃の姿を見つけて、おお、と顔をほころばせる。いつもより疲れた様子だ。茂三の右手首に、目を射るほど真っ白な包帯が巻かれているのを見て、雪乃は慌てて走り寄った。

「シゲ爺、大丈夫？」

「ああ、てえしたことはねえだわい。医者がおおげさでなあ」

「そんなことねえよ、もうちっとで折れっちまうとこだったんだから」

車のスライドドアをがらがらと閉めたその頭の薄いおじさんは、お隣の小林 義男《こばやしよしお》さんだった。

「お、雪ちゃん、久しぶり。よく来ただなあ」

「こんにちは、お邪魔してます」

「そっかそっか。茂三さん、いま大変だからな、よーく手伝ってやんな」

「はい」

「いやあ、世話ぁかけちまっただわ」

と茂三が恐縮する。

「なあに、困った時はお互い様だに」

再び運転席に乗り込んで帰ってゆく小林さんを、並んで見送る。お隣と言っても、畑や林を間に挟んで百メートル以上は離れているのだ。

二人して、母屋《おもや》へ続くスロープをゆっくりと上りながら、

「シゲ爺、それ痛くない？　っていうか痛いよね？」

しきりに心配する雪乃に、茂三は苦笑いを返した。

「今はまあ大丈夫だわ。ただな、手首の骨にひびが入っとるんだと。どうりで……」

茂三は言葉を濁《にご》したが、雪乃はそのあとが気がかりだった。どうりで、いつまでたっても痛むはずだ、とか、腫れが引かないはずだ、とか、そういう言葉が続くに違いない。さっき両親に事情を話していた時の、ヨシ江の困ったような顔が思い出される。

「あのね、シゲ爺」

「お？」

茂三が、雪乃を見おろす。見おろすと言っても、目の高さはもうそんなには変わらない。この一年で雪乃の背がまた伸び、茂三のほうは心なしか縮《ちぢ》んだせいだ。何かこう、急きたてられるような心地がして、雪乃はたまらずに言った。

「我慢なんかしちゃだめなんだよ、シゲ爺。怪我とか病気とかした時は、意地張ってちゃだめ。すぐ病院行かなくちゃ。お医者さまに診てもらったほうが早く治るにきまってるんだから、今度からはヨシばぁばの言うこと、ちゃんと聞いてよね。どっか痛いのに無理して我慢したって、そんなの偉くも何ともないんだからね」

茂三は、庭先に立ち尽くし、あっけにとられたように雪乃を見つめている。

心配のあまり、つい物言いが強くなってしまった。父親の航介にだって、めったにこんな口のきき方をしたことはないのに、そのまた父親の父親であるひいおじいちゃんに対して、ちょっと生意気すぎたかもしれない。それでも、ごめんなさい、とは謝りたくなかった。間違ったことは何も言っていないはずなのだ。

目を伏せたまま、また歩き出そうとすると、

「おう、雪乃」

ふり向けば、茂三は、苦笑いのような、照れくさいような、奇妙な顔をしていた。無事なほうの手で自分の顎をつるりと撫でて、

「心配さして悪かっただわ」

雪乃は、首を横に振った。本人だって何も、望んで怪我をしたわけではない。

「なんもかんも雪乃の言う通りだわい。これっぽっちのことも我慢できねえで、男のくせにズクがねえに、って思ったらついつい意地張っちまっただけど、おれがばかだったわい。もう、無理はせんようにするから。雪乃の言う通り、ちゃんと医者にも行くだから、心配すんな。な？」

「……ほんとに？」

「ああ。約束だ」

雪乃が微笑むと、茂三までがほっとした表情を見せた。

キチの吠え声で家長の帰りに気づいた皆が、居間のガラス戸を開けて顔を覗かせる。縁側ごしに込み入った話が始まりそうなのを英理子が冷静に促《うなが》して、茂三は土間から家に上がり、仏壇の前の座椅子に落ちついた。

こたつの残りの一辺がそうして埋まると、部屋に漂う空気まで落ちついた感じがする。

「折れてなくて良かったけど、利《き》き手だけに不自由だろ」航介が言った。「遠慮しないで

頼ってよね、じっちゃん。俺らが手伝えることは何でもするからさ」

雪乃も、一生懸命に頷いてみせた。たった三日間とはいえ、そこは母親の言う通りだ。シゲ爺の大変な時に、ちょうどこちらへ来ていてよかった。

「はあ、情けねえだわい」茂三が、ぽつりとこぼす。「足の先がちょっとばかし引っかかっただけのことで、どうっと転んじまって……それも、敷居《しきい》んとこじゃねえだよ。土間ん中へ入ったとこの、なーんにもねえとこで蹴っつまずいちまうんだもの。はあ、年は取りたかあねえなあ」

「それでも、とっさに手をついただけ、うんとましなほうだに」ヨシ江が慰める。「私なら顔から転んでただわ。打ち所でも悪けりゃあ、今よりか、まっと頭がばかになっちまうだわい」

年寄りだけのふたり暮らしなのだから今後はなおさら気をつけなくては、と神妙な面持ちで頷き合うヨシ江と茂三を見やって、航介が、ふいに居ずまいを正した。

「あのさ。じつは、二人にちょっと話があるんだわ」

「航ちゃん」

英理子が硬い声を出す。

けれど航介は、今度は逆に、妻のほうを目顔で黙らせた。

「話って？　なにしただい、なんかあっただかい」

不安げなヨシ江と、真顔になった茂三を順ぐりに見やって、航介は言った。

「俺……こっちで、農業やろうと思う」

「はあ？」

と、年寄り二人の声が裏返る。

「じつを言うと会社もきっぱり辞めてきたんだ。背水《はいすい》の陣《じん》ってやつ？　というわけで、俺に畑のこと、一から教えてくんないかな」

❄

生まれた時からこの土地で育つと、都会に憧《あこが》れて飛び出していってしまう場合もあるのかもしれないが、雪乃にとっては子どもの頃から夏休みや正月のたびに遊びに来ていた馴《な》染《じ》みのある土地だ。セミや魚を捕ったり、お祭りに行ったり、お年玉をもらったりと、基本的に良い思い出しかない。
父親にしても、まったく縁もゆかりもない土地へよそ者として入っていくよりは、はるかに地域に受け容れてもらいやすいだろう。祖父母の培《つちか》った人脈や信用が後ろ盾となって、
〈あれは誰だ？〉

〈誰々さんちの孫だってよ〉

と、それだけで警戒を解いてもらえる。

とはいえ、ろくに土を触ったこともない人間がいきなり一から農業を始めるのは無茶な話だ。ともに八十を超えた茂三とヨシ江が、それでも細々と続けてきた畑や果樹園を引き継ぐかたちで、自らも少しずつ周囲の信用を得ながら、やがては地域に根を下ろしていきたい。航介はそう力説したのだった。


「それにしたって、いきなりだもの。はあもう、びっくりしたのなんのって」

言いながら、ヨシ江は腰をかがめ、足もとの菜っ葉を引き抜いた。

雪乃がそのそばへ大きなザルを持っていくと、根元をわさわさと振るようにして土を払い落としてから、そっとザルに入れる。緑の色の濃い、名前も知らない菜っ葉だ。

家の裏手の小さな畑だった。遅い午後の陽射しが斜めに射しているために、野菜の影がいちいち細長い。

「航ちゃん……あんたのお父さんは、家でもいっつもあんなふうだだかい?」

次の菜っ葉を抜きながら、ヨシ江が言う。

「あんなふう、って?」

「だから、うーん、何っったらいいだかねえ。急に素《す》っ頓狂《とんきょう》なこと思いつくっていうか、何考えてるかよくわかんねえっていうか……」

「ああ、うん」雪乃は頷いた。「基本、いっつもあんなふうだよ」

ヨシ江は、やれやれと首を振ってため息をついた。

「そうかい。雪ちゃんも英理子さんも、苦労するねえ」

「うん。お母さんは、よくそう言ってる」

「そらぁそうだわい」

ヨシ江が、かん、と気張る。地面から少し飛びだした大根の首をつかんでいるのだが、抜けないらしい。

雪乃は隣にかがみこみ、皺だらけの手の横に自分の手を添えた。一緒になって引っぱる。

「力を入れて、そうっとね」

難しいことをヨシ江は言う。

と、土の下の奥のほうで、ふつ、と掛け金がはずれたように抵抗がなくなった。大根がするりと抜けてくる。乾いた土は払うとすぐに落ち、白さがまぶしく目を射た。

井戸端まで運んでいった野菜を、ヨシ江がかがみ込んで洗う。水が飛び散らないよう、蛇口《じゃぐち》から伸びたホースの先をその手もとへと差し伸べながら、雪乃は言った。

「替わろうか？」

「いやいや、もうあとこれだけだもの」と、ヨシ江が目を細める。「東京より、ずっと寒かろ？　水なんか触って風邪ひいたりしたらコトだに」

「でも、あんまり冷たくないよね」

「そらまあ、井戸水だもの」

「どうして？　夏はあんなに冷たかったのに不思議」

「どうしてって、水道管はほれ、地べたのすぐ下を通ってるでしょう。そんだから、夏の盛りには水がぬるーくなったりもするだわ。だけど井戸水は、地べたのうんと下のほうの地下水を汲み上げてるから、夏にいっくら暑くたって、冬に凍《し》みたって、水温は一年中そんなには変わらね。凍みる時ほど、あったかく感じるだわい」

そうか、そういうことだったのか。雪乃はようやく合点がいった。シゲ爺の家の井戸はじつは温泉じゃないのかと疑ったりしていたけれど、これで謎が解けた。納得のいく答えが見つかるのは、気持ちのいいことだ。このところ胸に抱えているモヤモヤにも、何かこう、すっきりできる答えが見つかるといいのに。

夕飯は、ヨシ江と一緒に作った。

「うちの台所なんかもう、古くって汚ねえから……。雪ちゃんちはきっと、ぴっかぴかの外国みたいなんだらず？　ああ、しょうしぃわい」

言葉のとおり本当に恥ずかしそうに、ヨシ江は頰を両手で押さえる仕草をしたが、雪乃は少しも気にならなかった。

確かに、東京の家のキッチンは美しい。もともとがモダンなデザインで、キャビネットには高級家具みたいな扉が付いているし、おまけに英理子は整理魔だ。調味料はすべて同じシリーズの容器に移した上で並べられ、料理中に出したものはすぐに洗って見えないところに片付けられ、器などはほとんどが白で、収納の際に場所を取らないことを基準に選ばれている。おかげで、突然アポなしのお客様が来たとしても、キッチンを見せられないなんてことは皆無だ。

いっぽう、ヨシ江の台所はといえば、据え置き式ガスコンロの周りには油はねを防ぐアルミの囲いが立ててあるし、流し台のステンレスはすっかり傷だらけで曇っているし、目の高さの棚には、鍋やザルが適当に伏せられて並んでいる。

それなのに、どうしてだろう、不思議と乱雑には見えない。破れを繕《つくろ》われた竹カゴや、本体と蓋《ふた》とが別々の色柄のシチュー鍋も、そんなふうに不完全な部分があることこそがずっとこの台所で活躍してきた証のようで、なんだか羨《うらや》ましくさえ思える。

あの完全無欠な母親のキッチンと比べて、どちらが好きかと言われたら、大きい声では言えないけど曾祖母の台所のほうだと雪乃は思った。この場所は、全部受け容れてくれる。傷のあるものも、どこかが欠けているものも、ほかと違っているものも、全部。完全でないことを、少しも責めない。

「ほーう、このイモやらニンジンは雪乃が剝《む》いただかい。え、剝いただけでなくって、切った？　はああ、そりゃてえしたもんだ」

茂三が、心から感心したように言う。

食卓を囲むほかの皆は豚汁をお椀《わん》からすすっているが、茂三だけはシチュー皿からスプーンで、それも左手ですくって食べている。ごはんも、おかずもそうだ。箸が持てない以上、しばらくはフォークを使うしかない。

「うんめえなあ。ひ孫に作ってもらった飯が食えるなんて夢のようだわい」

「作ってないよ。ただ剝いて、適当に切っただけだよ。味付けはヨシばぁばだし」

「だれぇ、剝いたり切ったりしねえでどうやって食うだ」

「そうだよう。立派に作ったうちにへぇるだに」

と、横からヨシ江も言う。

さぞかし食べにくいはずなのに、茂三は不平を言わず、苛立つそぶりも見せない。

（年を取ったら気が短くなるのはしょうがないって、おばあちゃんは言ってたのにな）

と雪乃は思った。

雪乃が〈おばあちゃん〉と呼んでいるのは、母方の祖母、つまり英理子の母親のことだ。雪乃には、父方・母方あわせて、祖父母といえばそのおばあちゃん一人しかいない。英理子の父は娘の結婚を見届けて亡くなったし、航介の両親は、雪乃が生まれてくるより前に、何十年ぶりかの夫婦旅行に出かけた先で震災に遭って他界している。茂三とヨシ江は、自分たちよりも先に一人息子とその嫁を亡くしてしまったのだ。亡骸《なきがら》が見つかっただけでありがたいと思うしかないと、茂三は言っていた。

近しい誰かと死に別れる、という経験が、雪乃にはまだない。人に寿命がある以上、いつかは巡ってきてしまうことなのだろうけれど、今は考えたくもなかった。できれば永遠に考えたくなかった。

ふだんより時間をかけた夕食が終わり、ヨシ江がお茶を淹れたところで、

「航介」

おもむろに茂三が切りだした。

「さっきの話だがな」

「あ、うん、考えてみてくれた？」

身を乗り出す孫を、ぎろりとにらむ。

「おめえ、あんまし思いつきで適当なことこくでねえぞ」

「いやいや、そんないいかげんなアレじゃないってば」

と、航介が反論する。茂三の真顔に気圧《けお》されてか、たじたじの半笑いだ。

「俺は俺なりに、かなり本気で考えた上で、やっぱ東京に住むよりこっちで農業やりたいなって……」

「〈かなり〉本気ってなぁ何だ。とことん本気とは違うだかい」

「や、だからそれは言葉のアヤで、」

「あのなあ航介。ちっとばかし考ぇ違いをしてねえだか。いってぇどこのしょうが、〈農業やりたいな〉ってな甘ぇ考えで畑やってると思うだ」

「どこの……しょう？」

「どこの人たちが、ってことだわ」

横合いからヨシ江が通訳を入れつつ、気づかわしげに茂三の袖を引っぱり、なだめようとする。

「あんたもまあ、そんなことばっか言わねえで」

「だれぇ、俺が言わねえで誰が言うだ。なあ、英理子さん、あんたはどう思う。この話、あんたも賛成しただかい」

いきなり訊かれた英理子ははっと顔を上げて茂三を見やり、それから夫の航介を見やった。

「……いえ。私は反対しました。というか、今も反対です」

「ほれ見ろ。お前、なんしてそこをすっとばすだ。女房を説得できねえもんだから、俺らを味方に付けようってかい。孫一家がこっち来て一緒に住むってなったら、年寄りはバンザイして泣いて喜ぶとでもかんげぇただかい」

航介は何も言わず、こたつ布団の模様《もよう》を眺めている。柱時計の振り子の音がやけに大きく聞こえる。

雪乃は、いたたまれなかった。

何しろ、本当のきっかけは自分だ。父親が会社を辞め、田舎で農業をと思い立ったのは、そもそも娘が学校へ通えなくなってしまったからだ。

両親の間で、たくさんの話し合いと、もっとたくさんの言い争いがあったのを知っている。二人が前のように仲良くしてくれるなら、そのためだけにでも学校へ行く、ちゃんと行ける――そう思ったのに、今こうして教室を思い浮かべるだけで苦しくなる。

運動会の前もそうだった。無理に学校へ行こうとすると、本当にお腹が痛くなったり、吐いたりしてしまう。それでいて、お医者へ行っても悪いところは見つからない。薬さえ

出ない。もしかしてみんなに仮病だと思われているんじゃないかと泣きそうになって、

〈嘘じゃ、ないんだよ〉

小さな声で訴えた時、英理子は、自分まで泣き笑いの顔になって言った。

〈何言ってんの。お母さん、雪乃が嘘ついてるなんて思ったこといっぺんもないよ〉

どんなに救われたか知れなかった。

それだけに、雪乃は、どちらの味方につくこともできないのだった。

父親の気持ちはありがたい。いささか勝手ではあるけれど、その強引さが頼もしく思えたし、東京を離れてこの曾祖母の家で暮らすというアイディアも正直わくわくする。いっぽうで、母親の戸惑いや無念もわかるのだ。仕事をバリバリこなしながらいつも綺麗《きれい》で颯《さっ》爽《そう》としている姿は、雪乃自身の憧れでもある。この田舎で、英理子が同じように輝く姿はとても想像できない。

だからこその〈ハイジ作戦〉だったはずだ。この連休の間、田舎を満喫した上で晴々と都会に帰る少女、をせいいっぱい演じるつもりでいたのに、父ときたら、いきなりその先の話を始めてしまった。

茶の間の沈黙は続いている。振り子の音が、無慈悲に時を刻む。どうしよう、と雪乃は思った。もしも曾祖父がさっきのように意見を求めてきたら、自分はいったい何と答えれ

ばいいのだろう。

　と、すぐ隣で、英理子がそっと息を吸い込む気配がした。

「差し出がましいようですけど……」

「だれぇ、言って」

　と、ヨシ江。

「私は、たしかにずっと反対だって言い続けてきましたけど、航介さんの考えもわからないわけじゃないんです。家族みんなで幸せな暮らしを作って、その中で雪乃をのびのび育ててやりたいっていう気持ちは、彼も私も同じなんですよね。そのためになにがいちばんいいかという部分の考えが、お互いにちょっと食い違ってしまってるだけで」

「ちょっとでねえだわ」

　と茂三に言われ、英理子が苦笑する。

「ほんとですね。ちょっとどころか、それこそ〈かなり〉ですけど。ただ……じつのところ、航介さんがまだちゃんと説明できていない事情もあって……それは追々お話ししますけど、少なくとも、彼が農業をやりたいというのがほんの思いつきみたいな軽いものでないことは、私が保証します」

「英理子」

驚いたように顔を上げた航介を、英理子は冷静な目で見やって続けた。

「ここしばらく夫婦で話し合ってきた中で、航介さんの本気は確かに伝わってきましたし、彼も色々と調べて、どうすれば農業で生き残っていけるかについて、彼なりの戦略も考えているみたいです。それをただの夢物語にしたくないからこそ、茂三さんとヨシ江さんに協力を仰《あお》ぎたい、ということなんだと思います」

こたつの角のところに座った雪乃は、ちらちらと横目で両親の様子をうかがった。どこまでも落ち着き払った英理子に対して、航介のほうは何やら感激の面持ちだ。

その顔を見た英理子は、

「賛成だなんてひとことも言ってないからね。勘違いしないでね」

冷ややかに釘《くぎ》を刺した。

「まあまあ、そんな大ごと、簡単に決めちまうわけいかねえに。そうだらず?」ヨシ江が割って入る。「雪ちゃんの学校だってあんだから、今すぐ移ってくるって話でもねえんだし、こっちに居る間にまたゆっくり聞かせてちょうだい」

「いや、それなんだけどね……」

と航介が言いかけた時だ。

納屋からキチの吠える声がして、ほどなく庭先がヘッドライトに照らし出された。

「あれ、もしかしてヒロシちゃんかい」

よっこらしょと立ち上がったヨシ江が、こたつを回り、縁側のサッシを開けると、銀色のライトバンが停まるところだった。ライトは消されたがエンジンはそのままで、運転席から誰かが降りてくる。

「おー、ばっちゃん、遅くにすまねえ」

部屋からこぼれる光の中にまでやって来ると、ようやく姿が見えた。つなぎの作業着を着た中年の男性だ。小柄だが、顔も身体も引き締まった印象がある。

「昼間、山ぁ行ってきただわ。これムラサキシメジ。ちっとだけど汁の実にでもして」

差し出されたコンビニ袋を覗き込み、ヨシ江が華やいだ声をあげる。

「いやあ、こんねんまく、もらっちまっていいだかい」

こんなに沢山、の意味だということは、雪乃にもなんとなく想像がついた。

と、ライトバンの助手席のドアが開いた。降りて駆け寄ってきたのは、雪乃と同年代の少年だった。父親そっくりの陽に灼《や》けた顔。

「あれえ、ダイキくんも一緒だっただかい」

「おん！」少年が声を弾《はず》ませ、信頼に満ちた目でヨシ江を見上げる。「俺もいっぱい採ったよ、キノコ！」

「そうかい。このムラサキシメジも?」

「おん!」

「嘘つけえ」

横から父親から肘《ひじ》でこづかれ、「痛てっ」と耳のあたりを押さえた少年の頭を、ヨシ江が笑い出しながらかがみこんで撫でる。

こたつから見ていた雪乃は、かすかに胸がチクリとした。今のは何の痛みだろう。照れくさそうに顔をしかめた少年が、ふと雪乃たちのほうを見た。目を瞠る。この家の茶の間がこんなに賑《にぎ》やかなのはめずらしいのかもしれない。

父親のほうは、入口に停まっていたワゴンから、すでに来客中だと察していたのだろう。ちらりと目をあげ、しかし不躾《ぶしつけ》にじろじろ見ることはせず、「ども」と会釈《えしゃく》してよこす。

「あれえ? ヒロくん?」

大きな声をあげたのは、航介だった。

「え?」

少年の父親が初めてまともにこちらへ顔を向ける。

「竹原《たけはら》さんちの広志《ひろし》くん……じゃ、ないですか」

半信半疑で問いかける航介のことを、怪訝《けげん》そうに見ていた相手の眉根が、ぱっと開いた。

「ええっ？　もしかして、航ちゃんかい！」

「わははは、やっぱヒロくんかあ！」

笑い出しながら、航介が立ちあがって縁側へ行く。

「うわあ、ひっさしぶりだない。何年ぶりになるかね」

「十……いや、二十年ぶりにはなるかな」

航介の声が、底抜けに明るい。隣にいたヨシ江もようやく気がついて、手を叩《たた》きながら笑いだした。

「そう言えばそうだっただわい。あんたたち、昔なじみだにねえ」

「そう、たしか高一の夏休み以来じゃないかな。俺が東京からこの家にアルバイトに来てた時」

「ああ、そうだそうだ。いやあ、なっつかしいなあ。はじめはさっぱりわかんなかった。どこの営業の人かと思っただわ」

「俺もわかんなかった。こう言っちゃ何だけど、ヒロくん、オッサンになったなあ」

「だれえ、そりゃお互いさまだに。航ちゃんこそ、すっかり腹ぁ出っぱっちまって」

縁側の外、自分の父親と見知らぬ男が談笑するのを、少年がぽかんと見比べている。それに気づいて、ヨシ江が再びかがみこんだ。

「ダイキくん、ばっちゃん、びっくりしただわい。この大きな男の人はね、ばっちゃんの孫」

「孫？　こんなオジサンなのに？」

「そう、オジサンなのに。ばっちゃんの息子の、そのまた息子でね」

「ふうん」

「あんたのお父さんとは、ちょうどあんたぐらいの年頃から、めた仲良しだっただわ。よく二人して川遊びに出かけたと思ったら、泥だらけのごむせえ格好《かっこう》で帰ってきて……」

「おう、そこじゃあ何だ。こっちぃ上がってもらえ」

話が長くなると踏んだのだろう、茂三から声が飛ぶ。

「あれぇ、じっちゃん。その手首、何しただ？」

「いいからまず上がれって」

父子二人が上がり込むと、こたつのまわりはぎっちりといっぱいになった。

広志が、ちらちらと英理子のほうを意識しながら航介に訊く。

「嫁さんかい？」

航介より先に、本人が答えた。

「英理子です。よろしくお願いします」

「は、えっと、こちらこそ」

「ふだんから、祖父母がずいぶんお世話になっているそうで……。私ども、こちらへはなかなか伺えずにいるものですから、広志さんのような方がご近所にいて下さるのは本当に助かります。お心遣いを、いつもありがとうございます」

「あ、いや、そんなたいしたことは」

広志はたじたじだ。美人だけれどこんなにはっきりものを言うとは、都会のおんなしょうはやっぱりちょっとおっかない、とか思っているのかもしれない。

雪乃は、その隣に座る息子をちらりと見やった。少年のほうも、父親そっくりの表情でちらちらとこっちを意識している。ダイキ、は〈大輝〉と書くそうだ。雪乃より少し背が低いが、同じ五年生だった。

しばらくの間、大人たちの昔話に花が咲いた。ヨシ江が、こたつの上のカゴに盛られたみかんを一つずつ取っては、大輝と雪乃の前に、はい、はい、と置いてくれる。

やがて、茂三の傷めた手首に話題が戻ると、広志は言った。

「畑のほうは心配ねえよぅ。じっちゃんが良くなるまで、俺が引き受けっから。航ちゃんたちは、いつまでこっちにいられるだ？」

今度は、英理子より先に航介が答えた。

「まだ考え中」

「あ？　何だそりゃ。まあいいや、いる間は航ちゃんも手伝うだな」

「もちろん、そのつもりだけど」

　すると広志は、にかっと笑って言った。

「いっそのこと、東京なんか引き払っちまって、航ちゃんもこっちでのんびり農業やりゃあいいに。俺、何だって教えてやるよ？」

❄

　その夜、親子三人は、居間の隣の八畳間に布団を敷いた。この家に泊まるときはいつも、この部屋に布団を三組並べて眠る。

　風呂から上がり、小さくおやすみを言い合って明かりを消したのが十時過ぎだったろうか。シゲ爺とヨシばぁばはとっくに奥の間に引き取って寝た後だった。二人の朝は早いのだ。

　盛り沢山の一日に疲れていた雪乃はすぐ眠りに落ちたのだが、真夜中、ふと目覚めて、まぶたを薄く開いた。

　頭上の豆電球がオレンジ色の光でほんのりと部屋を包んでいる。柱にかかる丸い時計の針は十二時半を指している。

「眠れないの？」

隣で父親の低い声がして、ぎょっとなった。

とっさに寝ているふりをしたのだが、

「……まあね」

ひそひそと答えたのは、向こう側に寝ている母親だった。

両親とも、雪乃がぐっすり眠っているものと思っているようだ。航介のソバ殻枕《がらまくら》が乾いた音を立て、向こうへ寝返りを打つのがわかった。

「これからのことが気になる？」

ささやくような問いかけに、英理子がふっと微笑む気配がする。

「ならないと言ったら嘘になるけど」

「けど？」

「それより、雪乃のことのほうが気になる」

「どういうふうに？」

「どうって……何がいちばん、あの子のためになるんだろうってこと」

雪乃は、全身が耳になった心地がした。

「そうだな。それは俺も心配だけど、だからって一朝一夕には答えのでることじゃないからなあ」

航介が身じろぎをする。

「俺はさ、英理子」ささやく声は柔らかい。「何しろこういう性格だからさ。いっぺん思い立ったら、どうしても後戻りができないんだよ。赤い布をひらひらさせられた牡牛《おうし》みたいにまっすぐ突進して、向こう側にあるものを見届けなきゃ気が済まない」

「でも、何もなかったら？」

「ないかどうかも、まずは見てみなきゃわからないだろ？」

少しの間があいて、聞こえてきたのは洟《はな》をすする音だった。雪乃もびっくりしたが、航介はもっとびっくりしたらしい。

「ど、どうしたんだよ」

狼狽《うろた》えたように起きあがる気配がした。

「わからない、けど……」母親の鼻声が答える。「ただ、私……ちゃんと、相談してほしかったんだと思う。大きなことを決める前に」

「英理子」

「あなたは、どうせ私が反対するだろうから話さなかった、って言ったでしょう？　確かに反対したと思うよ。いくら雪乃のことがあるからって、あなたのしようとしてることはいくらなんでも極端すぎる。もうちょっと冷静に考えて、いろいろ方法を模索してからでも遅くないんじゃないの？　ってね。きっとあなた自身はもう自分なりの答えを見つけて、それに向かって突っ走りたい気分だったんだろうけど、私はやっぱり、きちんと手順を踏んで納得させて欲しかった。平行線の会話にうんざりするのはわかるけど、そこをすっ飛ばされちゃうと、ああ、このひとにとって私って何なんだろうって……」

「ごめん、それは」

「話したところでどうせ反対されるだけだから、黙って勝手に決める——それってつまり、あなたの奥さんとしても、雪乃の母親としても、信頼されてないってことだよな、って」

「いや、そんなつもりは」

「つもりがなくても、同じことじゃない？　こいつにはいくら話したってどうせわからないだろうって、そんなふうにないがしろにされるんだったら、あなたにとって私なんかいてもいなくても同じなんじゃないかなって……そんなふうに思えて辛《つら》かったの」

　ひそめた声で、きれぎれに言った英理子が、枕元のティッシュを抜いて小さく洟をかむ。ついでに涙も拭ったのだろう。

「ごめん、航ちゃん、気にしないで。ただの生理現象だから」

「いや。『ごめん』は俺のほうだろ」

雪乃は、わざとらしくないくらいに規則正しく寝息を立てながら、再び薄目を開けた。眼窩《がんか》が痛くなるほどのぎりぎりまで横目で見やると、航介が枕の上に肘をのせて頬杖《ほおづえ》をつくのが見えた。

いま、父親の視界に映っているのは母親の白い顔だけなのだ。そう思うと、わけもなくどきどきした。

「なんていうか俺、目標が定まったらすごくわくわくしてさ。自分で決めていくのが快感でたまらなかったんだ。ほら、車がスピード上げると、まっすぐ前方は見えても、横の窓の景色はどんどん流れて見えないこと、あるじゃん。ああいう感じで、自分と目的地以外は見えなくなってたところはあるかもしれない。まさか、すぐ隣にいるきみがそんなふうに傷ついてたなんて思わなかった」

「私、あれだけいろいろ言ったのに？」

「だよな。でも、いつもと変わらずぷりぷり怒ってるから、なんかかえって安心しちゃってたかも。……ごめん、ほんとに。今さらだけど、心から反省してます」

押しひそめた小さな声での会話だったのに、航介が口をつぐむと、部屋の中がしんとなった。隣の居間から、柱時計の振り子の音が、小さく、でも規則正しく聞こえてくる。

頭上の豆電球を消したなら、月明かりだけでもけっこう明るいのかもしれないと雪乃は思った。さっき、寝る前に庭先へ出てみた時にあらためて感じたことだけれど、東京と違って、ここでは空が広い。月も星も、手が届くほど近い。

「ねえ、航ちゃん」

「うん？」

思いきったように、英理子が切りだす。

「航ちゃんはさ。こっちで、雪乃と一緒にいてあげて」

危うく声がもれそうになった。

「え？」父親も慌てている。「ちょ、待っ、どういうこと？」

「あ、ううん、変な意味じゃないの。もちろん私だってできるだけ一緒にいるつもりだよ、でもね――私は、毎日ここでは暮らせない」

「……英理子」

「勘違いしないでほしいんだけど、意固地になってるわけじゃないの。ただ、私はやっぱり、東京を離れられない。自分の仕事をそんなに簡単に手放す気持ちになれないの。あなたと違って私は、器用でもないし応用が利《き》くほうでもないから」

「そんなことないだろ。きみは、昔から俺なんかよりずっと頭が良くて、何をやらせても優秀だったじゃないか」

英理子が、薄く笑った。

「あなたの目にはそう見えているの？」

「そりゃそうだよ」

「ありがと。嬉しい。でもね、順応する能力っていう意味では、あなたのほうがずっと上だと思うの。あなたも、雪乃もそうね。今日一日見てただけでも、雪乃の顔つきがずいぶん柔らかくなったのがわかる。これで私さえ合わせれば、全部丸く収まるんだろうなって、さんざん考えたんだよ。だけど、どうしても無理なの」

ひとことずつ慎重に言葉を選んでいる様子で、英理子は続けた。

「雪乃が笑えるようになるのが、私にとってもいちばん嬉しいし、いちばん大事なことだよ。だけど、いま東京を離れてしまったら、今度は私が笑えなくなってしまうのが目に見えてるの。こういうふうに言ったら、まるであの子と仕事を天秤《てんびん》にかけてるみたいに聞こえるかもしれないけど、お願いだからそういうふうには思わないでほしいんだ。あの子のことはもちろん、この世界の何よりも大事。だけど私にとっては今の仕事も、本当に、ほんとうに大切なの。私が私であるために」

航介は、黙っている。ゆっくりとした呼吸がくり返されてゆく。

雪乃は必死に、泣きそうになるのを我慢していた。二つに引き裂かれそうな母親の気持ちが伝わってくる。

(何か言ってあげてよ、お父さん)

すると、英理子が言った。

「あきれてる？　わがままだって」

「まさか」航介が答える。「そもそも、わがままは俺のほうが先だし」

「じゃあどうして黙ってるの？」

「反省、してるんだよ」航介は静かに言った。「俺、自分と雪乃のことばっかりで……っていうか、正直、俺自身のやりたいことを実現するために雪乃を言い訳にした部分も、ちょっとくらいはあったかもしれない。ちょっとだけどね」

自分の言葉に、自分で苦笑したようだ。

「とにかく、きみの気持ちを充分には考えてなかった。言葉は悪いけど、高をくくってたんだ。英理子は何をやらせても人並み以上にできるんだから、最初は猛反対してたって、いざとなったらきっとすぐ馴染んでくれる。こっちで農業を始めたら始めたで、俺なんかには思いもつかないようなアイディアをどんどん出してくれたりするだろうし、そしたら英理子自身が田舎暮らしを愉《たの》しんでくれるようになるのも時間の問題だろうって。じっちゃんたちとこの家で暮らすのが気詰まりなら、近くの空き家を借りたっていい。どっちにしろ、東京なんかにいるよりずっと、家族みんなでのびのび楽しく暮らせるんじゃないか。そんなふうに、安易《あんい》に考えてた」

ぽつり、ぽつりと語られる父親の本音に耳を澄ませながら、雪乃は思い出していた。

会社帰りに買ってきては、ソファの横に積み上げられていったアウトドア系雑誌。いま考えてみるとそれらは、アウトドアといってもキャンプや釣りの雑誌ではなかった。庭や、畑や、丸太小屋や薪《まき》ストーブや、手作りのブランコで遊ぶ子どもらや、犬と歩く森の散歩道などなど、様々な家族の生活が表紙を飾る、田舎暮らしのための雑誌だったのだ。

「……ごめんね。期待に応えてあげられなくて」

と、英理子がつぶやく。

「いや。きみは何にも悪くない。俺こそ、勝手に暴走してごめん」

「でも、」

「大丈夫。何とかゆっくり、いい方法を考えようよ。さっき晩飯の後にきみが言ってくれたみたいに、俺ら二人とも、雪乃のことをいちばんに考える気持ちでは同じなんだ。そこさえ揺るがなければ、大きく間違えることはないよ」

「でも私、わがまま言ってるよ？」

「だからそれは、お互い様なんだってば。いいんじゃない？　わがまま上等」

「上等って……」

「だってさ、考えてもみなよ。雪乃のためだとか言って、俺ら夫婦のどっちかが無理に自分の生き方を曲げたりしたら、いずれどこかしらに歪《ゆが》みが生じて、結局は雪乃にしわ寄せが行くだけなんじゃないの？　きみが心から笑えないような状況で、人の気持ちに誰より敏感なあの雪乃が笑えるわけがないんだからさ。それこそ、罪悪感を抱かせてしまうだけでしょ。自分が学校へ行けないのが原因で、お母さんに我慢させてる、っていうふうにさ」

「それは、そうかもしれないけど」

「だからさ、英理子」

きっぱりと、航介が言う。

「俺もきみも、この際わがままを貫こうよ。お互いにいちばんやりたいことをやりながら、それと同時に、全力で雪乃をサポートしてやればいいんじゃないの？」

「うーん……」

英理子が唸《うな》った。

「なに。まだ納得いかない？」

「そんなに、うまくいくかなあ」

「いくいく、大丈夫」航介が晴れやかに請け合う。「何も深刻に考えることないよ。だってさ、父親の単身赴任ならよくある話なんだし、離れて暮らすことになったって、お互い時間を作っては行き来すればいいだけの話だろ。あの家は今のまま、きみが住んでてくれれば安心だし」

「……そっか。それはそうね」

英理子も、ようやく納得しつつあるようだ。少し黙っていた後で、ふっと笑った。

「まあ確かに、いま考えたって答えのでないことはいっぱいあるよね」

「そうそう、そのとおり」

「雪乃自身が、『やっぱり東京にいる』って言いだすかも知れないし」

「そうそう、そのと……。ええっ」

航介の声が裏返る。娘に拒否される可能性は考えていなかったらしい。

「だってあなた、まだ本人に確かめてないでしょう？　雪乃自身が、本当にこっちで暮らしたいって言うかどうか。それとも何か、それらしいことを訊いてみたの？」

「う……。いや、まだ何も」

「だったら、あなたのほうが〈単身赴任〉になるかもしれないじゃない」

ほんとうは答えを知っていてわざと意地悪を言っているのだと、雪乃にはすぐにわかった。薄く開いていたまぶたを閉じる。大好きな母親の声がすでに寂《さび》しそうなのを聞いていると、鼻の奥がじんと痺《しび》れて湿ってくる。

両方は選べないのだ。どちらかを取れば、どちらかをあきらめなくてはならない。

振り子の音が、続いている。

第二章　美しい眺め

白いはずの軽トラックの側面は、タイヤのはねあげる雪と泥のせいで見るも無惨な迷彩色に彩られている。晴れた日に洗車をしても、すぐにまた元の木阿弥《もくあみ》だ。

積もった雪より怖いのは、朝晩の冷え込みで凍結する道路だった。とくに朝夕は路面がスケートリンクのようにつるつるに凍っていて、わずかな運転ミスが大事故に繋《つな》がったりもする。

ハンドルを握る航介が、アクセルを慎重に踏みこむ。ゆっくりゆっくり坂道を上がり、目に馴染んだ集落を抜けると、ひときわ見晴らしのよい場所にたどり着く。

道ばたの空き地に軽トラを乗り入れた父親が運転席から降り立つと、助手席の雪乃も後に続いた。足もとは裏ボアの長靴、しっかり着込んだ上からダウンの上着も重ねているが、吹きさらしの風は冷たい。

航介と雪乃がこの町で暮らし、英理子だけは東京とこちらを行き来する——という、いささかイレギュラーな家族となってから、すでに一カ月が過ぎた。来た時は紅葉の美しい秋だったが、あっという間に木々の葉は落ちて丸坊主になり、雪ももう二度ばかり降った。道ばたには今も、泥まみれの雪が寄せられて解け残っている。

東京の冬と比べると、平均六、七度は違うだろうか。東京が五度の寒さなら、こちらは零下《れいか》まで冷え込む。

外気温ばかりではない。家の中だって、築数十年もの木造家屋より、秋まで家族三人で暮らしていたあの家のほうがはるかに暖かいはずだ。それでも、

〈お正月も一緒に過ごそうね〉

先週末、少し早めのクリスマスを過ごすためにこちらへ来た時、英理子は言った。

〈クリスマスツリーとリース、今年も一応飾ったんだよ。ほら〉

スマートフォンで撮った我が家の画像を雪乃に見せてくれた。

〈こーんなに賑やかなクリスマスは、何十年ぶりだろうねえ〉

茂三とヨシ江は喜んで、英理子が来る日に合わせ、華やかなごちそうで一緒に祝ってくれた。

〈ハイカラなもんは作れなくって〉

と恥ずかしそうにヨシ江が用意してくれた鶏のもも肉は、手もとにアルミホイルが巻いてある本格的なものだったし、ちらし寿司にはクッキー型で抜いたニンジンの星や、キュ

ウリを細工したモミの木がのっていた。桜でんぶと錦糸卵《きんしたまご》の甘さが、ほんのりとせつなかった。

そうして、あとほんの数日で正月だ。

いま雪乃や航介が長靴で踏みしめている地面はまだ、いかにも冷たく硬い。間から覗《のぞ》く草も、ごわごわとした暗褐色をしている。これから後、長い冬を耐え、春にはまるで何ごともなかったかのように鮮やかな緑色へと変わってゆくのだろう。

「いやあ、やっぱりいい景色だ。なあ、雪乃」

航介の隣で、雪乃は眼下の景色を見はるかした。

足もとから切れ落ちる斜面はすぐになだらかになってゆったりと下ってゆく。大きくひらけた眺望の向こう側に、雪を頂く山々が連なっている。ひろびろとした、大きな風景だ。

軽トラを停めた脇に建っている古い納屋へと目を戻した航介が、

「やっぱり、やるとなればここだな」

とつぶやく。

「何をするの？」

「うん。それを今、考えてる」

雪乃はため息をついた。また始まった。

とはいえ、傍《はた》から見ていても、父親が焦《じ》れったい気持ちを抑えているのは伝わってくる。

たぶん、そろそろ自分でも何かを始めたいのだろう。

もちろん、このひと月だって、ただぶらぶらしていたわけではない。役場や隣近所に挨《あい》拶《さつ》をして回ったり、偉い人に紹介してもらったり、隣組の寄り合いにも積極的に参加したりしていた。とつぜん都会から移住してきたわりに、島谷茂三とヨシ江の孫というだけで信用してもらえるのが何よりありがたい。航介はそう言っていた。

ありがたいからよけいに、率先して畑や果樹園の手伝いをする。頑固な茂三も、骨にひびの入った手首がかなり痛むようで、それでも初めは何かと意地を張ってばかりだったのが、雪乃やヨシ江から厳しく諭されるうち渋々ながら航介に頼るようになった。

一緒になって作業する雪乃もそうだが、熟達したプロから、あれをこうしろ、これをああしろと具体的に指示してもらうことで、身体で農作業を覚えられる。航介は感激したように言った。

〈こういうことは、いくら本を読んでも書いてないもんなあ〉

しかし地面が凍ってしまうと、さすがに畑で出来ることは少なくなる。野沢菜を収穫したり、それを漬けるための樽《たる》を洗ったりといった作業も、労力は要るにせよ一時だけのことだ。

することがないからと、冬じゅうコタツに脚を突っ込んでいるわけにはいかない。これまでの一年を通して身を粉にして働いてきた人はそれでいいが、

「俺たちまで呑気《のんき》に休んでたら、英理子さんに申し訳が立たないもんなあ」

航介の言葉に、雪乃は強くうなずいた。

東京の家に残っている英理子は、今年最後の編集作業に追われて徹夜を続けているはずなのだ。直接に手伝えることは何もないけれど、せめて、同じくらい胸を張れる自分でいたい。

深呼吸をした時だ。

「おーう、誰かと思ったら」

大声にふり返ると、広志だった。

たったいま航介が軽トラで上がってきた道を隔《へだ》てて、一段高くなっている石垣から、広志は腕組みをしてこちらを見おろしていた。その上が、彼の家の敷地なのだ。

「そんなとこで何してるだあ?」

「う?　うーん」

「上がってくりゃあいいによ。親父もおふくろもいるし、茶ぐらい出すぞ」

「う?　うーん」

航介の生返事をいぶかしく思ったらしく、広志は顔を引っ込めたかと思うと、同じようなゴム長靴をばっくばっくと鳴らしながら坂道を降り、道を空き地の側へ渡ってきた。

「何だ、どうした、何見てる」

航介と雪乃の顔をじろじろと検分し、視線を辿《たど》るようにして眼下の景色へ目をやる。

「いや、いい眺めだなと思ってさ」

「そうかあ？　子どもン時から毎日見てっからわかんねえわ」

「もったいないな。そんじょそこらにないくらい素晴らしい眺めだぞ」

ひろがる斜面。点在する民家の周囲にそれぞれ畑がひらかれ、あちこちにリンゴやブドウの果樹林があって、丸太などで作られた支柱が枝を支えている。平地には区画整備された田んぼが広がり、あぜ道が縦横にのびる。

雪乃は、母親がかつて作ってくれたパッチワークのベッドカバーを連想した。この景色は、あれと同じくらいきれいだ。季節の良い時ならなおさら美しいだろう。

「何がいいって、人の暮らしが目に見えるところだよな。手つかずの自然とはまた違ってさ、人の手が入ってるからこその美しさっていうか」

「人の手、ねえ。……で？　何が言いたいんだよ」

改めて訊かれ、航介は空き地の端へと顎をしゃくった。

「あれ、ヒロくんとこのだろ？」

どれ、と広志が首をねじって見やる。さっき軽トラを停めたすぐ横に、崩れかけの大きな納屋が建っている。

「あれを、俺に貸してくんないかな」

「貸す？　あのおんぼろ小屋をかい」広志の声が裏返る。「あんなもん、どうすんだ？　納屋なら、お前んちにもあるだろ」

たしかに、と雪乃は思った。

茂三の家の納屋は、そんなには大きくないが、あの家には必要充分だ。トラクターや耕《こう》耘機《うんき》といった農業機械をはじめとして、鋤《すき》や鍬《くわ》などの農具、藁や籾殻《もみがら》や、雪乃には何に使うのか見当もつかない棒や板が、使いやすいように整理整頓して納められている。もちろん、収穫した米や、日持ちのする野菜や果実も貯蔵してあるし、さらに夏場は犬のキチの小屋を置いてもなお余裕がある。

「あの納屋じゃ足りねえだかい」と、広志が重ねて訊く。「何か大事にしまっときたいもんでも？」

「いや、そういうわけじゃないんだけどさ。とりあえずこっちの納屋は、ヒロくんちでは今んとこ使ってないんだよな？」

「見りゃわかるだろ。もうはーるか、扉さえ開けてねえに」

広志の家の北側に、まだ真新しい納屋が建っているのは雪乃も見て知っている。ほんの数年前に農道が通り、畑や田んぼまで大回りせずとも直接向かえるようになったので、納屋もそちらへ移したのだそうだ。

「忙しいとこ申し訳ないけど、今、ちょっと開けてみてもらえるかな?」

「べつに忙しかねえけどさ。たいしたもんは入ってねえよ」

「いいんだ。中の構造が見たいだけ」

いぶかしそうな面持ちで航介を見た広志が、雪乃に目を移し、口をへの字にしてよこす。

雪乃が同じ表情を浮かべて肩をすくめてみせると、広志は笑いだしながら先に立ち、古い納屋の扉の掛け金にかかっている南京錠のダイヤルを回した。カチリ、とはずれて扉が開く。

「ほらよ。どうぞ」

航介に続いて足を踏み入れた雪乃は、薄暗がりに目をこらした。

季節のせいか、湿気くさくはない。納屋の中にまでは陽が射さないぶん、冷気が足もとに溜まっているが、寒風が遮られるだけで耳や頬は格段に楽になる。

外の壁は、長年の風雨にさらされ、年輪が痩せて銀鼠《ぎんねず》色に変わっていたが、内側はもともとの木の色のままだ。想像していたより中は広く、天井《てんじょう》が高い。びっくりするほど太い梁《はり》が縦横に走り、大きな屋根を支えている。

航介が、太い柱を両手でつかんで揺すってみる。びくともしない。

「うちの親父が若い頃に建てたんだわ」

と、広志は言った。同じように仰向いて吹き抜けの天井を見上げている。

薄暗さに目が慣れてくると、奥に壁があるのがわかった。ただの仕切りかと思ったけれど、よく見ればドアがついている。いったい何をしまってあるのか。

「あの向こうはどうなってるの？」

雪乃が訊くと、目をやった広志は笑った。

「あそこな。部屋ンなってる」

「え？　部屋？」

「そう。うちの親父の部屋」

言いながらドアの前まで行き、ノブを回して押し開けた。ぎぎ、ぎ、と蝶番《ちょうつがい》の軋《きし》む音とともに、手前の納屋とは少し違う匂いが漂い出してきた。

広志が下がり、身体をかわしてくれるのと入れかわりに、航介と雪乃が中に入った。

明るい。右手の奥、つまり南側の壁に、窓がはめ込まれているためだ。

畳敷きの部屋そのものは、東京の雪乃の部屋とたぶん同じくらいとして四畳半。いま立っている土間を合わせても六畳程度のもので、窓の下に文机《ふづくえ》と座布団、壁際には小さな本棚と、円筒形の灯油ストーブが置かれていた。

「上がらせてもらってもいいかな」

「好きにしなよ」

航介が長靴を脱いで上がると、畳に積もった埃《ほこり》が光の中を舞った。雪乃も長靴をそろえて上がり、父親の隣へ行って、そっと文机の前の座布団に膝をつく。

真正面に窓。その向こうには、さっきまで外で眺めていた、どこまでも大きな景色が広がっていた。

遥かに雪を頂く山々。田んぼや、畑や、それらを世話する人々の家。そのすべての上に、真冬の薄い陽射しがさらさらと降り注いでいる。窓枠が額縁《がくぶち》の役割を果たしているせいか、景色はさながら一枚の巨大な絵のようだった。

航介が、文机の引き出しをそろりと開けた。長さもまちまちの鉛筆《えんぴつ》やボールペンなどが入っている。

すぐ脇の小さな本棚には、フライ・フィッシングの専門誌だとか、ずいぶん昔に話題になった小説、自然派の作家が書いたエッセイや、巻数もとびとびの漫画本などが雑多に並んでいた。ざっと見たところ、農業関係の本はなかった。

「親父さん、ここで何してたんだろうな」

航介の呟《つぶや》きに、土間に立っていた広志はまたふっと笑った。

「なんか、独りになりたかったんだってよ」

「家族と離れて、ってこと？」

「たぶん、そういうことだわなあ。ま、わかんねえこともねえだわ。昔は、じっちゃんもばっちゃんも元気だったたし、親父の弟もすぐ隣に住んでたし、それに俺が言うのも何だけど、うちのおふくろはけっこう、ずねえとこあったしな」

〈ずない〉とはこのあたりの言葉で、意地が悪いとか、きつい性格であるとかいうふうな意味だ。

「おまけに、俺を含めてガキも三人いただからさあ。たまには雑音の聞こえねえとこで独りになりてえって思うのも、無理ねえよ。男には、必要だよな。そういう時間が」

それが、この〈部屋〉だったわけか、と雪乃は思った。

「……で？　そろそろ聞かせてもらおうか」

ふり返ると、広志は土間のところに仁王立《におうだ》ちになり、腕組みをしていた。浅黒い頬に、窓から斜めに射し込む光が当たっている。いつのまにか陽もだいぶ落ちてきたようだ。

「なあ、航ちゃん。いったい何を企《たくら》んでるだ？」

「企むって、人聞き悪いなあ」

「だれぇ、昔っから、お前が何か悪さを企んでる時はすぐわかる。考えてること、ぜーんぶ顔に出るからな」

（あ、お母さんに言われるのとおんなじこと言われてる）

と思ったが、それは黙っておく。

「もしかして、ここに関する決定権はヒロくんにあるわけ？」

「最終的には親父だけど、俺がどういう具合に話を持ってくかで、結果はちっとばか変わるだろうなあ」

ふうむ、と唸った航介が、雪乃と広志を交互に見て、おもむろに座布団から立ち上がった。

「もし、ここをちょっと改造させてもらえるならの話だけどさ。カフェみたいなことをやってみたいんだ」

「ええ？」

びっくりして、雪乃は思わず訊き返してしまった。

「カフェってあの、喫茶店みたいなカフェのこと？」

「もちろん」

他に何があるんだと言いたげな航介の様子に、広志も目を瞠る。

「なーにをまた、らっちもねえことを。観光地ならともかく、こんなド田舎、客なんか来るわけねえによ」

「ま、確かにな。このへんの集落の外から客を呼ぼうだなんて、最初っから考えたら失敗するとは俺も思うけど……」

再び長靴を履き、小部屋を出ると、航介はそこから納屋の内部全体を見渡した。

「ほら、こっちにも同じ側に窓がついてるだろ？　眺めはいいはずなんだ」

雪乃も目をこらした。なるほど、農具や、古畳や、積み上げた藁束などでほとんど隠れているだけで、今こうして陽が落ちてくると、それらの隙間から細い光が射し込んでいるのがわかる。けっこう大きな窓がいくつか並んでいるらしい。

「カフェっていっても、高い金を取って商売にするっていうようなことじゃなくて、俺が作りたいのはまず、ここらの人がなんとなく集まってほっと息抜きできるような場所でさ」

「公民館とか集会所とは別にか」

「別にだよ。ああいうとこは、ふだんは誰もいないだろ。寄り合いやイベントの時なら人も集まるし茶も出るけど、それ以外の時は誰も行かない。そういうのじゃなくて、ちょっとした休憩所っていうか、ちっちゃいドライブインみたいな場所があるといいなって思うわけ」

「町なかの喫茶店とどこが違うんだ？」

「ああいうとこに、ヒロくん、今の格好で入れる？　野良着に泥だらけの長靴でさ」

言われて、広志が自分の服装と足もとを見おろした。うーん、と唸る。

「まあ、ちぃっとばか気が引けるわな」

「だろ？　これが俺らにとっての仕事着なんだから、スーツと同じように堂々としてていいはずなのに、やっぱみんな何となく遠慮するんじゃないかと思うわけ。店の中に泥を落としちゃ迷惑だろうとか考えちゃうしさ。けど、もともとが納屋で、床もこのまんまで、そこに冬場はストーブが燃えてて……おまけに旨《うま》いコーヒーでも飲ませてくれるんだったら、どうよ。野良仕事の合間に軽トラで乗り付けて、泥靴のまんま気軽に入れると思わん？」

話の途中から、雪乃はわくわくする気持ちを抑えきれなくなっていた。素敵だ。大人のお店屋さんごっこだ。

広志を見やる。腕組みをして考え込んでいる表情だけでは、賛成か反対かわからない。

「な、どう思う？　そんな場所があったら、ちょっと寄ってみたいと思うだろ」

「うーん……まあなあ。そりゃあ、あったら面白いだろうとは思うだけども」

「やった」

「やった、じゃねえだわ」苦い顔で航介を見る。「アイディアはともかく、まずは先立つもんをどうする気だ？　この納屋の中のもんを運び出して、使えねえもんはどっかへ処分して、それっくらいは俺とお前でなんとかできても、このまんまじゃとうてい使えねえよ？　茶だのコーヒーだの淹れて客を呼ぶとなりゃあ、床だけじゃねえ、壁から天井まで掃除しなきゃ埃だらけだし、だいたい、まず水道っから引いてこなきゃなんねえ。今のまんまじゃ電気はつくけど水は出ねえからな。そうやってあちこち直すのに、いったい幾らかかると思うだ。簡単にはいかねえ、コーヒーが何杯売れたって、設備投資分を回収できるとは思えねえぞ」

それはそうだ。広志の言うのが正しい。

雪乃が隣を見上げると、航介は、にかっと笑い返してきた。

「回収とかは、当面考えてない」

「はあ？」

「最初っから収支を考えてたら何もできないよ」

「ちょっと待った」広志は慌てた様子で、航介を押しとどめる仕草をした。「なあ航ちゃん。あんた、東京でいったい何を勉強してきただ？　商売しようと思ったら、まずは収支から考えるのが当たり前だろ。でなきゃ、ただの道楽だ」

航介が再び、にかっと笑う。

「まさにそれだよ、道楽。なあ、目的がそんなことのためじゃ、この納屋は貸してもらえないかな」

「いや、目的そのものはべつに悪くねえだわ。たとえ儲からなくてもトントンでやれるっていうなら、こんな納屋くれえタダで貸してやるよ」

「やった」

「だから、やった、じゃねえってば。あくまでも商売としてやっていけるなら、ってことォ。友だちがみすみす貧乏すんのがわかってて、無責任に協力はできねえよ。俺だって、おめえが独りもんならこんなにうるさくは言わねえ。けど、おめえには英理子さんもいりゃあ雪乃ちゃんもいるだろうが。ちったぁ考えてからモノを言え」

なあ、と、雪乃に同意を求める。

「どう思うよ、雪ちゃん。とーちゃんに何とか言ってやんな」

二人の大人が、雪乃を見おろす。

広志の顔は見るからに真剣で、父親のほうはといえば、へらへらしているようでありながらやっぱり真剣だ。顔は笑っているけれど、目が笑っていない。

「広志おじさん」

雪乃は口をひらいた。

「おう」

「あきらめたほうがいいと思う」

航介が上を向いて笑いだした。

「さすがは俺の娘！」

「おい、雪ちゃ……いや、航ちゃんよう」

「や、ヒロくんの言ってる意味はわかるよ。持つべきものは友だちだとも思う。けど、とにかく、まずはやらせてみてほしい」

相変わらずむずかしい顔の広志に向き直ると、航介は真顔になった。

「道楽って言ったのはさ、それくらいに考えておかないと、最初からあんまり収支ばかり睨《にら》んでるとかえって失敗するっていう意味であって、俺だっていつかはそりゃトントンの商売につながればいいとは思ってるよ。赤字よりは黒字のほうがよっぽどいい。だけど……」

腕を上げ、藁の山に隠れている南側の窓を指さす。

「さっき、奥の親父さんの部屋で見ただろ？　ああいうふうに窓があるってだけで、四畳半の狭さを忘れる。窓っていう額縁のついたガラス越しにあらためて景色を見ると、いつもの風景がまるで別の世界みたいに見えてくる。ヒロくん、言ってたじゃんか。子どもの頃から毎日のように目にしてる景色だから、もう何とも思わないって。だけど、たとえばほんのわずかでも日常を離れた場所で、家で飲むのとは違うコーヒーを一杯飲んでさ。ふっと目をあげた先に、冬なら冬の山々が連なって、夏なら夏の空と雲がひろがって、自分たちが育てた稲が見渡す限りの黄金色に実っていたり、リンゴやブドウの果樹が斜面を埋めてたりしてさ。そういうのをここからじっくり眺められたら、きっとみんな、自分の住むこの土地が愛おしくなると思うんだよ。そういう風景を作ってきたご先祖様に感謝したり、いま自分がやってる仕事にも誇りを持てたりすると思うんだよ」

雪乃は、どきどきしながら広志を見やった。

板壁にもたれ、唇を結《むす》んで黙っている。しかしその横顔には、先ほどまでとは少し違うものが浮かんでいるような気がする。

「俺ね、ヒロくん。この町で暮らすようになってひと月で、何回も同じことを思ったんだわ。何だと思う？　ここに住んでる人たちの多くが、ここの価値をわかってないってことだよ。中にはそりゃわかってる人もいるのかもしれないけど、年寄りほど、移住してきた俺をあきれ顔で見ては、『こんな田舎へよくだに』って言う。気がついてないんだ、ここがどれだけ素晴らしい土地かってことに」

広志はまだ、こちらを見ようとしない。

「俺はさ、先頭に立ってみんなを引っぱるのは苦手だけど、これまで東京でやってきたような、仕掛け人みたいな仕事ならけっこう得意なほうだと思う。それをここでも試してみたいんだよ。さっきも言った通り、まずはこの納屋をきれいに片付けて、整備して、このへんの人たちがちょっと立ち寄ってひと休みできる場所を作るとする。今日みたいな寒い日にも、熱いお茶はただで、淹れたてのコーヒーでもせいぜい二百円くらいで飲めるような場所をね。そのうちそこに、人の交流が生まれる。情報交換も出来るし、野菜や漬物や花鉢やなんかを置ける棚を用意しておけば直売所みたいにもできるだろうし、最初はお茶とコーヒーだけだったのが、利用者の要望に応えるかたちでメニューが増えて、やがては本当にカフェになっていくかもしれない」

「待て待て待て」

ようやく広志が目を上げた。

「わかったから、そう前のめりになるなよ。そんなにうまくいくかどうかわからんぞ」

「そう、わかんないよ。何の保証もない。でもさ、ヒロくん。人間って、何かにチャレンジしてその結果を認められるっていう、いわゆる成功体験ってやつがすごく大事でさ。その達成感をひとつの小さな集団の中で味わった人は、次はもう少し大きなチャレンジをしたくなる。たとえば身内だけの直売所だったりカフェだったりしたところから、だんだん外の世界にまで目が向くようになっていくとかね」

「うーん……。はたして、いいことなのかねえ、それは」

「どういうことさ」

「航ちゃんは何つったって都会のしょうだから、何でも外へ外へ広げてくのがいいことだと思ってる。けど、俺を含めて、ここらのしょうはさあ。特に年寄りはさあ。何が苦手って、変化がいちばん苦手なんだわ。航ちゃんの言うようにここで何かを始めたとして、そりゃ内輪でやってるうちはまだいいよ。だけど、そこへ外の客まで来るようになったら……ま、そう簡単には来ちゃくんねえとは思うだけども、まかり間違って来るようになっちまったら、こりゃあ賭《か》けてもいい。絶対どっかから反発が来る」

航介が、ああ、と苦笑いをした。

「キツそうだなあ、こういうとこの風当たり」

「笑いごっちゃねえだわ。わかってんなら、よっぽど気をつけて立ち回れよ。でなきゃ、住み心地はめちゃめちゃ悪くなるぞ」

「あれ。もう反対はしないの？」

「俺が反対したら、素直に聞くんかい」

「意見はちゃんと素直に聞くさ」

「だれえ、聞いたって、どうせ考えを変える気はねえによ」

あ、また母さんと同じようなこと言われてる、と雪乃が思ったとたん、

「うちの奥さんにも同じこと言われたよ」

航介は自分で白状した。

「それだけ、俺が自分勝手でわがままってことなんだろうな」

「ふん。自覚はあるわけだ」

「そりゃあ一応ね。だけど俺、何とかしてちゃんと関わりたいんだ、この土地に。じっちゃんの畑をただ引き継いで耕《たがや》すだけじゃなくて、何かこう、自分にしかできないやり方で風を起こしてみたい。外様《とざま》だからこそわかるこの土地の良さを、価値を、ここに住む人たちにも気づいてもらいたいんだよ」

ふうう、と広志が嘆息《たんそく》した。低い声で「やれやれ」と呟くと、もたれていた壁から離れる。

「わかったわかった。感動的な演説は、後のために取っとくんだな。それよか、どー、暇ならうち寄って、温《ぬく》まっていきな」

「今日、親父さんは？」

「家にいるよ、せっかちめ。ま、とりあえずはそれこそ、コーヒーでも飲んでいかざあ」

ばっくばっくと長靴を鳴らしながら出ていく広志の後を、航介がいそいそと追いかける。

「お父さん」

雪乃は、その背中を呼び止めた。

ふり返った父親に、きっちり釘を刺す。

「カフェのこと、お母さんにも早めに話しといたほうがいいと思うよ」

❄

年の暮れから正月にかけて田舎で過ごすのは、かれこれ何年ぶりだろう。前の時、自分は今よりずっと子どもだったと雪乃は思う。

大晦日《おおみそか》の朝には東京から、年内最後の仕事を無事に納めた英理子が駆けつけた。

古くて広い一軒家の大掃除は大変だけれど、みんなで立ち働けばそれも愉しい。軽く腹ごしらえを済ませると、縁側に面したガラス戸を開け放ち、それぞれの持ち場に散る。

頬がぴりぴりするくらい冷たい空気の中、茂三が縁側に建具を出し、新しい障子紙へと貼り替えてゆく。いつもはなかなか行き届かない高い場所まで、脚立にのぼってハタキをかけるのは英理子の役目だ。雪乃は、落ちてきた埃を箒《ほうき》で掃き出す。

「よっこらせっと、そーれどうだ」

航介が動かした家具と壁の隙間には、一年ぶんの綿埃がたまっている。そこへ英理子が掃除機の細い先っぽを差し入れ、ていねいに吸い取る。

「あれあれまあ、こんな重たいタンスまで、よくだに。爺やんと二人じゃあもう、なかなか追っつかなくていけねえわい」

ヨシ江がいちいち心から感謝してくれるので、働くほうも張り合いがあるというものだ。

最後は、母娘二人で雑巾掛けをした。井戸水がいくら温かいといったって、何度も雑巾を絞れば指先は痛くなる。それでも、くり返し洗っては拭くにつれて古い家の中が清《すが》しくなってゆく過程を目《ま》の当たりにすると、雪乃は背筋が伸びるのを感じた。家と一緒に、心の内側まで整ってゆく気がするのだった。

やがて台所から、醤油《しょうゆ》や胡麻油《ごまあぶら》やお酢などのいい匂いが漂い始めた。ヨシ江の作るおせち料理もまた、正月の大きな楽しみなのだ。

日が暮れて夜になり、すっかり片付いた部屋で皆がこたつを囲んだ。重箱に収まりきらなかったお煮しめや酢の物などをつつきながら、紅白歌合戦を観る。

ときどき航介が裏番組にチャンネルを替えようとすると、

「ああもう、やぶせってえ。子どもみてな真似すっでねえだわい」

茂三が文句を言う。やぶせったいとは、わずらわしいとか、うっとうしいといったような意味らしい。雪乃もだいぶ、方言を覚えた。

歌合戦も後半に入ると、だんだん演歌が増えてくる。

雪乃の注意がテレビからそれたところで、英理子がお茶っ葉の缶を手に取りながら言った。

「ねえ、そういえば、学校はいつ始まるの？」

はっとして、雪乃はこたつの中で両手を握りしめた。

じつのところ、朝から恐れていた問いかけだった。住民票はとっくにこちらに移し、転校の手続きも終わっている。すぐにでも通い始めていいのになかなか決心がつかず、こちらへ来てからの間は英理子が送ってくれる教材をもとに、曾祖父母や父親に勉強を見てもらっていた。

「冬休み明けから行くことになってるんでしょ？」

母親は手を休めず、大きな土瓶からお茶を注《つ》ぎ分ける。五人分の湯飲みからうっすらと湯気が上がる。

「……うん」

ようやく返事をした雪乃を、英理子はちらりと見た。

「こっちの冬休みって、東京より長いのよね？」

「ううん、ぜんぜん。っていうか短いよ」

「え、うそ。夏は涼しいから休みが短いぶん、冬の休みは長いって聞いてたけど」

「昔から、教育県ってことになってるせいもあるのかもなあ」横から航介が口をはさむ。「何にせよ、始業式は正月七日だってさ。一応、こないだ俺が行って、先生に挨拶はしてきたよ。校長と教頭と、担任の先生と」

「そう。私、行けなくてごめん」

「そりゃしょうがないよ、遠いもん」

航介が、妻をなだめるように言う。

雪乃は黙っていた。一緒に行くかと父親に訊かれて、首を横に振ってしまったのだ。

「うちの事情は一応話してあるから、英理子はまた別の時に挨拶しに行けばいいよ。雪乃が実際に通い始めてからでも、ちょっと様子を見た後で、担任の先生の話を聞きに行くとかでもいいんじゃないかな。ま、案ずるより産むが易しってね。いい先生みたいだったし、こっちの学校は東京よりずっとのんびりしてるだろうしさ」

雪乃は、こたつの中で手を組み、膝を抱えた。盛り上がった布団の裾から熱が漏《も》れないように気をつけながら、立てた膝の上にそっと、おとがいを乗せる。

お父さん相変わらずわかってないなあ、と思ってみる。こっちの学校は東京よりずっとのんびり。それは、お母さんには最も逆効果、火に油もいいところだろうに。

と、英理子が口をひらいた。

「そうだよね。……うん、確かにそうだわ。心配することなんか何もないよね」

雪乃が驚いて目をあげると、英理子はにこっと微笑んでよこした。

あり得ない。以前だったら父親は今ごろ、次々に放たれる言葉の矢でヤマアラシのような有様だったはずだ。

「つい先回りしちゃってごめん、雪乃」

慌てて、首を横にふってみせる。

「学校、楽しみだね」

今度は縦にふればいいだけなのに、なぜか頷けない。

どうして自分は頷くことができないんだろう。雪乃は焦った。離れて暮らしている母親を、ちょっとでも安心させたい。毎日会えるわけではないのだから、よけいな心配をかけて気を揉《も》ませたくない。そう思うのに、新しい学校が楽しみだとはどうしても思えない。おまけにそういう自分を上手に隠すこともできないのだ。

東京の学校でクラスの友達から無視されていた頃は、家ではもっとうまく隠せていた。そのせいでお腹が痛くなったり気分が悪くなったりして、やがてはどうにも隠せなくなったからこそ家族は今ここにいるわけだけれど。

なんだか田舎へ来てから、前に比べてすっかり弱くなってしまったような気がする。無防備というのか、意地の張りかたを忘れてしまったような感じだ。

雪乃が名前を知らない大ベテランっぽい女性演歌歌手が、前も見えないほどに舞い散る紙吹雪《かみふぶき》の中、紅組全員の応援を受けながら切々と歌いあげる。茂三やヨシ江は何も言わずにテレビに目を向けているけれど、箸を持つ手が止まっているのはたぶん演歌に聞き惚れているせいじゃない。

「雪乃」

そっと呼ばれて、目をあげる。と、こちらへ伸びてきた母親の指が、雪乃の鼻のあたまをきゅっとつまんだ。

「え、お母さん？　なに、どうしたの？」

「べーつに。どうもしないよ」

「だって……今の何？」

「何かないと娘の鼻をつまんじゃいけないっていう法律でもあるわけ？」

面食らっている雪乃を見た英理子は、ふっとため息のように微笑んで言った。

「焦らないでいいよ。私が訊いたりしたから、雪乃を困らせちゃったんだね。いいんだよ、学校のことは何にも焦らなくて。雪乃は雪乃のペースで、ゆっくり頑張ればいいの。そのためにここへ来たんだもの」

英理子がそう言うと同時に、なぜか、こたつを囲んでいる他の三人の肩から力が抜けた。

目の前の皿には、ヨシ江の作っただし巻き卵がのっている。見ていると、ほんのり甘いその味が口の中によみがえって、雪乃は少し救われた気持ちになった。

「こんばんはぁー！」

玄関の引き戸ががらりと開くより早く声がした。子どもの声だ。腰を浮かせるヨシ江を押しとどめ、航介が立ちあがって廊下を覗く。

「お、大輝か。どした？」

玄関先の土間に、赤いダウンジャケットとマフラーでだるまのようになった少年が立っていた。寒さのあまり、右、左、右、と足踏みをしている。

「えっとね、お父さんが、これから初詣《はつもうで》行かないかって。行くなら一緒に乗っけてくから呼んでこいって」

「で、お父さんは？」

「下の道に車停めてるよ」

「酒飲んでないの？」

「うん、まだぎりぎり我慢してる」

正直な子どもの言葉に、皆が思わず笑った。

しかし寒い。大輝が開け放った引き戸から吹き込む風だけで、もう凍えそうだ。

首を引っ込めた航介が、こたつをふり向く。

「せっかくだから乗せてってもらおうか。年をまたいですぐの初詣とか、自分で除夜《じょや》の鐘《かね》を撞《つ》くとか、雪乃、まだいっぺんもないだろ」

「それは、まあ、ないけど……」

「おう、だったら行ってくりゃいいだわ」と、茂三が言った。「航介が子どもン時も、何べんかみんなで行ったもんだ」

「覚えてるよ。なっつかしいなあ。大輝、お父さんはどこの神社《じんじゃ》へ行くって言ってた？」

「わかんない。いつもんとこだって」

「じゃあやっぱり、あそこの諏訪《すわ》神社だな。もう除夜の鐘、とっくに始まってるんじゃないか？」

「うん。外だと聞こえるよ」

「だよなあ。……俺は、行ってこようかな。誰か一緒に行く？」

誰か、と言いながらも自分へ向けられる視線を感じて、雪乃は目を落とした。

こたつから動きたくない。家族だけでこのまま紅白を終わりまで観て、続いて「ゆく年くる年」を観て、零時を過ぎたら「明けましておめでとうございます」を言い合って、あとは歯を磨《みが》いて寝てしまいたい。

「どうする、雪乃？」

重ねて訊かれ、あたしはいい、行かない、と答えようとした時だ。

「私、行きまーす」

腰を上げたのは、意外なことに英理子だった。こたつ板に手をついて立ちあがる。

「今年は神様に、ぜひ・とも・お願いしておきたいことがいっぱいあるからね」

お願い、と言うわりに、まるで神様を脅迫しに行くような口ぶりだ。

「ね、雪乃も行かない？　寒いけどきっと気持ちいいよ」

「うんうん、そうだに。行っといで」

ヨシ江にまで促され、雪乃もイヤとは言えなくなってしまった。渋々ながら立ちあがる。

こたつから出ただけで下半身がすうっと冷える。

「これ貼っとくといいだわ、二人とも」

そばの引き出しから、ヨシ江が使い捨てのカイロを出してくれた。


満天の星だった。夏の夜空も美しいが、冬は空気が澄んでいるぶん、星の一つひとつがさらに近く見える。星を見上げているというより、頭から上を星空のただなかに突っ込んでいるような気分だ。

ワゴン車の運転席で待っていた広志は、走って戻ってきた息子の大輝に続いて、航介たち親子三人が乗り込むと、後部座席をふり向いて言った。

「お、英理子さん。こっち来てただかい」

「はい、来てただですよ」

「ずいぶん久しぶりだない」

「ご無沙汰してます」

大人たち三人が一緒に笑いだしたので、雪乃にもようやく、今のやりとりが冗談だったとわかった。そう、ついこの間、クリスマスのちょっと前に会ったばかりなのだ。

広志が、機嫌良さそうにギアを入れて車を発進させた。

どうやら広志は、英理子とは馬が合うらしい。初対面の時はそれこそ〈ずない嫁〉と感じたようだが、このひと月の間に何度か会ううち、むしろその芯《しん》の強さが気に入ったとみえて、今では気安く言葉を交わすようになった。

「そうだ、今のうちに言っとかなくちゃ」

英理子が、航介との間にはさまって座る雪乃の肩を抱きながら言った。

「広志さん、今年はうちの人や雪乃がとってもお世話になりました。来年もどうか引き続き、よろしくお願いします」

「だれぇ、俺はなーんもしてねぇよ」

「いいえ。広志さんがいなかったらこの人、右も左もわからなかったはず」

「や、それはマジでほんと」と航介も言う。「ここで暮らすにあたって最初に誰んとこへ挨拶しに行くべきかもわかんなかったもん。助かった」

助手席に座っている大輝が、何やらもぞもぞと座り直している。父親に対する心からの謝辞に、自分まで照れくさいらしい。

「まあ、オッサンと雪ちゃんがこっちへ移ってきたのが、たまたまあの季節だったのが良かっただわ。秋ももっと早けりゃ、こっちは稲刈りだー稲架《はさ》かけだーで大忙しだし、春なら春で、しろかきだー田植えだーで、とてもとてもオッサンの面倒なんか見てるどこじゃなかったもの」

「オッサンオッサン言うけど、同い年だからな」

航介の抗議に笑い声をあげながら、広志はゆるやかにハンドルを切った。

リンゴ畑の間を抜けてゆく道は真っ暗だ。ヘッドライトを上向きにすると、道路のずっと先で動物の目が二つ、ぴかりと光ってから闇に紛《まぎ》れた。

「キツネだ」

と、大輝がつぶやく。

「え、今のが？　どうしてわかるの？　おばさん、犬かと思った」

英理子の言葉は、雪乃が抱いた疑問とそっくり同じだった。

「見ればわかるよ」

「どこが違うの？」

「うーん。感じ、っていうか、動きが」

「動き……」

「うん。ああいう時、犬はわりと、平気ですたすた道を渡ってくけど、キツネとかタヌキは頭を一回すぅって低く下げてから向き変えたりする。で、キツネよりかタヌキのほうが、ちょっとだけ歩き方がドタドタしてんの」

「すごい観察眼だな」

と、航介も唸《うな》る。

雪乃は、斜め後ろから大輝を見やった。車内が暗くて横顔の表情は見えないが、またもぞもぞと座り直したところをみると得意そうだ。

目をそらし、真っ暗な前方を眺めやった。道の両側のところどころに、ぽつんぽつんと民家の明かりが見えるだけで、あれきり野生動物は出てこない。

また大輝は得意げに言い当ててみせるのだろうか。本当にそうなのかどうか確かめようのないクイズは、でたらめでも何でも、答えた者勝ちではないのか。

面白くなかった。母親と父親が、こうして初詣にと誘いに来てくれた広志に気を遣ってか、ことさらに世話になった礼を言ったり大輝を持ち上げたりしているように思えて、それも何だかいやだ。

ほんとは来たくなかったのに、と思ってみる。温かいこたつに入ったまま、眠いのを我慢しながら起きている時に特有の気持ちよさをずっと味わっていたかったのに。

〈今年は神様に、ぜひ・とも・お願いしておきたいことがいっぱいあるからね〉

お母さんはああ言っていたけれど――と、雪乃は思った。きっとその中には自分のことも含まれているに違いないけれど、でも、お願いしたって無駄だ。神様なんかいない。

だって、本当にいるんだったら、何にも悪いことをしていないのにクラスでいじめられていた時、ちゃんと助けてくれたはずだ。見ていたのに助けてくれなかったのなら、よっぽど意地悪だってことになる。そんな神様なんか要らない。何をお願いしたところで無駄に決まってる。

「ああ、そうそう、この道だ」

航介が言った。ワゴン車はスピードを落とし、細い脇道に入って、神社の駐車場の端で停まった。こんな夜中でも、けっこうな数の車が停まっている。

「さあさ、降りた降りた。年が明ける前に、一人一回は鐘撞かざぁ」

神社は石段の上にあって、境内《けいだい》は多くの人で賑わっていた。カップルよりも家族連れが目立つ。年末年始に帰省してきている人たちもいるのだろう。

雪乃は、ダウンジャケットの袖口と手袋の間をかき分けるようにして腕時計を覗いた。見るたび嬉しくなるのは、この前のクリスマスに英理子がプレゼントしてくれた、生まれて初めての腕時計だからだ。

社務所からの明かりにかざすと、小さな針が十一時四十分を指している。まだもうしばらく、年は明けそうにない。

ゴーーーゥンンンン……。

はっとなって目を上げ、雪乃は辺りを見回した。境内の左手には黒々とした鎮守《ちんじゅ》の森が広がっていて、音はしかし右手のひらけたほうから聞こえてくるようだ。

「お詣《まい》りよか、先に鐘撞きだな。まずは煩悩《ぼんのう》を落とさねば」

まじめくさった口調で広志が言い、大輝ともども、ずんずん先に立って歩きだす。境内を横切り、幅の狭い道路に行きあたるとそれを渡り、なぜか向かい側の別の敷地へと入ってゆく。

怪訝に思いながらついてゆくと、驚いたことにそこはお寺の境内だった。こちらはこちらで賑わっており、本堂脇の鐘楼《しょうろう》の前には長い列ができている。

「待って、お父さん」雪乃は、右隣を歩く航介の腕をひっぱった。「さっきさ、諏訪神社へお詣りするって言わなかった？」

航介は、歩きながら雪乃を見おろした。何を今さらという顔をしている。

「言ったよ。なんで？」

「だってここ、お寺じゃん」

「うん。せっかくだったら除夜の鐘も撞きたいだろ？」

「え、よけいわかんない。お詣りは？」

「鐘撞いた後だな。何ならハシゴするのでもいいぞ。神様も仏様もたぶん怒らない」

雪乃の様子を見て、左側を歩いていた英理子も足を緩める。

「もしかして雪乃、神社で除夜の鐘を撞くんだと思ってた?」

「……うん」

英理子はにっこりした。

「鐘があるのはお寺だよ、雪乃」

「うそ。神社にはないの?」

「んー、そうとも言いきれないんだけどね。なぜって、ええと――雪乃は、お寺は仏教だっていうのはわかる?」

「わかるよ」

「オッケー。それに対して、神社のほうは神道よね。お寺には仏様がいて、神社には神様。そこまではいい?」

雪乃はうなずいた。航介と一緒に、鐘楼に並んでいる列の後ろにつく。すぐ前には広志たち父子がいる。

「ちなみに、学校で、神仏習合《しんぶつしゅうごう》とか廃仏毀釈《はいぶつきしゃく》っていうのはもう習った?」

雪乃がこんどは首をかしげるのを見て、英理子は微笑んだ。

「まだ先かな。じつはね、明治時代より前は、仏教と神道が今みたいには分かれてなくて、神社にお寺がくっついてたり、お寺に鎮守の神様が祀《まつ》られていたりってことが当たり前だったの。それが、まあいろんな事情で〈神道を日本の宗教としましょう〉ってことになって、そこから二つが強制的に分けられたんだけど、中には例外的に、両方がいまだに一緒になってるところも無いわけじゃないの。つまり雪乃の質問に戻ると、鐘があるから絶対にお寺、とも言い切れない。とはいえ、まあ基本的にはそうだし、除夜の鐘を撞くのは、これはもう必ずお寺。百八つの煩悩っていうのが、そもそも仏教の考え方だからね」

気がつくと、いつのまにか広志や大輝までが、英理子の顔を見て聞き入っていた。

「もしかして英理子さん、学校の先生か何かしてただかい」

ポケットに手を突っ込んだ広志が訊く。その向こう側で、ゴーーーゥンンンン、と除夜の鐘が響く。ちょうど真っ暗な木の陰に入っていて、誰の顔も見えない。

「どうしてですか？　あ、ちょっとウンチクが長過ぎたかしら、ごめんなさい」

「いやあ、そうでなくて。聞いてたら、めちゃめちゃわかりやすいからさ。俺らまで勉強になるもん。な？」

と息子に同意を求め、大輝もまた、うんうんと頷く。どちらもよく見えないが、気配でわかる。

「学校じゃなくて塾でだったら、学生の頃にしばらくバイトしてましたけど」

「ああ、それでかなあ。いいなあ、雪乃ちゃんは、こやって優秀なお母さんからいろいろ教えてもらえて。うちはほれ、俺も親父もみんな揃《そろ》って出来の悪いのばっかりだもの。大輝なんか誰にも勉強見てもらえねえもんなあ」

ゴーーーゥンンンンン。

素人《しろうと》が撞くせいで毎回、音の大きさや響き方が変わる。あれで幾つ目だろう。もしかして、もう九十くらいまで終わってしまったのではないか。自分たちの番が回ってくる前に百八つが終わってしまっても、ちゃんと撞かせてもらえるのだろうか。

「英理子さんもさあ、こっちへ引っ越して来ちまえばいいのによ」

雪乃はぎょっとなった。ふつうは言いにくいはずのことを、広志が頓着なく続ける。

「こっちと東京で、ずーっと離れて暮らしてて、寂しくなんねえだかい。そりゃあ亭主は元気で留守がいいかしんねえけど、こんな可愛《かわい》い娘と離ればなれはさあ」

「何だそりゃ。いろいろとよけいなお世話だぞ」

苦笑まじりの声で航介が言う。

列が少し進んだので、何歩かずつ前へと移動すると、それぞれの顔が月明かりに照らされた。

雪乃は、英理子の顔が見られなかった。とても気になったのだけれど、もしも母親が泣きそうな顔をしていたらどうしようと思うと、目が合わせられなかったのだ。

「そりゃあ寂しいですよ。きまってるじゃないですか」

と、英理子が言う。

「でも、私より雪乃のほうがもっといっぱい我慢してるはずですから……。私が寂しいなんて、言うわけにいかないですよね」

「だからもう、いっそこっちへさあ」

ゴーーゥンンンンン。

今度は誰か上手な人が撞いたらしい。鐘が、大きく長く響き渡る。

雪乃は、うつむいてムートンブーツの先を見つめた。

なんだって今ここで、お母さんにそういうことを訊くんだろう。簡単に答えられるような話じゃないのに。

広志おじさんはいい人だ。ワイルドで、面白くて、あったかい。でも、こちらの人が時々そうであるように、ちょっと神経がおおざっぱというか、とくに女性が仕事を持つということに関しては、あんまりちゃんとわかってくれないところがある。

家族が離れて暮らす道を選んだとき、母親がどんなに悩んだか、雪乃はよくよく知っている。それなのに、「寂しくなんねえだかい」だなんて、どうしてそんな、責めるような言い方を……。

ふいに、髪を撫でられた。

驚いて隣を見上げると、優しく和《なご》んだまなざしが雪乃を見つめていた。

「あなた、また背が伸びたね」

と、英理子が言う。

「そ……そうかな。変わってないと思うけど」

戸惑う雪乃に、

「ううん、伸びた伸びた。前はお母さんのこのへんだったじゃない」

英理子がてのひらで自分の胸より下を指すのを見て、航介が笑った。

「いつの話だよ、それ。こっちへ移ってくる前から、雪乃の背丈、もう英理子の肩ぐらいまであったぞ」

「えっ、そうだっけ？　……そっか」

英理子が、しみじみと雪乃を見つめる。

と、すぐそばにいた大輝が、何やら気まずそうに離れて父親の向こう側に隠れた。

「なんだぁ、おまえ。自分の背が伸びねえこと気にしてんのか？」と、広志がからかう。

「だぁいじょうぶだあ、女は先にでっかくなるからおっかなく見えるけど、男だって後からぐんぐん伸びるだから。今にすーぐ追い越すって」

雪乃は、眉根を寄せた。だから、なんでわざわざそういうことを言うのか。言葉にされたら大輝も自分も居心地が悪くなるだけなのに。

こういうデリカシーのないところは、じつは航介にもある。悪気のない無神経さ。男ってばまったく、と思ってみる。お母さんが以前から時々ぶつぶつ言っていたのは、こういうことだったんだろうか。

そうしている間にも、除夜の鐘は響く。

英理子が、雪乃にだけ聞こえるように、ぽつりと言った。

「こんなに背が伸びてたのに気がつかなかったなんて……もしかしたら私、雪乃のことを、まだまだ小さい子どもだっていうふうに思いこんでいたかったのかもねえ」

言いたいことは伝わってくるけれど、それもなんだか寂しい。

「子どもだよ」

と、雪乃は言った。甘えた感じの言葉が、大輝なんかに聞こえると恥ずかしいから、小声で言った。

そうこうするうちに、ようやく鐘を撞く順番が回ってきた。前にいるのは、あと数組きりだ。後ろにもまだ人が並んでいるから、大人は撞かず、子どもたち二人に任せようと言われて、雪乃はたちまち緊張した。

「おまえ、先にやっていいよ」

にこりともせずに大輝が言う。もう何度か会っているのに、いつも仏頂面で、用事がない限りほとんど口をひらかない。なのに、「おまえ」呼ばわりだ。えらそうに。

「え、困る。私、やり方わかんないし」

「前のやつ見てりゃわかるじゃん」

「あんたこそ、慣れてるんでしょ。やってみせてよ」

すると大輝は、露骨《ろこつ》に顔をしかめた。返事もせずに、雪乃の先に立つ。

鐘楼の上まで上がってみると、梵鐘《ぼんしょう》は思っていたよりずっと大きかった。黒々とした内側の闇に、何かが潜んでいそうで恐ろしい。撞木《しゅもく》もまた太く長く、前後がV字の綱に吊《つる》されている。

自分の番が来ると、大輝は、それまで鼻先を埋《うず》めていたマフラーをつかんで、ぐいっと押し下げた。父親によく似た利かん気な顔立ちが露《あら》わになる。

撞木の前寄りに下がっている綱をしっかり握りしめ、両脚を前後にひらき、上半身を使って前後に揺らす。その動きが、一往復ごとに大きくなってゆく。

鐘に丸太の先が今にも触れるか、次こそ触れるか、と息を吞《の》んで見守るうちに——、ゴーーゥンンンン。

ほとんど鐘の真下にいる雪乃の耳には、ぐわんぐわんぐわんと広がってゆく残響のほうが大きく聞こえる。

「おお、凄《すご》いな、慣れたもんだな」

航介と英理子が拍手する。

撞木の揺れがおさまるのを待って、綱からそっと手を離した大輝がそばへ戻ってきた。

「ほら、簡単だろ。やってみな」

カチンときた。

何が簡単なものか。見ているのと、自分で撞くのとは全然違う。毎年のように撞いているあんたにとっては造作も無いことだろうけれど、こちらは生まれて初めてなのだ。

雪乃は、進み出た。こんなことで大輝にこれ以上えらそうな顔をされたくない。列に並んでいる間にも何度か間の抜けた音を聞いたが、あんなふうなヘマをして、自分より背の小さい男子から馬鹿《ばか》にされたくない。

撞木の下に立つ。鐘が、ますますもって大きく眼前に迫る。ぼこぼことした表面の突起が、まるで生きものの皮膚のようにも見える。撞くべき箇所なんて考えなくとも、吊された撞木を前後させればちゃんと当たるようになっている——と、頭ではわかるのに、全身が緊張する。

垂れ下がる綱へと両手を伸ばし、右手は頭より少し高いところを、左手は顔の前あたりを握った。予想よりも太く、手の中におさまりきらない。はっと気づき、大輝がやっていたように脚を前後に開く。そうして、まず綱を、後ろへ引いた。

重たい。たいして動かずに撞木が戻る。その動きを引き戻そうとしても無駄なのがわかった。揺れるに任せて、綱はあまりきつく握りしめてはいけないらしい。

何度か往復させるうち、こつがつかめてきた。撞木そのものの重みをうまく利用して、少しずつ綱に力を加え、揺れを助けてやる。

頭の隅にふと、前に両親と行ったフィールドアスレチックでのターザンごっこがよぎった。綱につかまって、向こう側へと飛び移る。そうだ、あの感じ。

さっきの大輝と同じく、撞木の先がいよいよ触れそうになるのを二度、三度とくり返した後、雪乃は、思いきって全体重で綱にぶらさがった。

ゴーーーゥンンンンン。

勢い余って鐘の真下に入り込んだ身体が、残響にびりびり痺れた。

緊張がゆるむと、頭がぼうっとした。皆のところへ戻った雪乃の肩を、広志がぽんぽんと優しく叩く。

と、その陰にいた大輝と目が合った。また前のように鼻先をマフラーに埋めた彼が、くぐもった声で言った。

「やるじゃん」

「えっ」

びっくりして、思わず声が出た。

「そ……そうかな。ちゃんとできてた？　上出来なんじゃねえの」

「生まれて初めてなんだろ？　上出来なんじゃねえの」

物言いは相変わらずぶっきらぼうだが、どうやら褒めてくれているらしい。それより何より、大輝との間に一往復以上の会話が成立したことに驚く。

後の人に場所を譲ってぞろぞろと鐘楼から降り、再び狭い道路を渡って神社の境内へと戻る。ちょうどお詣りの列の後ろに並んだ時、あちこちから拍手や歓声が聞こえてきた。

「あれ。明けたかや？」

広志の言葉に、雪乃は慌てて腕時計を確かめた。ほんとうだ、零時ぴったりだ。

「明けましておめでとうございます」

皆が口々に言い、互いにあらたまって頭を下げる。雪乃と大輝も、なんだか面映《おもは》ゆいままに、ぺこりと会釈し合った。

時計の長針と短針が完全に重なることは珍しくないけれど、元旦の零時ばかりは、一年にたった一度しか巡ってこない。その〈お年越し〉だって、去年と今年では全然違う。このお正月は、家族三人が離れて暮らすことになってから迎える初めてのお正月なのだ。

みんな一緒に暮らせないのは、もちろん寂しい。でもそのかわり、ここでの暮らしには、ちょっと前までの息苦しさはない。目の前に壁が立ちはだかっているかのようだったのが、今では高台から大きな風景を見はるかしているような気分だ。ちょうど、あの納屋の窓から見おろした景色のように。

雪乃は手袋をはずし、ポケットをまさぐった。小さなお財布を握りしめる。

いつもの年より、お賽銭《さいせん》を奮発しよう、と思った。

第三章　人間の学校

三箇日《さんがにち》が明けるのを待たずに、英理子は東京へ帰らなければならなかった。駅まで送る航介の車に、雪乃ももちろん一緒に乗ってゆく。改札口で見送る夫と娘をふり返り、ふり返り、二人分に匹敵するくらい大きく手をふり返して、英理子の背中は見えなくなった。

駐車場から車を出し、最初の信号待ちをしている時だ。窓の外をぼんやり見ている雪乃に、航介が言った。

「どした？　寂しくなっちゃったか」

雪乃は、父親を見やって苦笑を浮かべてみせた。

「まあ、ちょっとだけね」

「そうか」

航介は、信号が変わると同時にギアを入れ、情けない声で言った。

「俺なんかは、かなり寂しいけどなあ」

ずるいよお父さん、と思ってみる。〈ちょっと〉というのは心配かけまいとして言っただけの話で、本当は〈かなり〉にきまっている。離れるのが寂しいという気持ちがなかったら、昨夜みたいに一緒の布団にもぐりこんで寝たりしない。それとも、ひと晩くっついて寝たせいでよけいに胸の内側がすうすう寒いような心地がするのだろうか。こたつから出た時みたいに。

車は、道幅の狭い商店街を抜けてゆく。正面にはまるで白い屏風《びょうぶ》のように、雪を頂く山々がそびえている。東京では絶対に見られない光景だ。あまりに綺麗すぎて、逆にCGみたいだ。

「お母さんさ」

「うん?」

「お母さん、あたしの学校のこと、最後まで何にも言わないまんまだったね」

「ああ。——そうか、気がついてたか」

「そりゃそうでしょ」と、雪乃は言った。「クリスマス前にこっちに来た時もほとんど何も言わなかったし、大晦日の晩ごはんの時だって」

「何て言われると思ってた?」

「うーん……『このままじゃ勉強が遅れるばっかりだよ』とか……それか、『こっちの学校だったらちゃんと行けるんじゃなかったの？』とか」

「まあ、英理子さんが言いそうなセリフではあるけどなあ」

「でも、言わなかった。ひとことも」

ハンドルを握る航介が、前方を見つめたまま無言で頷いている。

「どうしてなのかな」

「雪乃はどう思うんだ？」

「わかんない」

「考えて」

「……お母さんのことだから、いろいろ心配してないはずはないと思う。なのに何も言わないってことは、もしかして、あきらめちゃったのかなって」

「あきらめる？　何を」

「あたしのことを。あきらめるっていうか、あきれてるっていうか」

答えが返ってこない。

返事に困っているんだろうなと思いながら運転席を見やると、父親は、おかしくてたまらないといったふうに口をへの字に結び、眉尻を下げていた。

「え、なに。なんで笑ってるの？」

「いや、きみがあんまりワケのわかんないこと言うから」

横目でちらりと雪乃を見て続ける。

「あの英理子さんが、きみをあきらめるとか、どうでもよくなるとか、あり得ないでしょ。何を言ってんのかね、このお嬢は」

「だったらどうして、学校のこと何も言わないの？」

航介は、笑みを浮かべたまま首を横にふった。

「それについては、雪乃が自分で考えて、答えを見つけないとな」

「じゃあさ、お父さんはどうなの？」

「どうって」

「あたしが、こっちの学校へもなかなか行けてないとか、いいかげん行くべきだろうとか、そういうことについて。お父さんはどう思ってるの？　自分で考えてみるから、一応、参考までに聞かせてよ」

航介が、ほう、という顔になる。運転中だから相変わらず前を向いたままだけれど、雪乃の言葉づかいを面白く思ったらしい。

「一応、参考までに言うとだな。俺は、どっちだっていいと思ってる」

雪乃は、眉根を寄せた。

「行っても行かなくても？」

「そう」

「学校、行かなくてもいいの？」

「いいよ」

「え、なんで」

「なんでって、雪乃は行きたくないんだろう？　だったらべつに、いいよ。学校なんてとこ、無理してまで行くようなとこじゃない」

「……うーん」

「というのが俺の考え」

なんだか無責任、と雪乃は思った。今にも口笛を吹きそうな口調だ。

「母さんにはまた別の考えがあるかもしれないし、俺と母さんのどっちが正しいとか間違ってるとかは言えない。どっちの意見にも正しい部分があるのと同時に、もしかすると両方とも間違ってるかもしれない。だからこそ雪乃には、遠回りでも、自分の頭で考えて答えを出してほしいと思うわけさ。学校へ行く行かないは別にして、とにかくまずは、今の時点できみが感じてる正直な気持ちを見きわめることが大事。それから、どんなことのためだったらもうちょっとだけ頑張れるかな、って考えてみる。雪乃にも、あるだろ？　理由はないけど好きなものとか、興味を持ってることがさ。音楽でも芸能人でも、何でもいいけど」

「……うん。まあ、あるかな」

「いつかどこかで、雪乃自身が、そういう物事や人とつながることができたら、面白そうだと思わない？」

「……思うけど」

「だろ？〈頑張り〉っていうのはさ、そういう面白さを追求する時のためにあると思うんだ。言っとくけど、だからって頑張りすぎちゃ駄目なんだからな。今よりもうちょっとだけ、くらいが肝腎。俺はさ、雪乃、つくづく思うんだよ。〈今よりもうちょっとの頑張り〉は、その人を美しく、かっこよくするもんだなあって」

「ねえ、それってもしかして……」雪乃は、父親のほうを向いた。「お母さんのこと言ってる？」

　すると航介は、両手でハンドルを握ったまま笑いだした。

「ほんとだ。言われてみりゃ確かにそうだなあ。あのひとこそは、〈今よりもうちょっとの頑張り〉を、生まれてこのかた、ずーっと続けてきたようなひとだよな。かっこいいと思わん？」

「すごくそう思う」

「だろ。まったく、俺の奥さんにはもったいない」

「すごくそう思う」

「あっ、こら。そこは娘として、すかさずフォローするところだろう」

「え、だって、ほんとにその通りだなって思うから」

「きみねえ、正直過ぎ」

航介はなぜか嬉しそうに笑っている。

父親が母親のことを、こんなにまっすぐに賛美する家って、他にあるんだろうか。それも、娘の前で。

あきれてしまういっぽうで、雪乃としてはやっぱり誇らしい。田舎と東京、遠く離れて暮らすことを選びはしても、けっして心まで離れてしまったわけじゃない。お父さんはお母さんのことを心から尊敬していて、今も変わらず大好きなんだ。そう思えて安心する。

車は、正面に見える雪山へと向かって、ほぼまっすぐ、道なりに走ってゆく。駅周辺を離れてしまうと、景色はじきに寂しくなる。

早く春が来てほしい。そうすればあたりは緑にあふれて、これほど殺風景ではなくなるはずだ。でもその頃、自分は何をしているんだろう。春どころか、この冬の間、本当に今と同じ毎日を続けているだけでいいのだろうか。

運転席の父親も、話したいことはすでに話し終えたとみえて、それきり口をひらこうとしない。雪乃は、助手席の窓の外を行き過ぎる風景を、黙って眺めやった。

自分にとって、興味のあること。

理由はなくても、好きだと思えること。

ささやかなものなら、いくらでも思いつく。たとえば、そう、色鉛筆のみずいろ、とか。母親に手紙を書くためにおこづかいで買った羽根のもようの便箋《びんせん》、とか。井戸水を汲んだとき水面に揺れる朝の光、とか。キチが散歩をねだる時のせつない鼻声、とか。

でもきっと、父親が言っているのはそういうことではないのだ。よくはわからないけれど、いつか先で雪乃自身がひとりだちして生きてゆくようになった時に支えになるような何かを――せめてそこにつながるかもしれない何かのかけらを――できるだけ早く自分の中に見つけて育てていきなさい。今よりちょっとずつ、上の自分を目指して。と、そんなふうな意味で言っているんじゃないかと思う。たぶん。

そのためには、自分の中の〈好き〉と、もっと真剣に向き合わなくちゃいけないんだろうなと雪乃は思った。答えはきっと、その中にある気がする。

目に馴染んだ景色の中、もうすっかり覚えた道を辿って、車が家へと近づいてゆく。

集落への脇道に入り、小学校の前を通る時、雪乃は思わず目をそらしそうになり、寸前で思い直した。

東京では考えられないくらいに広い校庭を眺める。校舎は古いけれどしっかりとした木造で、三角屋根の下に大きな時計がついている。

と、急にスピードが落ちた。ブレーキをゆっくり踏みこんで道の端に車を停めた父親が、ギアをパーキングに入れ、雪乃を見る。

「ちょっとだけ散歩してくか」

反射的に、身体がひゅっと硬くなるのを感じた。学校と名のつくところには近づきたくない。あそこは危険な場所だ。――身体以上に心がすくむ。

でも……今日は一人ではなくて、父親が一緒にいる。学校なんか、行きたくなければ行かなくていい、と言い切ってくれた父親が。

雪乃は、ようやくうなずいた。

ワゴン車の助手席から滑《すべ》り降りると、耳や首筋を針のような冷気が刺した。ダウンジャケットのチャックを喉元まで引き上げる。

頭上に広がる空は、乾いていて青い。刷毛《はけ》ではいたような雲が浮かび、上空に吹く強い風に運ばれながら、半分くらい雪に蔽《おお》われた校庭にうっすらと影を落としている。

「ぐるっと回ってみるか」

返事を待たずに、航介が歩きだす。

「え、待って」

雪乃は小走りに追いつき、隣に並んだ。追いついてから後は、無理のない歩幅で一緒に歩くことができた。父親は、いつもこんなふうだ。強引で自分勝手なようでいて、というか実際に強引で自分勝手なのだけれど、その一方で、けっこう細やかに人のことを気遣う。

校庭は低いフェンスに囲まれ、その中に今は葉を落とした桜の木が並び、ツツジか何かの植え込みがその間を埋めている。雪乃は、そっと伸びあがるようにして、横目で覗きながら歩いた。

「お、正門が開いてら」

航介の声に、どきりとする。父親のことだから、入ってみようか、とか言いだすのではないか。

「入ってみようか」

ほら、案の定。

「え、いいよ。怒られるよ」

「誰に」

「学校の人に」

「なんで怒られなきゃならないんだ？」

不思議そうに言いながらも、航介はさっさと正門から入り、駐車場を横切ってゆく。

「だって……」雪乃は、父親の上着のすそを握って引き留めようとした。「あたし、ここの児童じゃないし」

「いや、一応は児童ってことになってるんだぞ。転入届は出してあるんだから」

父親の手が伸びてきて、わしわしと雪乃の頭を撫でる。

そういう問題じゃないのに、と雪乃は焦れた。〈一応は児童ってことになってる〉のであればなおさら、どうしてさっさと通わないのかという話になってくる。

「誰かと会ったら困るでしょ」

「だから、誰にさ」

「わかんないけど、担任の先生とか」

「いやあ、休み中だしなあ、いるかなあ。ま、いたらいたで好都合じゃないか」

「何言ってるかわかんない」

「まあまあ、いいからいいから」

航介は笑って、すたすたと正面玄関前の階段を上がってゆく。

「え、ちょ、待っ……。もうっ、お父さんってば！」

雪乃は身を揉み、もどかしさに地団駄《じたんだ》を踏んだ。一人にされるのも心細いが、許可もないのにこの階段を上る勇気はない。許可がないというより、資格がない、と思う。

玄関の奥の暗がりで、父親が誰かと話している気配がする。

頼むからやめてほしい。ちゃんと通っている児童だって、長い休み中に校内に入るにはそれなりの理由が要るだろうに、自分はまだ部外者というか、落ちこぼれというか、要するに何者でもない。そんな中途半端な人間が、学校という特別な場所に足を踏み入れてはいけない気がする。

ひりひり、じりじりしながら待っていると、階段の上から航介がひょいと顔を覗かせた。

「おいで」

と手招きする。

「え、やだよ」

「大丈夫だから。中を見てもいいってさ。ちゃんと許可もらったから」

いったい父親は、誰に何をどのように話したのだろう。こういう時の父親は、人の言うことなど聞かない。こちらが行かなければ、いつまでだってあそこで待っている。

雪乃はため息をつき、しぶしぶ階段を上っていった。こんなことになるなら、車を降りるんじゃなかった。

「散歩しようって言ったくせに」

上目遣いに父親をにらんで詰《なじ》る。

「だから、散歩だよ」航介は、しれっと言った。「校内探検ツアー。ガイドなし」

言いながら、もう下駄箱のところで靴を脱いでいる。

茶色いスリッパは、雪乃の足には少し大きかった。受付のガラス窓の向こうには、事務室だろうか、書類に埋もれた机がいくつかきっちりと並んでいる。奥にいた中年の女性がこちらを見てにこやかに会釈してきたので、雪乃は慌ててお辞儀を返した。笑い返す余裕はない。

「ああ、これこれ。いかにも学校の匂いだなあ」

と、航介が懐かしそうな声をあげる。

古い木にワックスの染みこんだ匂い。停滞した空気の中に、埃とチョークの微粒子がたゆたっている。学校のある時だったら、机と椅子の脚が床にこすれ、体育館の高い天井にボールの弾む音が響き、休み時間には教室にも廊下にも児童たちの甲高い声があふれるのだろう。

鼻腔にも脳裏にも否応《いやおう》なくよみがえる記憶の渦に、雪乃は、唾を飲み下した。息が、うまく吸えない。

あの時――クラスのみんなから無視されていたあの時、雪乃は、そのことを家ではどうしても言いだせなかった。

前の学校の校長先生は、朝礼の時、口癖のように言っていた。

〈学校であなたがたが学ぶのは、勉強ばかりではありません。集団生活の中で、周りのお友だちと互いに思いやりを持ちながら、力を合わせて一つの目標に向かって努力してゆくこと。それを学ぶことができなければ、たとえどんなに勉強ができたとしても、あなたがたは一人前とは言えません〉

四年生までは何となく聞き流していたその言葉が、五年生の夏休みが過ぎた頃から、胸にグッサリと刺さるようになった。

あたしだって、できるならそうしたい、と雪乃は思った。社会の合同発表だって、理科の実験だって、〈周りのお友だちと〉〈力を合わせて〉努力してみたい。仲間はずれになんか、されたいわけがない。

出席番号順やじゃんけんなどのグループ分けで、一緒になった子たちから露骨に嫌な顔を向けられるたび、死んでしまいたい気持ちになる。いじめに積極的に荷担《かたん》するわけでなく、周囲に引きずられてただ合わせているような子たちも中にはいたけれど、どうせ助けになってくれないなら同じことだった。

自分は間違っていない、と何度も思ってみた。ただ、友だちをかばっただけだ。理由もなくクラスでいじめられだした女子と、前と変わらず話をしていただけで、あっというまに今度は自分が標的になった。間違っているのは、くだらないことをする連中であって、自分は何も悪くない——そう、頭ではわかっているのに、心がついていかない。

だって、大人はみんな〈友だちはいいものだ〉と言う。〈できるだけ多くの友だちを作りなさい、理解ある友人に恵まれるほど素晴らしい人生はない〉と。〈友だちを見れば、その人の値打ちがわかる〉とも。

だったら——一人の友だちもいない自分には、何の値打ちもないってことじゃないか。

通い慣れた東京の小学校ではないのに、校舎独特の匂いを久しぶりに嗅いだせいだろう。具体的な記憶と一緒に、あの頃毎日味わっていた最低の気分までがいちどきによみがえってきて、鼻の奥がじんと痺れる。目が潤《うる》みそうになるのを、雪乃は身体にぐっと力を入れてこらえた。こんなところで泣いたりしたら父親を困らせてしまうし、何よりも、かわいそうな自分をアピールしているようで嫌だ。

奥歯を嚙みしめてついてゆく雪乃の前で、父親は、カラフルな手書きのポスター、たとえば「ろうかは走らない！」とか、「元気にあいさつしよう」などの前で、いちいち興味深げに立ち止まる。かと思えば、各クラスの窓越しにひょいと身体をかがめ、教室内の掲示板に貼り出された児童の習字などをぐるりと眺めてはまた歩きだす。

吹き抜けになった階段をぐるりと二階へ上がると、高い天井にスリッパの乾いた足音がぱたんぱたんと響いた。

「ああ、ここだな」

独りごちた航介が、いきなり教室の引き戸に手をかけ、引き開ける。

「え、お父さん？」

ぎょっとした雪乃が止めるより早く、中へ入ってゆく。見上げると、戸口の上には〈5年2組〉とあった。

とたんに心臓がズキンと痛む。前の学校でのクラスと同じだ。

朝行って、この標示を見上げて、どうしても教室に入ることができずに回れ右して引き返したことがあった。いったんは昇降口から外へ出たものの、登校してくる児童たちの流れに逆らって家に帰る勇気もなく、立ち尽くすうちに貧血を起こしてしゃがみこんでしまい、登校指導の先生に保健室へ連れて行かれたのだったけれど。

「お、これだこれだ」

教室の中で、父親の朗らかな声がする。

「来てごらん、雪乃」

教室の戸口のこの敷居が、自分にとってどれくらい踏み越えにくいものか――お父さんには想像もつかないんだろう、と雪乃は思った。やりたいことがあったら、何であれ躊躇《ためら》わず実行に移す人だ。そういう人には、自分で自分が情けなくて歯ぎしりしたくなるようなこの気持ちはきっとわからない。

そしてその点については、母親の英理子もきっと同じだ。あの人ならばそもそも、クラスの女子にいじめられるような弱みはいっさい見せないだろうし、たとえ嫌がらせをされようが無視されようが、決然と顔を上げて意にも介さずにいることができるはずだ。いつか周りのほうが、自分たちの無力を思い知るまで。

「ゆーきの」

と、航介がまた呼ぶ。教室の後ろ、掲示板の高いところを見上げたまま、おいでおいでと手招きをする。

同じ5年2組でも、ここはあの教室ではないんだから。

雪乃は、思いきって足を踏み入れ、父親のそばまで近づいていった。

掲示板の上には、ずらりとお習字が並んで貼り出されている。

〈心に太陽を〉

文句はどれもすべて同じだ。〈心に太陽を〉〈心に太陽を〉〈心に太陽を〉……。ご立派な心がけだけれど、そうしたくたって無理な時は無理なんだよ、と雪乃は思う。

「ほら」

航介が指さす先を見ると、いちばん高いところに、知った名前があった。

「なかなかいい字を書くじゃないか、大輝のやつ。なあ？」

笑って言いながら、航介は無造作にいちばん後ろの席の椅子を引き、どっかりと腰を下ろした。

「ま、きみもちょっと座んなさいよ」

そう言われても、見も知らない誰かの使っている椅子に無断で腰を下ろすのは、何だか悪いし、あまり気持ちのいいことでもない。眉根を寄せた雪乃は、父親が座っているすぐ隣、いちばん後ろの席を見おろして、はっとなった。

机の右上のところに、名札入れがある。他ならぬ大輝の名札が入っていた。貼り出された習字とは違う、かっちりした大人の字だ。周りの机にはそれぞれ違う筆跡の名札が入っているから、これはたぶん、広志が書いたものなのだろう。

見おろしながら、雪乃は、思いきって口に出した。

「お父さん。訊いていい？」

「どうぞ。何でも」

「大輝ってさ」

「お、早くも呼び捨てか？」

「そういうのじゃない」

ぴしゃりと言った。大輝くん、と呼ぶほうが親しげな感じがしてしまうだけだ。

「あの子ってさ」と言い直す。「いっつも、広志おじさんと一緒にいるじゃない？」

「おう」

「あたし……お母さんって人に会ったことないんだけど」

ずっと気にかかっていたことだった。けれどそれを、当の大輝や広志に直接訊くのはどうなんだろうと思って、口に出せずにいたのだ。

島谷家がそうであるように、誰にだってそれぞれ、いろんな事情がある。他人から安易に踏みこまれたくないこともあるだろう。それくらいの想像力は自分にもある、と雪乃は思う。

「べつに好奇心とかで知りたいわけじゃないんだよ」

黙っている父親を見て、雪乃は慌てて付け足した。

「ただ、広志おじさんたちとはよく会うから……話してるうちに、もしかしてうっかり変なこと口走って地雷踏んじゃうみたいな、そういうのは、あたしとしてはできるだけしたくないなあって思っただけで」

とくだん何の事情もないのなら、それでいいのだ。いや、あったっていい。それこそいろいろな家があるのだから、めったに子どもと行動を共にしない母親だっているかもしれないし、あるいは大輝のほうに父親ばかりを慕う理由があるのかもしれない。理由のすべてをあからさまにしなくてはいけないというものでもない。

雪乃の想いは伝わったらしい。航介は、うん、うん、と頷きながらおもしばらく考えた末に、もう一度、

「ま、座んなさい」

さっきと同じことを言った。

そろりと椅子を引き、雪乃は、大輝の席に腰を下ろした。タイツの上からデニムを穿《は》いていてなお、木の座面がひんやり冷たく感じられる。授業のある日は暖房が入るのだろうか。そうでなくては、鉛筆を持つ手もかじかんでしまいそうだ。

「雪乃は、俺なんかよりずっとオトナなんだな」

え、と目をあげると、父親の何とも言えないまなざしに出合った。まぶしいような、くすぐったいような目をしてこちらを見ている。

「どういうこと？」

「いや……俺なんか、何にも考えないでそのまんまヒロくんに訊いちゃったもんだからさ。奥さん見ないけど何してんの、って」

（うわあ……）

雪乃は、首をすくめたくなった。父親のまっすぐさは好きだが、それが時によって人を傷つけてしまうことがあるのも知っている。

「俺としては、ぜんぜん悪気はなかったんだけど、悪気がなきゃいいってもんじゃないからなあ」

本人もわかってはいるらしい。沈んだ声で続ける。

「まあ、そしたらヒロくんがさ。『今は実家で療養してる』って教えてくれたわけだ。その前は、半年近く入院してたらしい」

「うそ、そんなに？」

いったい何の病気だろう。退院してからも、家族と離れて、実家で身体を休めなければならないなんて。気にかかりながらも、ただ見つめ返す。

するとすると航介は、さっき以上にまぶしい顔をして雪乃を眺めた。

「きみのそういうところは、いいねえ」

「は？」

「俺と英理子さんのどっちにもない美徳だなあと思うよ」

「わかんないよ、何のこと？」

「俺はさ、このとおり、人の気持ちもかまわずにいろいろ知りたがり過ぎるだろ？　英理子さんはと言えば、自分こそは知っておくべきだという信念のもとにやっぱり踏み込みすぎる。でもきみは、一にも二にもまずは相手の立場になって、好奇心の手前で踏みとどまることができるじゃないか。それって、誰にでもできることじゃない。じつはすごいことだよ」

「……そう、かな」

よくわかんないけど、それならよかった、と呟くと、航介は笑った。

「とにかく――ヒロくんが言うには、ちょっと難しい状況らしくてね。このことは、きみの優れたところを信頼した上で、あえて話しておこうと思うけど……」

航介が言葉を切る。雪乃は、張りつめた気持ちで父親を見やった。

「きみはさ。自分の考えとか気持ち、つまり頭の中や心の中ってことだけど、それって誰のものだと思う？」

「え……。いま、お父さん、『自分の考えとか気持ち』って言ったよね？」

「うん、言った」

「だったら、自分のものじゃないの?」

そうじゃなかったら、いったい誰のものだと言うのだろう。

「なるほど。じゃあ訊くけど、きみは、自分の心の中のことが全部わかってる? どうしてこんなに悲しくなるんだろうとか、どうしてあの人に対しては腹が立っちゃうんだろうとか、そういうの全部、わかった上でコントロールできてる?」

ますます意味不明だ。父親が何の話をしようとしているのかが見えない。大輝のお母さんのことを話しているのではなかったのか。

「大体のことは自分でわかってると思うけど……全部はコントロールできてない、気がする。よくわかんない」

正直に言うと、航介は頷いた。

「だよな。俺だってそうだよ。っていうか、まあたいていの人はそんなもんだと思う。自分のことは自分がいちばん良くわかってるっていう部分もあるし、自分こそ全然わかってなかったりもするけど、それでもまあ大体はコントロールのきく状態にあるわけだ。少なくとも、ふつうに生活してて支障が出ないくらいにはね」

「……うん」

「だけど、もしもだよ。自分の頭の中で、自分じゃない誰かの声が色々話しかけてくるとしたらどう?」

「何それ」

「たとえば、そんなはずはないのに、道ですれ違う誰もかれもがこっちを指さして悪口言ってるみたいに聞こえる、とかさ。ずっと誰かに追いかけられてるみたいに感じて、後ろをふり返らずにいられない、とかさ。それか、さあトイレに入ろうと思ったら、まるで監視されてるみたいに、『今からトイレに入ります!』って声がするとか……」

怖《おそ》ろしい例を並べた後で、父親は言った。

「もしも自分がそういうふうだったとしたら、雪乃は、どうする?」

「やだ、困る」

考えるより先に答えていた。口に出した後でもういちど考えてみたけれど、答えはやっぱり同じだった。

――困る。

「そうだよな。困っちゃうよな」

航介が頷き、口をつぐむ。

次の言葉を待って父親の顔を見ているうちに、雪乃は、はっとなった。

「え、もしかして大輝のお母さんの病気って……」

また呼び捨てにしてしまったことに気づいたが、言い直す余裕がない。

父親は、肯定も否定もしないまま、深呼吸するように大きく息を吸い込み、ゆっくりと吐いた。大柄な身体にはどう見てもサイズの合わない椅子の上で向きを変え、机に肘をついて黒板のほうへと目をやる。

「この際だからっていうのは何だけど、きみと一緒に考えておきたいことと、きみに覚えておいてほしいことが、いくつかあるんだけど」

「……なに」

「まずは、それこそいちばん〈困ってる〉のは誰なのかってこと」

「誰なのかって……広志さんとか大輝じゃなくて？」

「どうだろうな。そりゃ、彼ら家族としてはすごく混乱しただろうし、傷ついたろうし、苦しい努力も沢山してるはずだよ。だけど俺は、誰よりいちばん困ってるのはやっぱり、本人だろうと思うんだよね」

黒板のほうを見たまま、航介は言った。

そうかもしれない。自分の考えや気持ちだけでも時々もてあますのに、もし頭の中に他の誰かの考えが勝手にぐいぐい割り込んできたとしたら――。あたしだったらパニックを起こしてしまう、と雪乃は思う。

「かわいそう」

呟くと、航介も頷いた。

「そうだな。当のお母さんも家族も、かわいそうだ。だけどね、雪乃。これは間違えないでほしいんだけど、気持ちを寄り添わせて、きっとどんなにか辛いだろうな、何とか力になってあげられたらな、って思うのはかまわない。でも、自分のほうが一段高いところに立って同情するのは、俺はちょっと違うと思う」

雪乃は、目をこらすようにして、父親の言葉に心をこらした。難しい、けれど大事なことを言われている気がする。

「こういう心の病気に対しては、偏見《へんけん》を持つ人が多いんだけど……ええと雪乃、偏見ってわかる？」

聞いたことのある言葉だけれど、正直、よくわからない。曖昧《あいまい》に首をかしげてみせると、航介は少し考えてから言った。

「つまり、確かな根拠もないのに、偏《かたよ》った考えで相手のことを悪く思ったり、下に見たりすること、って言えばいいかな」

胸がずきりと痛んだ。

「それって、いじめとは違うの？」

父親の顔がこちらを向く。

「うん、少し違う。でも重なるところはありそうだな。偏見っていうのは、自分とはどこか違っている人と出会った時に、自分のほうが普通で正しいんだって思い込んで、相手のことをヘンだとか間違ってるとかって決めつけてしまうことなんだ。自分は間違ってないんだからその人を攻撃してもかまわないって思い込んだり、自分がどうしても感覚的に受け容れられない相手だから嫌ったっていいんだっていうふうに自分を正当化したり、ね。……そうか、こうして考えてみると、たしかに雪乃の言うとおりだな。もとになってる考え方みたいなのは、いじめとも似てるかもしれないね」

父親の言葉を聞いているだけで、雪乃は胃袋をじわじわ締めつけられるような感じがした。耳の奥でキィーンと金属音がして、口の中も錆臭《さびくさ》くなる。

何をしても、いや、何もしていなくても、ただそこにいるだけで、ヘンだとかブスだとか頭がおかしいとか言われた。そんなことないのにと思っても、あんまり何度も言われ続けるうちには自信がなくなってきて、自分はもしかして本当にヘンでブスで頭がおかしいのかもしれないと思えてきた。何を言われても、どんな表情をしていいのかわからなくなり、息をしているのも申し訳ないみたいな気持ちになって、実際に呼吸ができなくなったりもした。——つらかった。

「思い出させてごめんな」

航介が言う。お父さんはわかってくれているのだと思うと、少しだけ気持ちが落ちつく。

雪乃は、黙って首を横にふって見せた。

「大輝のお母さんと、同じようなことで悩んだり困ったりしてる人たちは、じつはたくさんいるんだ。俺らが思ってる以上にいっぱいいる」

「そうなの？　でもあたし、これまで会ったことないよ。お父さんは？」

「俺は、ある」

雪乃は目を瞠った。

「どういう人？」

「会社の先輩」

「その人も、お父さんみたいな仕事してたの？」

「そうだよ。この商品のいいところを、世の中にどう知らせていったらいいのか、そのためにはどんな広告を展開すればいいのか、そういうふうな仕事の基本を最初に教えてくれたのはその先輩だった」

「いくつくらい上の先輩？」

「三つ上だったかな。いやあもう、ものすごく頭のいい、仕事のバリバリできる人で、俺、めちゃくちゃ尊敬してたんだよ。偉くなっていくのもいちばん早くて……。だけど、そのぶん、周りからの風当たりみたいなのもきつかったみたいでね。つらい中で、独りで頑張りすぎちゃったのかもしれない。ある時から、どうしても会社へ来られなくなっちゃって、しばらく休んでたけど結局、辞めるしかなくなった」

雪乃は、黙っていた。身につまされる、とはこういうことを言うのだろうか。

もしかして、と思った。学校を休みがちになって、とうとうどんなに頑張っても行けなくなってしまった時、父親がまるで何でもないことのように、行きたくないところへなんか行かなくていい、と言い切ってくれたのは……。

「雪乃だったら、理解できるんじゃないかと思うんだ」航介は続けた。「何かをしなきゃいけないと思ってるのに、心と身体が言うことを聞いてくれない。自分のことなのに、自分ではコントロールできない。そういう時ってあるだろ?」

こくん、と頷く。

「それに気づいても、たぶん多くの人はまず周りに隠そうとする。会社でも家でもね。そのせいで、よけいに治療に取りかかるのが遅れて、どんどん症状が重くなったりするんだ。大輝のお母さんはそうだった」

航介は、ぽつりぽつりと話した。勤めていた役場でも、仕事が終わって家に帰ってからも、大輝のお母さんは不調を隠し、無理を重ねて、その末に——日常生活さえもふつうには送れなくなってしまった。ある時を境に、自分の殻に閉じこもって出てこなくなり、家族の誰の顔も見ようとせず、誰の声も届かなくなった。入院していた間は、夫や息子とも会える状態ではなかったという。

雪乃は、唾を飲み下した。固い石ころを飲んだように喉が痛む。

大輝の真っ黒な瞳が頭に浮かぶ。話したり遊んだりしている時はもちろん、興奮した時や、誰かの言葉にむっとなって怒った時にはなおさら強く光る目。あの目の奥に、まさかそんな複雑な事情が隠されていたなんて思ってみたこともなかった。ふだんの大輝からそういう雰囲気を感じたことさえなかったのだ。

自分がもしも同じ境遇におかれたらどんな思いがするだろう。この世でいちばん大好きで大事なひとに、お母さん、と呼びかけても返事をしてもらえなくなったとしたら。

「なあ、雪乃」

父親の声がひときわ優しく深く耳に響いて、じわっと涙がにじむ。

「俺はさ。雪乃が学校で経験したつらさを、精いっぱい想像してみることはできるよ。でも、本当のところはやっぱり、雪乃自身にしかわからないんだろうとも思うんだ。みんなそうだよ。人にはわかってもらえないようなしんどさや悲しさを、それぞれ胸に抱えたまんま、なんとか頑張って立ってる」

だから自分だけが辛いなんて思うな、というふうに、父親の言葉は続くのだろうか。

「だからね、」

雪乃は身構えた。

「きみは、何にもおかしくなんかない」

「……え」

「みんなと足並み揃えて学校へ行けないからって、自分のことを責めたりする必要はない。まったくない。だってさ、考えてもごらんよ。熱を出して寝こんでる人に、熱なんか出してるお前がおかしいんだ、何が何でも起きろって、誰も言わないだろ？　言う人がいたら、そりゃその人のほうがどうかしてる。ふつうは、ちゃんと快復するまではまず身体のほうを心配して労《いたわ》るし、それでも良くならなかったら、医者を変えるとか病院を移るとかするよな。それと同じだよ」

弱った。鼻の奥のほうがジンジンときな臭く痺れてきた。これは、涙の前触れだ。

「学校も、会社も、もっと言えば家庭だってそうだけど、その場所でもうすでに充分過ぎるほど頑張って、それでもどうしようもなく気持ちが折れちゃってる人に、それ以上の無理をさせちゃいけない。それほど残酷なことはないよ、そうだろ? ヒロくんは、奥さんを結果的に追いこんでしまった自分を今も責めてるし、俺は、あれだけ世話になった先輩のために何もできなかった自分が今でも悔しい。もう二度と、そういう思いはしたくないんだよ。せめて、きみの心は守りたい」

喉がぎゅうっと狭くなり、目の奥が熱く煮える。もう駄目だ、と思うより先に溢《あふ》れてしまった。こらえる暇もなかった。

うつむいてしゃくりあげる雪乃の両目から、涙がぼとぼと落ちては、ジーンズの腿《もも》のあたりに濃いしみを作る。

「だからね」

航介がゆっくり続ける。

「学校なんて、無理して通わなくていい。学校でしか学べないこともあるにはあるだろうけど、いっぽうで、学校では逆立《さかだ》ちしたって学べないことが外の世界にはたくさんある。この世界の全部が、人生をかけて学ぶための学校なんだ。子どものための学校じゃなくて、人間の学校なんだよ。ただ、よく聞いて、雪乃」

雪乃は、涙でいっぱいの目をあげた。昔のガラスのようにゆらゆら歪《ゆが》んだ視界に、父親の真剣な顔が映る。

「約束してほしいんだ。俺はこれから、きみを連れてどこへでも行く。大人が集まる場所にも、役場や寄り合いにも、どこへでもだ。冬休みの間ならともかく、学校が始まってからもそうだとしたら、中には不思議に思って訊く人もいるかもしれない。学校はどうしたの、ってね。俺は、隠さないよ。『学校へは行かない、というのが娘の意思なので、父親としてそれを尊重しています』と言う。はっきり言う。きみも、堂々と顔を上げていてほしい。その人が理解してくれても、くれなくてもね。いい？」

雪乃は、涙と唾を飲み下し、うなずいた。

「もちろん、きみの意思はそのつど訊くから、どうしても一緒に行きたくない時は断ってくれてかまわない。ただ、その場合は、じっちゃんとばっちゃんの手伝いをすること。ひたすら家に引きこもったりして、あの二人に心配かけるのはナシな。そこだけは、父さんのわがままを聞いてほしい」

てのひらで、両目を拭う。手の甲で、鼻の下も。そうして雪乃は言った。

「わかった」

「約束、してくれるか」

「する」

「そっか。……ありがとう」

お父さんがそれを言うのはおかしいよ、こっちのセリフだよ。そう言いたいのに、頭も、舌も痺れてしまっている。手も脚もだ。

航介が椅子から立ちあがった。

帰ろうと言われても、すぐには立てない――と思ったら、父親の手が、雪乃の頭を引き寄せてそっとお腹に抱きかかえた。よしよし、と髪を撫でてくれる。何度も、何度も、まだほんの小さかった頃、よくそうしてくれたみたいに。

嬉しくて、でも恥ずかしくて、顔が上げられない。

雪乃は、盛大に洟をすすりあげて言った。

「お父さん」

「うん?」

「お腹……こっち来てから、だいぶ引っ込んだんじゃない?」

❄

言葉というものは、慎重に扱わなくてはならない。そのことは、広告業界に身をおいていた父親ならよくよくわかっているはずだ。

にもかかわらず、相手が身内というだけでどうしてしばしばこういうことになってしまうのか、雪乃にはよくわからない。妻にせよ、祖父にせよ——大事な取引先を前にして喋《しゃべ》る時のようには緊張しないぶん、ついうっかりしてしまうのだろうか。

「いや、だからさ、じっちゃんのやり方を否定するつもりで言ったんじゃないんだよ」

茂三を前に、航介は言った。だいぶ慌てている。

「決してそうじゃないけど、もしそんなふうに聞こえたんなら、謝る。ごめん」

「ふん。べつに、うわっかわだけ謝ってもらわねえでもけっこうだわ。ったく、人ヨ馬鹿にしくさって」

「いや、だからさ、ケチ付けてるわけじゃないんだってば。ただ、同じ野菜や果樹をやってくにしたって、考えようによっては面白い道が開けるんじゃないかなってことをちょっと言ってみただけで」

「だれえ、昨日や今日始めたばっかりのひよっこが偉そうに。おめえに何がわかるぅ」

茂三はすっかりご機嫌斜めだ。こうなると、何を言ってもそう簡単に元へは戻らない。

ヨシ江がため息交じりに言うところの、

〈あのひとはいっぺんエボつっちまうと長いから〉

というやつだ。

雪乃は、二人にわからないようにそっとため息をついた。

ついさっきまで、倍ほど年の違う祖父と孫息子は、母屋の脇に建つ納屋で和気あいあいと農機具の手入れをしていた。雪乃はゴム手袋をはめて、ボトル入りの農薬や、オイルやペンキの缶などが並んでいる棚の整理整頓を受け持った。引き綱をはずしてもらったキチも仲間に加わることができて嬉しそうだった。

多くは娘のため、そして自分の夢のために、東京の大きな会社をすっぱり辞めて田舎で暮らすことを決めた航介に向かって、茂三はこの日、

「なかなかできることでねえだわい」

初めてそう言ってくれた。男同士ではめったに褒め言葉を口にしない人だし、前に一度、〈そんな甘い考えでどうする〉的なことを言われただけに、航介は嬉しそうだった。雪乃まで嬉しかった。

おそらく、それで調子に乗ってしまったのだろう。

「俺、じつはさ、このへんじゃまだ誰もやってない作物にも興味があるんだよね」

航介は言った。

「農業は斜陽《しゃよう》だなんて言われて久しいけど、そのわりに、東京のちょっと高級なスーパーなんか行くと見たこともない野菜がいっぱい並んでてさ。それがまた、けっこうな値段してるのにちゃんと売れてるわけ。ファッションとかと同じで、野菜にも流行《はや》りすたりがあ

るんだなあって思ったね。美味《おい》しいだけじゃなくて見た目がおしゃれだったら、高くても売れるってこと。そりゃあ、この土地に合う合わないの問題はあるけど、みんなと同じことしてたんじゃ先が見えてるしさ。やる以上は、都会の人から憧れられるくらいの農業を目指したいよね」

裸電球を灯《とも》した納屋の中、航介は、耕耘機の回転部に油を差していた。古いブリキの油差しの底が、ぺこんぺこんと音を立てる。

「大事なのは、いわゆるブランド化ってやつだよ。じっちゃんは知らないだろうけど、今どきは、毎日の料理の写真をインスタグラムに上げたりするのが当たり前になっててさ」

砥石《といし》で鎌《かま》を研《と》いでいた茂三が、

「……上げる？」

短く訊き返した。

「そう、アップするってこと。ええとつまり、今晩ばっちゃんが作ったおかずを、スマホかデジカメで写真に撮るとするじゃない。で、世界中の誰でもが見られるようにインターネット上に公開する。そのことを、〈上げる〉って言うわけ」

「婆やんの煮っころがしの写真なんぞ、世界の誰が見るだ」

「それが、けっこう見るものなんだよ」

「真似して作るだか？」

「それもあるだろうけど、たとえばアップしたのが芸能人だったら、へえ、あの人、家ではふだんこういうの食べてるのか、って好奇心で覗くじゃん」

「ふん」

「おしゃれな世界に憧れるのは、別に悪いことじゃないだろ？　芸能人じゃなくて一般人でもそう。彼らがこぞってネットに料理の画像をアップする。そうなると食材は、味以上に見た目が命ってことになる。味はさ、極端な話、まずくても関係ないんだわ。カメラにはどうせ写らないから。とにかく、大前提として画像がほんとに美味しそうに撮れてないと、そのブログが話題になることはあり得ない」

「ぶろ……？」

「ブログ。ネット上の公開日記みたいな文章のことだけど、普通の日記と違って、他の誰かが感想を書き込んだりもできるのがミソだね。中には、何万人、何十万人のフォロワーがついてるブロガー……ええと、読者がついてる人もいる」

「そんねんまく大勢に読まれる日記に、いったい何書くだ？　本当のことなんぞ、なぁんも書けねえに」

茂三が、しごくもっともなことを言う。

「それを言っちゃおしまいだよ」航介は笑って耕耘機から身体を起こした。「ごめん雪乃、そこの二段目の、赤いオイルの缶取って」

雪乃が急いで持っていくと、航介は空になった油差しにオイルを補充し、缶を返してよこした。再びかがみこみ、隣に置いてあった古い自転車にまで油を差し始める。

「野菜にも流行りすたりがあるっていうのは、そういう背景があってのことでさ。あたりまえのトマトを輪切りにした写真を載せたところで誰の興味も引かないけど、それが、見たこともない野菜やフルーツだったら話は違ってくる。それがいわゆる『インスタ映えする』ってことなんだけどね」

油差しの底をぺこぺこと押しながら、すっかり錆びた自転車のチェーンを回してゆく。

「インスタグラムに上げた時に人目を引くほど写真写りがいいものは、今の時代、雑貨でも洋服でもたいていヒットするんだわ。料理の場合、インスタ映えした上でさらに他人のブログと差をつけるためには、サラダ一つとっても流行の最先端を行くおしゃれな野菜が重宝されるわけ。そういうものになら金を惜しまないっていう消費者層が一定数いる。ばかげてるって言えばばかげてるけど、現実はそうだからさ。だったらこっちも、そこをピンポイントで狙《ねら》って作物を選べばいいんじゃないかな、って」

後から思えば、話の途中のどこかから、茂三はいっさい相づちを打たなくなっていた。

どうして気がつかなかったんだろう、と雪乃は思う。話の内容に集中してしまって、曾祖父の反応を見逃していた。途中で気づいていたら、さりげなく父親の話を遮ることだってできたかも——いや、あの勢いでは難しかったろうか。

「農業もさ、生き残りのための戦略が必要だと思うんだよ。少なくとも、これまでとただ同じことを繰り返して、ありきたりの野菜や果物だけ作ってるよりは、上を目指せるんじゃないかってさ」

反応がないので、航介は声を張った。

「ちょ、聞いてる？　じいちゃん」

その時だ。ずっと砥石にかがみ込んでいた茂三がようやく身体を起こして言った。

「ああ、聞いてるよ。おかげさんで耳は遠くねえし、おめえがべらべらべらべら大声でくっちゃべるもんで、よーく聞こえちゃいるだわ。聞きたくもねえことまでな」

雲行きが怪しいことに、そのとき雪乃はようやく気づいたのだった。もちろん航介もだ。

「え、じっちゃん、ちょっと待ってよ。俺、何か悪いこと言った？」

「なんも」

「だって何か怒ってるでしょ」

「怒ってねえだわ。腹が煮えくりけぇるだけだに」

「めちゃめちゃ怒ってんじゃん！」

航介は慌てた。

「いやあの、誤解しないでよ。これまでのやり方を今すぐ変えようなんて思ってないし」

「あったりめえだ。そんなこと、出来るわけがねえに」

茂三が苦い顔で吐き捨てる。

「野菜の流行がどうの、見た目がどうのって、おめえはえれえ簡単に言うだけども、新しい作物をこさえようと思ったら畑の土からこさえなきゃなんねえだ。一朝一夕に出来るこっちゃねえに。画用紙を取っ替えて絵ぇ描くようなわけにゃいかねえだわ」

雪乃は、立ちすくんでいた。手にした買い置きの亀の子ダワシを、棚に戻すことさえできない。ふだんからけっこう怒りっぽい曾祖父だが、本気で腹を立てているのを見るのは初めてだった。

「いや、待ってよ、じっちゃん。俺だってそんなことはわかってるって。じっちゃんの丹精した畑をアテにしてるわけでもないよ。役場で紹介してもらって、休耕地になってる畑を貸してもらう計画だって進めてる」

「ほぉん、ご苦労なこった。そんなふうにな、頭で考えたとおり簡単にいくなら誰も苦労はしねえだわい」

「そうだけどさ、たとえ試験的にでも始めてみなかったら、いつまでたってもモノにならないだろ？　じっちゃんだって言ってたじゃん。このへんで最初にブルーベリーを植え始めた時は、周りじゅうから反対されたり馬鹿にされたりしたって」

この近所ではほとんどの農家が、果樹園ではブドウを中心に作っている。そんな中で、ブドウの傍《かたわ》ら、ブルーベリーを植え始めたのが茂三だった。もう何十年も前のことになる。当時はブルーベリーという果物そのものが今ほど全国的に認知されておらず、茂三自身もどんな果樹なのか試しに植えてみたいと思った程度だったのに、周囲はあれやこれやとうるさいことを言ってきたらしい。どうせうまくいくわけがないと諭《さと》したり、新しいもん好きだの、身の程知らずだのと揶揄《やゆ》してみたり——おそらくは変化を嫌う田舎の人間特有の気質に、妬《ねた》み嫉《そね》みが合わさってのことだったのだろうが、当時五十代、まだまだ気力充分だった茂三はかえって奮起した。おかげで今、初夏に出荷するサクランボほど大きな実のブルーベリーは茂三の、いや、後に続いた農家全体の大切な収入源となっている。

「じっちゃんだって、昔から、言ってみればフロンティア魂を地で行く人だったわけでしょ。俺が同じように挑戦することの何がおかしいのさ」

航介が不服も露わに言うと、茂三は再び砥石に目を落とし、草刈り鎌の刃《は》を滑らせ始めた。その姿勢のまま、言った。

「調子《ちょんこ》づいてるからだわ」

「じっちゃん」

「なんも、挑戦が悪いとは言ってねえだよ。ただ、おめえの考えのもとになってるもんが、なんちゅうかこう、うわっかのことばーっかしに聞こえるだわ」

「なんで。さっきの話のどこがいったい、」

「ネットがどうの、芸能人の公開日記がどうのって、そんな連中のご機嫌伺いながら畑やって楽しいか。おしゃれな野菜の写真だあ？　インスタントだかブロ……ブロ何とかだか知らねえが、そんなもんにいちいち写真載っけてもらうために野菜作ってて、おめえは嬉しいだか。え？」

張りつめた空気を感じ取っているのだろう。雪乃の足もとで、キチがひぃんと鼻を鳴らす。

「いや、何もそのためだけにとは言ってないけどさ。ただ、普通のキャベツやキュウリみたいな野菜だとなかなか他との差別化が図れないけど、新しい野菜はそれでなくても注目度が高いだろ？　どういう料理に取り入れるかも含めて戦略的にアピールしていけば、話題にもなるし、ブランド化もしやすいって言ってるだけで……」

「さっきおめえは、味なんか写真に写らねえって言ったな」

航介が、ぐっと詰まった。

「あれは……」

「写真にさえ美味《うま》そうに写ってたら、実際の味はまずくたってかまわねえって。そう言ったたな」

「だからそれは、言葉の綾《あや》っていうか」

「そーじゃあるめえに。つるっと口からこぼれた言葉こそ、本音ってことだわい」

鞭《むち》をくれるようにぴしりと厳しいことを言いながらも、茂三は手を止めようとしない。弧を描いた鎌の刃を、じつに手際よく研ぎ続けている。

前屈《まえかが》みの背中。頭の毛は、雪乃が思い出せる限りでもずいぶんと薄くなり、顔にも手にも皺が増えた。それなのに、衰えたように見えないのはどうしてだろう。両肩のあたりにこもる気魄《きはく》のせいか。

曾祖父が本気で怒ったところを見るのが初めてだったのと同じく、父親が本気で反省してしょげているのを見るのも初めてだった。父は今、何か大きなことを大先輩から教わったのだ。〈人間の学校〉だ、と雪乃は思った。

「ま、話はわかった。おめえが本当に性根据えてやってみてえんなら、好きにやるがいいだわ。どんな作物だろうが、思うとおりこさえりゃいい。たしかに、おめえの言うのも道理だ。おれだって昔はそうとう勝手を通してきたわけだしな。はは、血筋だわい」

皮肉ではないらしい。声がいくらか穏やかになっている。

雪乃がようやく安堵して身体の力を抜くのと、顔を上げた曾祖父と視線がぶつかるのは同時だった。茂三が、ふっと目もとを和ませる。

「ただし、航介」

「……はい」

「おめえ、どんだけ忙しくても、雪坊のことだけはちゃんと目配りしてやれよ。とーやんだけじゃ足りねえ。爺婆が束んなっても追っつかねえ。女の子にゃあやっぱし、かーやんでなきゃ駄目なこともあんだからな。そこんとこさえ忘れなきゃ、おれは、これ以上なんも言うつもりはねえだわ」

第四章　名前

二月の初めのことだ。航介が借りるつもり満々だった休耕地の話が、立ち消えになった。持ち主のほうも最初は貸すつもり満々だったはずなのに、どうして突然……と役場に確かめたところ、

「べつだん、事情が変わったとかじゃないらしいや」

航介は、広志と大輝親子を前にげんなりと言った。

「平たく言えば、〈世間体〉が原因だってさ。『ご先祖さまから受け継いだ地べたを、はした金のために他人に貸すほど落ちぶれちゃいねえ』って。初めは全然そんなふうじゃなかったのになあ」

「ありがちな話だわ」と、広志が言う。「どうせ親戚《しんせき》か隣近所から何か言われたんだろ。それか、紹介してくれた土屋《つちや》さんとの間で何かあったのかも知れねえし……」

土屋さん、というのは、このあたりの実力者だ。航介が休耕地（はっきり言うなら耕作《こうさく》放棄地《ほうきち》）を借りて新たな作物を作ろうと思うなら、話を通しておかないと後々厄介なこと

になるというので、広志がまず連れていってくれたのが、長年にわたって町議会議員を務めてきたというその人のところだった。

大きな声で笑う押し出しのいい人物だったが、雪乃は好きになれなかった。父親の話に相槌《あいづち》を打ちながらも、視線をふとそらした時の目が冷たくて、おまけにこちらが学校に行っていないと聞くと、笑いを引っ込めて言ったのだ。

〈ズル休みはいけないな。学校だけはちゃんと行っといたほうがいい〉

「そもそも、挨拶に連れてった俺が、あの人にはあんまし気に入られてねえもんだからさあ。よけいに航ちゃんにまで皺寄せが行ったんじゃねえかなあ」

と、広志がぼやく。

「いやあ、そういうことじゃないと思うよ」航介が言った。「あの人はさ、基本、定年間近の校長先生みたいなもんでさ。変化なんか大嫌いで、自分に関わりのある地域ではできるだけ波風立てて欲しくないから、俺らみたいな若手が煙《けむ》たくてしょうがないんだよ。ヒロくんが特にどうこうってわけじゃないと思う」

「なるほどな。言い得て妙だわ」

苦笑気味に頷いた広志は、先ほどから古いガラスのはまった格子窓を一旦《いったん》はずし、木枠の歪みを調整し、必要なところには鉋《かんな》をかけて削ったりしている。

「まあ俺だって、土屋のおっさんに是非とも気に入られたいかって訊かれりゃあ、そういうわけじゃねえけどな。それでもやっぱ、これから何かを新しく始めようって時に、面倒はひとつでも少ねえほうがいいに。町議会議員さんのお覚えがめでたけりゃ、時には縦のものが横にもなり得るんだし」

「うん。そういう事情はよくわかるし、ヒロくんの気持ちはありがたいんだけど……俺としては、かえって良かったかもしれない」

「なんでさ」

「いや、だって、そういう人ってまず見返りのないことはしないじゃんか。逆に言えば、何かしてくれたとなったら、当然のように後からお返しを要求されるわけでさ」

「そりゃまあ、そうなるわな」

「俺だって、頭から否定するつもりはないよ。きっと、古くからここにいる人はそうやって、お互いに魚心《うおごころ》あれば水心《みずごころ》みたいな部分でいろんなことをうまく回してきたんだろうと思うんだけどさ。ただ、俺はそのへん、やっぱり〈都会のしょう〉なのかね。返すに返せないような恩とかしがらみばっかり増えて、後からあれこれ束縛されることになるよりは、はなから変な借りを作らないやり方のほうがサバサバしてて好みなんだ。たとえ回り道であってもさ」

　黙って聞いていた広志が、くっくっと喉で笑うのが聞こえた。

「航ちゃんらしいや。ま、駄目だったもんはしょうがねえしな。俺からももっぺん、役場の翔太郎《しょうたろう》に話しとくわ。気持ちよく貸してくれそうなとこを急いで当たっといてくれって」

「サンキュ。恩に着るよ」

　町役場の農政課にいる翔太郎は、広志の後輩だ。

　雪乃も一度会ったことがある。真面目でちょっと気の弱そうな人だった。中学から高校の六年間、広志と同じ野球部にいたそうで、いまだにこの押しの強い先輩には逆らえず、あれやこれやとこき使われている。一旦できあがってしまった上下関係を白紙に戻すのは、とくにこうした田舎ではなかなか難しいらしい。

「とにかく地べたばっかりは、早いとこ借りて耕しとかねえと。カラシ菜まくのに間に合わなくなっちゃいけねえもんな」

「うん。マスタードだけどね」

　と、航介が間違いを指摘する。

　日本のカラシ菜も、西洋のマスタードも、見た目は菜の花そっくりで、とても近い仲間ではある。

きっかけは、雑誌にたまたま載っていた記事だった。あくまでフランスの話だが、ワイン用のブドウが多く生産されている地方では、マスタードの栽培も盛んだというのだ。それを読んだ航介は閃《ひらめ》いた。だとしたら、このあたりの土質もマスタードにぴったりなのではないか、と。

調べてみると、栽培は難しくないし、収穫もそれほど人手を必要としない。捨ててしまう葉や茎の部分は緑肥にもなり、採れた種を酢漬けにして作ったマスタードは、たとえばソーセージや肉に付けたり、煮物に添えたりパンに塗ったりと、様々に活用できる。ちょっと洒落《しゃれ》たラベルでも貼って瓶詰めにすれば、この土地の新しい名産品として売り出すことも夢ではない！　……かもしれない。

しかし、それもこれも、使える畑があっての話だ。借りられる算段がつかないうちは、種子を買うわけにもいかない。

「ま、最初っから何でもうまくは運ばねえよ、航ちゃん。腐らねえで、気長に構えるんだな」

「腐っちゃいないけどさあ」

「なに」

「凹《へこ》んでる」

うわはは、と広志親子がそろって笑った。

最近、広志は手の空いた時間をつかって、航介と一緒に納屋の中を片付けてくれている。雪乃が手伝うのはもちろんだし、今日のように学校が休みだったり早く終わった日は大輝も加わる。

納屋を改造することを許してくれた広志の父親の康志《やすし》さんは、たまに覗きには来るが手は出さない。ニコリともせず、

「若ぇもんの考えるこたぁ、さっちらわからねえだ」

などと言いながらも、好きなようにさせてくれているのはありがたかった。

この日の作業は、とにもかくにもすべての窓の前から不要なものをどけて納屋の外へ出してしまうことだった。納屋の入口にリヤカーを着け、壊れた農具の柄や、傷んで使えそうもない板きれや材木などを積んでは、道を渡った先の母屋の裏手へ運んでいって、そこで燃やす。地面に穴が掘ってあるので安全に燃やせるのだ。

こちらの言葉では、そうしたガラクタもののことを〈ごったく〉と呼ぶ。前に雪乃が、近くの空き地の立て札に〈ごったくべちゃるな〉と書いてあるのを見て大輝にたずねたところ、なんでそんな当たり前のことを訊くのだとばかりに教えてくれた。〈ゴミを捨てるな〉という意味だった。

重たい〈ごったく〉は大人でなければ運べないけれど、納屋の一角を占領していた古い藁束の山なら、二人で力を合わせれば何とかなる。カビが生えていたり腐りかけているものもあったから、雪乃と大輝は、帽子とマスクと手袋の完全防備で作業に当たった。

できるだけ埃を立てないようにリヤカーに積み込み、大輝が引いて後ろから雪乃が押す。道から母屋へは上り坂だから、いくら積み荷が藁でもかなりの力が要る。何往復しただろうか。ようやく納屋の床が見えてきた時には、冬のさなかだというのに汗だくだった。

「おいおい、そんなにいっぺんに頑張らなくても」

五年生組の仕事ぶりに驚いた航介が、今ごろになってそんなことを言う。大人組は、板壁の破れや隙間をふさぐため、同じ風合いの古材をノコギリで切っているところだった。

「これっくらい、たいしたことないよ。あと一回分だから終わらせる」

と、大輝が言い切る。

鉄の引き手を握りしめていたせいでてのひらにマメができた大輝が意地を張るなら、雪乃だって後には引けない。腕がだるくて棒みたいだなんて言っていられない。

「お父さんたちも、休んでばっかじゃダメだよ。そんなんじゃいつまでたってもカフェなんか開けっこないんだからね」

「ははあ、ごもっともです」

最後の藁束を積み込んだリヤカーの前に、大輝がまわりこむ。

「よし、行くぞ」

「うん！」

雪乃は、全体重をかけて後ろから押した。意地なら負けない、と思った。

耳の底に、あの声が残っている。

〈ズル休みはいけないな。学校だけはちゃんと……〉

あんなこと、誰にも言われたくない。父親は後から、気にすることはない、堂々としてなさいと言ってくれたけれど、いやでいやでたまらなかった。ズルなんかじゃないんだと、サボってるわけじゃないんだと、それが証拠に自分にもこんなにたくさんできることがあるんだと、思い知らせてやりたかった。あの土屋とかいう議員にだけではない。自分と関わる人たち、この集落の全員にだ。

雪乃だけではない。いまだ新参者の航介もまた、周りから色眼鏡《いろめがね》で見られている。最初の頃はとくに、父娘一緒に軽トラックで集落を抜けてゆくだけでも、すれ違う人々からいちいち咎《とが》めるような、警戒するような目つきで見られたものだ。島谷茂三の孫と曾《ひ》孫《まご》だとわかってからは少しましになったものの、人々の警戒はまだ完全には解けていなかった。

〈――あの男、茂三さんとこの孫だそうだが、東京から何しに来ただ。畑を継いで農業をやるなんて口じゃ言ってるが、どうせ老い先みじけえ爺やん婆やんの地べたと財産ねらって、自分に有利な遺言状でも書かせようとしてるんじゃねえだか。だいたい、広志も広志だに。いっくら幼なじみだからってクルクルッと口車に乗せられちまって、自分とこの納屋まで貸すことにしただそうだよ。なーにをおっ始めるつもりだか知らねえだが、どうせ都会のしょうのすることだもの、ろくなもんじゃねえに。あんなボロ小屋を改装するには、金だってめたかかるだに、いったい何を企んでるだか……〉

被害妄想ではないのだ。人間関係が密であるぶんだけ、噂は、良いものも悪いものも必ず全員の耳に入るようになっている。当然、本人と家族にも聞こえてくる。

月に二、三度、都合をつけて東京からやって来る英理子に、父親がぽつりぽつりとこぼしているのを雪乃は耳にしたことがあった。

「俺、ちょっと甘く見てたかもしれない。田舎で暮らして農業をやる上でいちばん重要なスキルってさ……農作業の知識とかより何より、こういう狭い共同体ならではのしがらみの中で、どうやって憎まれずに立ち回れるかってことに尽きる気がするよ」

人間関係を新たに構築することそのものは、自分にとって決して苦手な分野ではないはずなのだと航介は言った。広告業界でそれを避《さ》けていたら何も始まらない。だからこそ、最初から誰に対しても開けっぴろげに、心を打ち割って話すように心がけた。

しかし結果はなぜか、

〈都会のしょうはどうも馴れ馴れしくっておえねえ。何でもかんでも自分の都合でくっちゃべるから、はー、おっかねえだわい〉

というようなことになるのだった。

こちらを良く知ってくれている身近な人たちとだけ付き合っているぶんには、毎日は楽しくて充実していて、東京にいた頃より悩みもずっと少ない。けれど、それでは父親の夢は実現できないのだ。知らない人たちにも、ここの一員だと認めてもらわなくては。

荷を積んだリヤカーを、大輝が引っ張り、雪乃が押しながら坂道をのぼるのもなかなかきついが、空っぽになったリヤカーを、転げ落ちないよう押さえながら坂を下るのはもっと難しい。うっかり加速度がつくと大輝が下敷きになってしまうから、今度は二人ともが全力で後ろへ引っぱるようにしながら、一歩ずつ、一歩ずつ、じりじりと下りてゆく。

ようやく道を渡り、整地して駐車場にする予定の空き地を横切り、納屋まで帰り着く。

ああ、終わった。大輝と二人、半日かけて、藁束の山を全部片付けてやった。なんと気持ちのいい達成感だろう。

大きく息を吸い込み、終わったよー！　と叫ぼうとしたところで、

「しっ」

大輝に止められた。びっくりして、口から飛び出しかけた言葉を呑み込む。

中から、父親たちの話が漏れ聞こえてきた。

「だから言ったべ、大輝のことさえなきゃあ俺だってさ」

広志の声だ。

「そうだよ、俺だっておんなじだわ。頭のかてぇ年寄りたちの言うこと、ハイハイって聞いてさ。根回しが大事だとかいって、結局やることとっつったら酒でも飲まして持ち上げて、いい気分にさせてやるばっかしで、つくづくくっだらねえなあと前から思っちゃいただわ」

だけど、と言葉を継ぐ。

「俺ひとりじゃあ、なかなかなあ。知っての通り狭い世界だし、その中で孤立するとなるとキツいのよ。それでなくとも、うちの奥さんのこともあるしな。俺が勝手を通すことで大輝にとばっちりが行くようなことだけはあっちゃなんねえし……」

「いや、わかるよ。そりゃそうだろうさ」航介が言う。「奥さん、優美《ゆみ》さんっていったっけ？　どうなの、調子はさ」

「体調はまあ、前よりいいみたいなんだけどな。状況はあんま変わんねえわ」

「そうか」

「けど——俺、もう我慢はやめる」

「へ？」

「周りの目ぇ気にしてばっかりいたら、なーんもできねえわ。はなからわかっちゃいたけど、あんたを見てたらつくづく自分がイヤんなった」

ガタガタと、中で音がする。窓をはずすか嵌《は》めるかしているらしい。

雪乃は、大輝を見やった。見たこともないくらい真剣な面持ちで、耳を澄ませている。中から見えないように、入口脇の板壁に背中をつけて。

雪乃もそっと、その左隣に並んだ。

「そりゃ、自分とこの近所にいきなり得体の知れねえやつが越してきたら、疑ってかかるのも根掘り葉掘り探りたくなるのもまあしょうがねえだわ。だけど航ちゃん、あんたは同じ都会のしょうでも、茂三さんとこの血の繋がった孫だによ。ほんとなら、『よく帰ってきてくれただなあ、ここは何にもねえけど人だけはいいよぉ』つって、大喜びで迎え入れるのが筋でねえか」

ふだんもしばしば方言をつかう広志だが、理性よりも感情がまさると、いつもよりよけいに飛び出すようだ。

「それをまあ、当の茂三さんが信頼して任せてることまでも、傍からあーだこーだ……」

「うーん。まあ、俺がじっちゃんに信頼されてるかどうかはわかんないけどな」

苦笑まじりといった調子で航介が言う。

「いやいやいや、あんた知らねえだわ。てか茂三さん、あんたには言わねえンだわ」

「何を」

「ついこないだも農協でばったり会ったら、うちの親父相手に嬉しそうに話してたぞ。『うちの孫ときたらまぁ新しもん好きで、聞いたこともねえ野菜ばっか植えたがってしょうがねえ、あいつは何にもわかっちゃいねえだわ』って」

「それのどこが嬉しそうなんだよ」

「だれえ、顔見りゃ一発でわかるって」

広志が、今度は声をあげて笑う。

「とにかくな、航ちゃん。あんたさえよかったら、俺が消防の若いしょうとか、役場の若手あたりに声をかけてみるだわ。茂三さんばかりじゃねえ、うちの親父もウンと言ったからこそ、俺だってこうして納屋の改造に協力してるってのに、失礼だと思わねえか？　このうえ何の関係もねえ連中からやぶせってぇことばっか言われっぱなしでたまるか」

「いや、助かるよ? 確かに助かるけど、いきなりそうアグレッシヴにならなくていいよ。これまで、大輝くんを孤立させないようにと思っていろいろ我慢してきたわけだろ。せっかくの努力を水の泡にしてどうするよ」

「だぁけどさあ、」

「こうやって、ちょっとずつでも手の空いた時に力貸してもらえれば、まあ春頃には一応の形ができると思うんだわ。だから、無理して他の人の手を借りなくても……」

「なーに言ってるだあ。ここを直すのに春までかかりきりになってたんじゃあ、いったいいつ田の畔《あぜ》立《た》てて、水張って、代掻《しろか》きするだ? 畑耕して野菜の種まいて苗育てるだ?」

「う……」

「う、でねえだわ。ここを直すにしたって、わざわざ人の力を借りるのは手が足りねえからってばかりじゃねえよ。若い連中を巻きこんで否応なく味方にしちまうためだわ。納屋の使い途《みち》もそうだけども、やりてぇことがあるならどんどん農政課に言って、農業委員やなんかも紹介してもらえばいいだ。それも年寄りじゃなく、なるべく若手をな。そういう〈根回し〉ならいくらでも喜んでするよ。あのな、航ちゃん。ここじゃあ、一人っきりじゃ何にもできねえのよ。一人じゃどんだけ頑張ったって空回りするだけだ。田舎ってとこは、いいことも悪いことも、どっちも面倒くせえんだよ。生まれてからずーっとここで育った俺だって感じるくらいだから、航ちゃんにしてみりゃよっぽどだろうし……。ま、おたくの嫁さんなんかはまぁず無理だろうなあ」

「無理って、何が」

「だから、こっちで暮らすとかそういうのはさ」

雪乃は、ぴくっとなった。今度は大輝がこちらを見るのがわかった。

母親とはゆうべも、顔の映る電話で話したばかりだ。次にこちらへ来られるのはたぶん来週末だろうと言っていた。

「なあ、航ちゃん」

広志の声が言う。

「寂しく、ねえだかい」

雪乃と大輝、二人ともが息を殺して耳を澄ます。

やがて航介が言った。

「寂しいなんて思ったら、バチが当たるっしょ」

「バチ？　なんのバチだよ。ってか、なんで」

「俺なんかは、その気になりゃいつだって会えるわけでさ。電話で話もできるし、お互い健康だし。これで文句言ってたら贅沢ってもんだろ」

「そんなもん、関係あるか」と、広志が言い捨てる。「理屈じゃねえに。てか、考えてみたら、雪乃ちゃん連れてこっちへ越して来て以来、航ちゃんのほうから東京へ帰ったことってまだいっぺんもねえんじゃねえだかい」

「うーん……なんかかんか、こっちじゃやることいっぱいあって気が急いちゃってさ」

「んなもん、英理子さんだっておんなじだに。おっきい出版社なんだろ？　忙しい中でも何とか都合つけて来てくれてるによ」

ほんとうにそうだ、と雪乃も思う。

母親は、どんなに忙しくても、来ると必ず一晩か二晩は泊まっていってくれる。くっついて他愛ない話をするだけで、それどころか、近くで「雪乃」と名前を呼んでもらうだけで、気持ちがぽっかり明るくなる。それがこちらだけのことじゃなく、向こうも同じだといいのだけれど。

「帰ってやんなよ、たまには」

「そうなんだけど、雪乃にとって東京はまだ、嫌な印象しかないだろうしなあ」

「あのな、航ちゃん」

広志がまた言った。

「この際、雪坊のことはいいだわ。みんなが気にかけてっからな。航ちゃんにしろ英理子さんにしろ、それに爺やんや婆やんにしたって、雪坊が辛くねえように、ちょっとでも楽ンなるようにって一生懸命考えてる。だからそっちはこれ以上、心配のしようがねえのよ。けどな、英理子さんはどうだよ。ずうっと独りぼっちだに。こんなこと俺なんかが口出すことじゃねえけど、ついつい心配ンなっちまってな。娘とも旦那とも離ればなれで、東京で独りっきり残されてさあ。このまんまで大丈夫なんか、お前んとこ……。おいこら、なに笑ってる、笑いごっちゃねえに」

ごめんごめん、と航介が謝る声がする。

「いや、ありがたいんだけど、ヒロくんは英理子って女を知らないから」

「そりゃそうだけどもさあ」

「心配ないよ。あのひとは俺なんかより、それこそ〈はーるか〉芯が強くてさ。今の別居生活は、彼女と俺と、お互いに譲れるところを譲り合って見つけたいちばん納得のいく形なんだ。だから、うん、気にしてくれてほんとありがたいけど、大丈夫」

心配ないって、とくり返す。

するると、広志がふいに、ずいぶん低い声で言った。

「俺だって、そう思ってたに」

「え？」

「うちの嫁さんのことだよ。優美のやつが、ずーっと独りっきりで頑張ってたってのに、俺は呑気に今の航ちゃんと同じようなこと思ってた。役場の部署の人間関係があんまりうまくいってないって聞かされても、『まあどんな職場でもそういうことはよくあるし、気にしすぎねえほうがいいぞ』ってな感じで、本気で取り合わなかった。家ん中でおふくろがちょくちょく辛く当たってても、あいつが愚痴《ぐち》言わねえのをいいことに、見て見ぬふりしてたしな。そりゃ、気にかけてなかったわけじゃねえんだよ、ねえけど、あいつはもともと俺なんかよりよっぽど芯がしっかりしてんだからって……それでもどうしようもないくらいしんどくなった時は、ＳＯＳ出してくれりゃ俺だって男だ、言う時ゃ言うし、やる時ゃやってやるさ、ってなつもりで高をくくってたんだよ。そう、まったく今のお前とおんなじにな。その結果が――どうなったかは話したろ？　最近じゃ優美も、合う薬が見つかったおかげもあって、俺や大輝が会いに行きゃあ話ができるようになったさ。けど……もとへは、そう簡単には戻れねえ。いろんな意味でな。うちにずねえおふくろはもういねえけど、そういう問題じゃねえんだよ」

納屋の中が、しん、となる。

ミシッ、とどこかで木の軋む音がする。

雪乃は、大輝のほうを見ることができなかった。鼻から吐く息が、いつもより荒く聞こえる。気になるのに見てはいけない気がして、横目で様子を窺《うかが》うことさえできない。

「航ちゃんよう」

広志がぽつりと言う。

「雪坊は、ぎりぎりＳＯＳが間に合った。ほんとによかったと思うよ。けどな、もしかしたらそういうのは、大人のほうが難しいかもしんねえに。それも、強い強いって周りから思われてる人間は、自分でもそういうふうでいなきゃと思って頑張っちまうもんだから、弱音を吐くのがほんとにへたくそなんだわ。な、いいか、航ちゃん。他の誰でもねえ、この俺が言うんだから間違いねえよ。『後悔先に立たず』ってのは、ありゃ本当のことだぞ」

ふと、空気が動いた。大輝が、まるで浅瀬に引っかかっていた笹舟がまた流れだすように壁際から離れたのだった。

霜《しも》で凍みて、しなしなになった冬草は、足音を吸い込む。納屋の中ではまだ話し声がしていたが、雪乃は、大輝のあとを追った。

硬《こわ》く強ばった感じの背中が、ずんずん、ずんずん、歩いていく。母屋のほうへは行かず、前の坂道を一本松の生えている三叉路《さんさろ》のところまで下りきってしまうと、大輝はよその畑の畦を突っ切って、また別の道へ出た。

右、左、と見わたして、ようやく気づいた。茂三の家から続く一本道だ。畦道は近道だったのだ。

立ち止まった大輝が、道の片側に流れる用水路を見おろしている。

少し迷ったものの、雪乃は隣に立った。そうっと見やると、彼の唇はまっすぐに結ばれていた。涙はない。意志の塊《かたまり》のような黒い瞳が、午後の陽にきらめく流れをじっとにらみつけている。

言葉をかけたほうがいいだろうか。それとも、そっとしておくべきなんだろうか。

と、大輝が鼻から息を吸い込み、大きなため息をついた。

「……なんか言えば」

「え」

「気ぃ遣われんのって、好きじゃないし」

「そんなこと言われても」

「どう思った？」

「何が」

「うちの母さんのこと。びっくりしたろ」

本人はふだんと変わりないつもりでいるのだろうが、いつもよりだいぶ早口だ。

雪乃は、また迷った。いま初めて知ったふりをしておいたほうが、彼を傷つけなくて済むのかもしれない。でも……。

「大ちゃん、あのね」

驚いたように大輝がこちらを向くのを見て、自分が初めてその名前で呼んだことに気づいた。そのまま思いきって続ける。

「ほんとはね——ほんとは、知ってた」

「え」

「大ちゃんのお母さんのこと。私がお父さんに訊いて、教えてもらったの。勝手に、ごめんなさい」

責められても仕方がない。けれど、隠しておきたくない。

ひりひり、ずきずきする思いをこらえながら、さっきの大輝と同じく、用水路の流れを見おろす。光がきらきら弾《はじ》け、針のように目に刺さる。

「そっか」

大輝は呟いた。

「知ってたのに、ずっと黙ってたんか」

うん、ごめん——と、雪乃が重ねて謝ろうとした時だ。

ふうっと、大輝が息をついた。

長い間のあとで、言った。

「ありがとな。雪っぺ」

第五章　サイダーの泡

おそらく雪乃が最初だった。つまり、父親が何やらいつもとちょっと違う様子なのに気づいたのは、ということだ。

こたつを囲んでの朝食。仏壇を背にしたいつもの席に茂三、反時計回りにヨシ江、航介、雪乃。そして、雪乃と一辺をぎゅうぎゅう分け合うようにして英理子が座っている。

あまりの忙しさに東京からこちらへ来るのが半月ぶりだった英理子だが、土曜の夜から日曜いっぱい滞在しただけで、今日の昼前の列車でまた帰らなくてはならない。毎週月曜は夕方からはずせない編集会議がある。

慌ただしいけれど、もうみんな慣れたものだ。

それなのに、航介はなぜだかそわそわしていた。

不審に思いながらも雪乃が追及しないでいると、航介は、駅まで送っていった英理子と改札で別れる間際になってようやく言った。

「あのさ、こんど……」

声がへんな感じにうわずったのに慌てた様子で、わざとらしく咳払《せきばら》いをしてから言い直す。

「こんどさ。俺、そっちへ行くから」

「そっちって？」

切符を改札機に通そうとしていた英理子がふり返り、後ろの人の邪魔にならないようによける。

「いや、だから、東京の家へさ」

「なんで？　何か急ぎの用事？」

「いや、その、急ぎってほどのこともないんだけどさ」

「必要なものがあったら、言ってくれたら送るよ？　市役所でもどこでも行ったげられるし。いくら忙しいったってそれくらいは動けるから、言って」

「いやまあ、そういうアレじゃなくてさ」

「あ。さては、都会の生活が恋しくなっちゃったとか？」

「いやいや、そういうのとはまた違うんだけども」

航介はさっきから、〈いや〉ばっかり言っている。英理子が例によって理屈でドライに責めてくるものだからよけいに、押されまくってたじたじだ。

「お母さん」

雪乃は見かねて、横から口を出した。というより、助け舟を出した。

「違うんだってば、お母さん。お父さんはさ、お母さんに会いたいんだよきっと」

「ゆ、雪乃」

航介が、ぎょっとしたようにこちらを見る。どうしてわかったんだ、みたいな顔だ。

けれど英理子のほうは、怪訝そうな面持ちで言った。

「会ってるじゃない、今だって」

「うん。でも、そゆのじゃなくて」

「あ、そっか。今回は間があいちゃったもんね。ごめんごめん、今度はもっと早く、みんなに会いに来られるように頑張るから」

「うん。嬉しいけど、そゆのじゃなくて」

「ん？」

「だから、みんなとかじゃなくて」

雪乃は、横につっ立っている父親の腰のあたりを肘でこづいてやった。自分の口からも何とか言え。

「いや、だからその、つまりさ。ほら、不用心だろ？　あの家に、ずーっときみだけが出たり入ったりしてると、独り暮らしと間違われて何か危ないことがあってもいけないし。時々は俺も帰ったほうがいいんじゃないかなあと思ってさ。ほんと、最近は物騒だから」

雪乃は、かわいそうな気持ちになって父親を見上げた。

映画みたいにはいかないんだなあ、と思った。とくに外国の映画を観ていると、夫婦や恋人同士の会話は滑《なめ》らかで、気が利《き》いていて、間違っても男の側が〈いやいやいや〉などと照れて身をよじったり、とってつけたような言い訳でごまかしたり、肝腎なところであさってのほうを見たりはしていない。気持ちのやり取りが、もっと上手にできているように思える。

「わかった」

英理子が言った。

「っていうかよくはわかんないけど、とにかく了解。じゃあ、帰ってくるときは前もって知らせてね」

「うん。……えっ、なんで？」

「だって、せっかくだったら何か美味しいもの作って待っててあげたいじゃない」

さらりと言いながら、英理子は時計を見上げた。

「いけない。雪乃、もう一回ぎゅっ」

両腕を大きく広げて抱きしめ合い、頬と頬をくっつける。ひやっとして、その下からぬくもりが伝わってくる。

「風邪だけはひかないようにね。昨日一緒にやった問題集の続き、サボっちゃ駄目だよ。シゲ爺とヨシばぁばをよろしく。あと、ついでにお父さんも」

「まかしといて」

「何かあったらまたＬＩＮＥしてね。何もなくても。あと、電話も」

「わかった。お母さんもだよ」

「もちろん」

「また手紙も書くね」

「うんうん、返事も書くからね」

改札機に切符を通し、エスカレーターを上がりながら二人に手を振ってよこす。雪乃も航介も手を振り返す。

英理子の全身が隠れてしまうまで見送ってから、二人同時に、ふうう、と溜め息をつく。

「一緒に帰っちゃえばよかったのに」

と、雪乃は言った。

「いやいや、そうもいかないだろ。母さんも俺も、それぞれやんなきゃいけないことがあるんだし」

航介は回れ右をして、車を停めてある駅前パーキングへ戻る。

ことさらにしかつめらしい口調は、たぶん照れくささの裏返しなのだろう。もしかすると照れ隠し以上に、自分で自分に言い聞かせているのかもしれない。

大人ってかわいそうだな、と思ってみる。寂しいとか、会いたいとか、もっと一緒にいたいとか。そんなふうな言葉を、なかなか素直に口に出せない。雪乃自身にだってうまく言葉にできない思いはあるけれど、大人たちのはもっとこう、プライドや建前などといったややこしいものが絡まり合っていて面倒くさそうだ。それでも——。

思い出して、雪乃はくすっと笑ってしまった。

シートベルトをしながら航介がこちらを見る。

「何だよ」

「ううん、べつに。何でもない」

さっき英理子から、〈帰ってくる時は前もって知らせて〉と言われた時の航介の顔。そして、〈美味しいもの作って待っててあげたい〉と言われた時の顔。思わず吹きだしそうになった。母親が父親のどういうところに惹《ひ》かれたのか、今さらながらにちょっとわかる気がしたのだ。

ったた図書券がある。


「雪乃、どこか寄りたいところはないの」

そういえば、町まで出てくるのは久しぶりだ。ちょうどバッグの中には、母親からもらった図書券がある。

「本屋さん」

「オッケー。じゃ、そのあとで、ばっちゃんに頼まれた買い物して帰ろうか」

航介は車を出した。

バイパス沿いの書店で、雪乃はシリーズもののライトノベルと漫画の最新刊を選び、航介は木工関連の雑誌を数冊選んだ。図書券はせっかくお母さんにもらったのだから大事に遣いなさいと言って、雪乃のぶんも一緒に買ってくれた。

それから、大きなスーパーマーケットに寄った。近隣の町に必ず一軒ずつあるチェーン展開の店で、雪乃はここのオリジナルヨーグルトが大のお気に入りだった。

「絶対おいしいよ、これ。今までの人生で食べた中で、いちばんおいしいヨーグルトだよ」

勢い込んでカゴに入れると、父親が笑い出した。

「今までの人生で、か」

「そうだよ。だてに十一年、生きてやしないよ」

だてに……というのは、茂三の口癖だ。だてに八十何年、と言われれば、誰も何も言えなくなる。

何の時だったか、自信が持てないあまりに後ろ向きの言葉を口にした雪乃に向かって、茂三は言ったのだった。

〈おまえさんだって、だてに十一年も生きてきたわけじゃねえに。まっと胸張っていいだわ〉

そんなわけで、雪乃は父親の押すカートのカゴに、十一年生きてきた経験に照らした上でこれは合格と思える品々を吟味《ぎんみ》しては入れていった。

レジを済ませてから、イートインのスペースでひと休みすることにした。航介は隅のスタンドでコーヒーを、雪乃は同じ店でソフトクリームを注文し、すぐ横の小さなテーブルをはさんで腰を落ち着ける。

午前中の中途半端な時間帯だからか、客はほとんどいない。三十代くらいの女性スタッフは、ブレンドコーヒーを丁寧《ていねい》に淹れたあと、ソフトクリームをことさら高々と巻き上げて、にっこりしながら雪乃に手渡してくれた。

「はあ……うまい。このコーヒーうまいな」

熱いのを一口啜《すす》って、航介が香ばしい息を吐く。雪乃にはまだ、普通のコーヒーは苦くて飲めない。インスタント・コーヒーの粉を牛乳に溶かして甘くしたもののほうがずっと美味しいと思う。

ソフトクリームを舐めながら、スーパーの広いフロアを眺めやる。目の端には父親の横顔も映っている。毎日忙しいのに生き生きして見えるのは、納屋の改造作業が佳境《かきょう》に入っているからだろう。

初めて計画を聞かされたあの日から、はや二カ月あまりが過ぎた。廃墟《はいきょ》のようだった納屋のがらくたはすべて片付けられ、埃だらけの梁《はり》も柱も清潔《せいけつ》に拭き清められて、見違えるほどすっきりした。あちこち修繕や補強を加えたおかげで、構造面でも心配はないらしい。

何より目立つのは、入ってすぐのところに新しくしつらえられた分厚い一枚板の大きなカウンターだ。搬入から据え付けまで中心になって作業してくれたのは、広志の同級生だという大工だった。

「カツラの木だな。知り合いの材木屋の隅っこに、はーるか昔っから埃かぶってただわ。もともと地元の山から出た材だそうだよ」

その大工に限らず誰もが皆、はじめに航介から〈納屋改造カフェ・プロジェクト〉を聞かされた時は、絶対無理だからやめておいたほうがいいと思うのだ。それなのに、いつの間にやら巻き込まれている。気がつけばほとんど手弁当で協力させられている。しかも、案外それを愉《たの》しんでいたりする。いったいどういう魔法かわからない。

「お父さん」

ん？　と、航介が雪乃のほうを向く。口の周りにソフトクリームがついていると指摘され、雪乃はおとなしく紙ナプキンで拭いながら言った。

「納屋カフェは、いつ始めるの？」

「それだよなあ。今の感じだと、来月……いや、五月になっちゃうかなあ。設備は簡単なものから始めるとしても、まだテーブルと椅子とか、食器類とかも手配できてないしね」

それから、雪乃の顔を見た。

「なんで？」

「……ううん。ちょっと訊いてみただけ」

ふむ、と頷いた航介が、マグカップに入ったコーヒーをゆっくりと啜る。

「じゃあ、俺からも質問」

「なあに？」

「いざカフェができたら、雪乃、休みの日にでも手伝ってみる気はないか？」

「えっ」

息を呑んだ。危うくソフトクリームを取り落としそうになる。

「四月になったら六年生に上がるわけだし、学校へ行ってみる気になったなら行けばいい。ただ、時間のある時にでも、何か手伝ってくれると助かるなと思ってさ」

「何かって」

「そうだな。カフェって言っても要するに農作業中のお休み処《どころ》みたいなものだから、ひょっこり寄ってくれた人にお茶を出すとか、話し相手になるとかさ。できれば、ばっちゃんも巻き込もうと思ってるんだけどね」

「うそ、ヨシばぁばもカフェの店員さんやるの？」

「かっこいいだろ。じっちゃんと畑でフルタイム働くのはきつくても、それくらいだったら張り合いにもなるかと思って」

「なるよ、きっと！　いいよ、それ」

「ばっちゃんがいれば年輩のお客さんも入って来やすくなると思うんだ。お茶やコーヒーもだけど、せっかくだったら地元の材料にこだわった手作りのケーキやお菓子もメニューに加えたいなあ。身体に悪いものなんかいっさい入ってないやつ。そういうの得意な人が近くにいるといいんだけど」

　ガシャン、と背後のコーヒースタンドで音がした。

「失礼しました！」

びっくりしてふり向いた雪乃は、さっきの女性スタッフと目が合った。こちらを見ていたはずなのに、ぱっと目をそらす。

「べつにさ、あんなにきれいなケーキじゃなくていいんだよ」

父親が、レジの隣にあるショーケースを見ながら続ける。苺のショートケーキ、モンブラン、ガトーショコラ、チーズケーキ……。

「もっとこう、手作り感のある素朴な……とは言っても、人に出す以上、ある程度は見た目も大事なのか。難しいもんだな。やっぱ、市販のお菓子とせいぜい漬物くらいにしといたほうが無難なのかなあ」

小学生の娘に相談したところですごいアイディアが返ってくるはずもないのに、父親が面倒がらずにそうして話してくれることが雪乃は嬉しかった。

「市販のお菓子って、さっきも買った袋菓子みたいなやつ？」

「まあ、うん」

「それってどうなんだろ。いくらお皿にのせて出したって、ダサくない？」

精いっぱい思いつくことを言ってみる。

「ダサい、かあ。……うーん。けど、逆にあんまりオシャレ過ぎても、地元の人は入りにくくなっちゃうしなあ」

航介が、思案げに顎の下をぽりぽりとかく。

「前にも言ったろ？　目指してるのは、畑仕事の合間に野良着でそのまんま立ち寄れるみたいな、肩の凝らない場所なんだ」

「わかるけど、ちょっとはオシャレじゃないと、ただのおじさんのたまり場になっちゃうよ。それだったら、いつも寄り合いをやる公民館と変わんないじゃん」

航介が、う、と痛そうな顔になる。

「……確かに。雪乃、いいとこ突いてくるな」

「女の人にも来てほしいんでしょ？」

「もちろん」

「だったらやっぱり、ダサくちゃだめだよ。あと、ケーキとかのお菓子もなくちゃだめ」

「だよなあ」

雪乃は、思いきって言ってみた。

「お母さんに作ってもらうのは？」

うーん、と、また航介が唸る。

「じつはそれ、俺もちょっと考えたけどあきらめた。さすがに忙しすぎるだろ、あのひとは」

「……だよねえ」

英理子が焼くクッキーは、控えめに言って、とんでもなくおいしい。

以前は週末ごとに母娘で生地を作り、型抜きをして並べ、オーブンに入れた。クリスマスにはわざわざ砂糖を卵白で溶いたアイシングまで施《ほどこ》してくれて、雪乃は、天使やベルや星の形をしたカラフルなクッキーを透明の小さな袋に入れては、リビングに飾ったツリーにぶらさげたものだ。

でも、英理子の職場での立ち位置が変わり、それまで以上に忙しくなった後は、オーブンからバターの香りが漂うことはなくなってしまった。母親だけのせいではない。雪乃自身もちょうど、学校が休みの日にお菓子を焼くような心の余裕をなくしてしまっていた。

「もっと、ちゃんと習っておけばよかったな。お母さんから」

「お菓子作りをか？」

「うん。お母さんはせっかく教えようとしてくれてたのに、あたし、全然覚えようとしなかったから」

「だって、まだ三年生くらいだったろ」

「そうだけど」

あの頃の自分は、今よりずっと幼かった。材料を正確に量るとか、粉をふるいにかけてさっくり混ぜる手順とかそんなことよりも、生地を動物やアルファベットの型に抜くのに夢中だった。

「ま、メニューについてはまた追々考えよう」

「追々、じゃだめでしょ」雪乃は釘を刺した。「急いで考えなくちゃ、でしょ」

航介が笑いだす。

「いやまったくだ。雪乃、きみ、凄腕《すごうで》のマネージャーになれそうだな」

残りのコーヒーを飲み干し、ギギ、と椅子を引く。立ち上がった航介が、店名のロゴが入ったマグカップを「ごちそうさま」とスタンドに返した時だ。

「あのう」

さっきの女性スタッフが声をかけてきた。何やら思いつめたような顔をしている。

「はい？」

「あの、すみません、立ち聞きしてたわけじゃないんですけど聞こえてきちゃって」

「今、お嬢さんと話してらっしゃったでしょう。カフェとかの」

ああ、と航介が頷く。

「ちょうど今、建物の中を直してるとこなんです。大原《おおはら》の集落なんですけどね」

「え、大原……」

近い、とつぶやく。

雪乃から見ると、〈おねえさん〉と〈おばさん〉の中間くらいだろうか。ふっくらした頬は緊張のためか紅潮していて、でもなんとなく疲れた様子にも見える。

「それって、いつごろ開店するんですか」

「そうだなあ、こっちで桜が咲く頃か、田植えの始まる頃か。どんなに遅くても梅雨入りまでにはと思ってますけど」

ずいぶんいいかげんな答えだ。

「ま、カフェっていっても、ゆくゆくはそうできたらなということで、当面は直売所の横にほぼ無料のお休み処がある、くらいの感じです。よかったら今度寄ってみて下さい。大原の、一本松の三叉路をご存じですか。あそこを右手へ上がっていってすぐの高台です。眺めがすごく良くってねえ……」

開店どころか完成もしていないくせに、さっそく営業をかけている。けれど女性スタッフは、航介の話を遮るように言った。

「さっき、おっしゃってましたよね。お菓子を作る人を探してるって」

「あ……ええまあ、はい」

「それって、私じゃ駄目ですか」

「ケーキとかクッキーとか焼くの大好きなんですけど、駄目でしょうか。最近はアレルギー対応のお菓子とかもいろいろ考えて作ってみてるんですけど、あの、じつはうちの娘が卵と牛乳のアレルギーで、ひとつ間違えて口に入れれば命にかかわるものですから、うかつに市販のお菓子を食べさせてやれなくて、それで毎日のように作るようになったんですけど、あの、やっぱり素人じゃ駄目なんでしょうか」

航介も、雪乃も、勢いに押されていた。

「いえ、わかってます、人様にお出しする食べもののことだから、きっと守らなくちゃいけない基準とかも色々あるんですよね。そういうのは、教えて頂いたら絶対にちゃんとします。いいかげんなことはしませんから、あ、でも何か資格がいるんだったら、」

「や、ちょっと待って待って」

航介は、ようやく両手で女性スタッフを押しとどめた。ふう、とひとつ息をつく。

「あのですね。素人だから駄目ってことは全然ないですけど、あなたとは、今初めてお目にかかったわけですよね」

「……はい」

「おっしゃるように、人の口に入る食べもののことですから、はっきり言って、よく知らない相手に今ここで『そうですか、お願いします』と安請《やすう》け合いはできません」

「……ごめんなさい。そりゃそうですよね」

ひどく申し訳なさそうに目を伏せるのを見て、雪乃は気の毒になってしまった。

どうしてこのひとは、こんなに切羽詰まって見えるのだろう。さっきソフトクリームを
ぎゅうっと高く巻き上げてくれた時は、とても明るいひとのように見えたのに。

何か言いたくて、けれど何と言っていいのかわからなくて、隣に立つ父親を見上げると、
父親もまた雪乃を見おろしていた。

目と目が合う。

言いたいことは正確に伝わったらしい。航介が、相手に視線を戻した。

「まずは一度、現地を見にいらっしゃいませんか？　いつでもかまいません。ここのお仕事がお休みの日にでも、ぜひ」

言いながら、ポケットからカードケースを取り出し、ケーキの並ぶショーケース越しに名刺《めいし》を一枚渡す。

雪乃は知っていた。あれは、東京にいた頃の、会社名の入った名刺ではない。こちらへ来てから父親が自分で作った、何の肩書きもないシンプルな名刺だ。

女性のほうも、慌ててお店のカードの裏に自分の電話番号を書き付け、交換する。

「ご都合のつく時にお電話下さい。こちらからも何かの時にはご連絡しますから」

恐縮している相手に、航介は笑いかけた。

「素人なのは、気にしなくて大丈夫です。アレルギーのお子さんのために工夫して作ったお菓子、というのは興味がありますし、そういうものを求めている人もきっと沢山いると思います。だから、まずは話をしませんか。そうすればもうお互いに、よく知らない相手じゃなくなるわけだから」

な？　と、雪乃を見おろす。

心の底からほっとして、雪乃は二人に笑い返した。

❄

縁側の下の沓脱石が、お尻にほんのりと温かい。長かった冬が終わり、太陽がだんだんと力を盛り返してきたおかげだ。

朝晩の気温が氷点下にまで下がらなくなってから、キチの小屋は軒下《のきした》へと移され、日中はのんびりと日向《ひなた》ぼっこもできるようになっていた。温《ぬく》もったキチの身体からは、身じろぎするたびに犬臭いにおいが立ちのぼる。

雪乃と大輝の二人はいま、沓脱石に並んで腰を下ろしている。〈おすわり〉をしたまま

もたれかかってくるキチに、

「重いんだよ、お前」

などと文句を言いながら、大輝もまんざらではなさそうだ。

春休み最後の週末、広志は家に上がり、航介やシゲ爺やヨシばぁばと話し込んでいる。少し開いた掃き出し窓から漏れ聞こえてくるのは、納屋カフェの話題ばかりではない。田んぼも畑も果樹園も、これからの季節どんどん忙しくなってゆく。

引っ越してきたのは秋だったし、そのもっと前、両親に連れられて遊びに来るのはたいてい夏だったから、ここでの春は、雪乃にとってまったく未知の季節だ。忙しくなるということだけは知っていても、具体的にどんな作業をするのか、自分にできることがあるのかどうか、見当もつかない。

それだけに、とりあえずひとつでも、父親から託されている〈仕事〉があるのは嬉しいことだった。

「へーえ。なんか、知らないうちに話が進んじゃってんのな」

と、大輝が言う。どうしてだか、ちょっと面白くなさそうだ。

「で？　雪っぺは、ほんとにカフェを手伝うわけ？」

知り合った当初はあんなにぎくしゃくしていたのに、最近では〈雪っぺ〉〈大ちゃん〉

と呼び合うのが普通になっている。

「まあ、たぶんそうなると思うけど」

「ふうん」

「なんで？」

「なんでって、じゃあまだ来ねえのかなと思ってさ」

「誰が？　どこへ？」

「雪っぺが、学校へだよ」

当たり前だろ、とばかりに大輝がしかめ面をする。

「学年上がったら来るもんだと思ってた」

雪乃は、うつむいた。

「行かないとは、決めてないけど」

キチを抱えた大輝が、まっすぐにこちらを見つめている。その強い視線を感じる。

「でもまだ、わかんない」

「わかんないじゃなくてさあ。決めるのは雪っぺだろ？」

「……まだ決めてない」

「いつ決めんの」

「……わかんない」

大輝が、ため息をついた。

はぐらかしているつもりはないのだ。むろん、真面目に考えていないわけでもない。

ただ、あの納屋での一件以来よけいに、大輝とはうまく話せないことがある。大人たちとの会話に比べると、大輝の反応は何というかこう、単純というのか原始的というのか要するにいささか乱暴だったり強引だったりして、雪乃としては口をつぐむしかなくなる時がよくあるのだ。

それでも、東京にいた頃のように相手の言葉に傷つかなくて済むのは、彼が決して意地悪で言っているのではないとわかるからだ。

「こないだ、ケンジたちに会ったじゃん。覚えてる？　あの温泉の帰りにさ」

ちょうど大輝の口から出たのは、雪乃が今まさに思い出していた顔だった。

「覚えてるよ、もちろん」

三月の半ばに、みんなで町の温泉へ行った帰りのことだ。航介と英理子と雪乃、広志と大輝、それに茂三とヨシ江の総勢七人で、頭からほかほか湯気を立てながら食堂に入ったら、先客がいたのだった。同じように連れ立って来ていた二家族と、その子どもたち。どちらも男子で大輝の同級生、つまりは雪乃とも同い年ということになる。

「昨日、あいつらに訊かれたんだよね」

「何を？」

「あの東京の子、いつからガッコ来んの、って」

——トーキョーの、子。

すごく距離を感じる。

といって、へんに距離を詰められても困る気がする。モヤモヤする。

「何て返事したの？」

「まだわかんないって言っといたけどさ。ケンジなんかは、ふつうは始業式から来るものなんじゃないか、って」

「あたし、ふつうじゃないから」

思わずつっけんどんな言い方になってしまったのに、大輝はとくだん表情を変えなかった。黙ってキチを撫でている。モヤモヤがおさまらない。

縁先からは、相変わらず大人たちの話が漏れ聞こえてくる。

と、いきなりヨシ江の声が裏返った。

「ええぇっ？　だれえ、おれなんかに何ができるぅ。足手まといになるだけだに」

ヨシ江が自分のことを〈おれ〉と言う時は、けっこう余裕をなくしている証拠だ。ふだんは今風に〈わたし〉と言う。

「いやいや、そんなことないんだって。ばっちゃんにしかできないことが、ちゃあんとあるんだって。でなきゃ、頭下げてまで身内にこんなこと頼まないよ」

今のは航介だ。

「そりゃもちろん、じっちゃんがいいって言ってくれたらの話だけどさ。農繁期にはなかなかそれどころじゃないだろうから、作業が少し落ちつく時期だけでもいいんだ。どうだろう、じっちゃん。俺に、ばっちゃんを貸してくれないかな」

「貸すも何も。ヨシ江はモノじゃねえに」

「お、かっちょいい」

と、広志が茶々を入れる。

「何の話？」

と、大輝がこちらを見た。

雪乃は、小声で言った。

「ヨシばぁばにも、納屋カフェを手伝ってもらうみたい」

「マジで？」

「そうすればお年寄りとかにも入ってきてもらいやすくなるから、って」

「ふうん。けど、なんかそれって、寄り合いと変わんなくね？」

　思わず、カチンときた。

　雪乃自身もまるきり同じことを思って父親に進言したはずなのに、大輝に言われるとなぜか腹立たしい。なんとなく、ヨシばぁばのことをけなされたように感じるからかもしれない。

「何それ。ダサいって言いたいの？」

「そうは言ってないけどさあ。けど実際それって、爺さん婆さんが誰かんちに漬物とか持ち寄って、茶ぁ飲んでだべってるのとおんなじ光景じゃん」

　歯に衣着《きぬ》せぬ物言いは、どうやら父親譲りだ。

「そうだとして、それじゃいけないの？」

「や、だからそうは言ってないけどさあ」

　雲行きが怪しくなってきたのを感じ取ったキチが立ち上がり、ふんふんと鼻を鳴らす。

「いいじゃない、寄り合いだって何だって」

　雪乃は言った。大輝に対してここまで腹が立ったのは初めてだった。並んで腰掛けているのも苛立たしくなり、沓脱石から立ち上がる。

「お父さんの考えてる納屋カフェは、町なかのカフェとは違うんだよ。っていうか、同じじゃダメなんだよ。農作業とかしてる人たちが、そのまんまの格好で何も気にしないで入って来られて、お茶と甘いものでひと休みして、また元気に働けるようにするための場所なんだから」

それもこれも全部、父親の受け売りだ。かっこ悪いと思うのに、口が勝手に動いて止まらない。

「寄り合いでみんなが集まったからって、ほんとに美味しいコーヒーが出てくる？　かわいいケーキやお菓子が出てきたりする？　座っただけで窓からあんなにきれいな山や田んぼが眺められるカフェなんか他にある？　ないでしょ？　あそこからの景色を見たら、みんな、自分たちの住んでる場所がどんなに素敵なところかって、見直すことができるかもしれないじゃない」

キチはすっかりうろたえて、足踏みしながらキュウンなどと鼻を鳴らしている。上目遣いの情けない顔で見られると、まるで自分が大輝を苛《いじ》めているかのようで納得がいかない。

違うのに。わかっていないのは大輝のほうなのに。

「っていうかさ、大ちゃんは、生まれた時からあの場所で育ってるから、慣れちゃってるんだよ。麻痺《まひ》して鈍感《どんかん》になってるんだよ。うちのお父さんは、そういうことも全部ちゃんと考えてやってるの。何にもわかってないくせに、単純にダサいみたいなこと言わないでよ」

雪乃は、ようやく口をつぐんだ。

一気に喋りすぎたせいで、息が切れていた。

大輝が、あっけにとられた顔でこちらを見上げている。その隣にはキチの、自分が悪いことをしたかのような申し訳なさそうな顔。

言いたかったことは全部言ったはずなのに、雪乃は地団駄を踏んで泣きたい思いがした。

「……ごめん」

と、大輝がつぶやく。

「べつに、けなすつもりはなかったんだけど、なんか、ごめん」

「謝らないでよ」

「だって、怒ってるに」

ぽろりと方言がこぼれる。

雪乃は、大きく息をついた。

「大ちゃんは悪くない。今のは、あたしが悪い。ムシャクシャしただけ」

「そうかもしんないけど、まだ怒ってるに」

悔しいけれど、大輝の言うとおりだ。こんなに腹が立ったのはおそらく、先ほどからモヤモヤが積み上がっていたせいで、つまり半分くらいは八つ当たりだ。そして今、モヤモヤは少しも消えないばかりか、かえってひどくなった気がする。でも、そのことをうまく説明できない。

と、縁側でするすると音がした。半開きだったサッシが大きく開け放たれ、そこから広志が顔を覗かせる。右、左と庭を見渡し、奥まった軒下にいる雪乃たちを見つけるなりニヤリとした。

「おう、お二人さん。仲良くやってるかぁ?」

デリカシーのない物言いはいつものことだが、大輝と雪乃の間に、言うに言われぬ空気が立ちこめる。

「何だよ、うるっさいなあ」

「おい、親に向かってその口のきき方はないだろ」眉をひそめてから、広志は言った。

「ちょっと、ばっちゃん連れて、うち行かざあ」

「オレも行くの?」

と大輝が訊き返す。

「どっちでもいいだけど」

「何しにさ」

「いっぺん、ばっちゃんにもあの納屋を見といてもらうだわ。まあ、済んだらまたこっち戻ってくっから、お前は残りたかったら残ってりゃいいに」

言いながら、広志が、ふと雪乃に目を向けた。

「てか、雪っぺはどうする？　二人で待ってるか？」

大輝までが、意向をうかがうようにちらりと雪乃を見る。

その視線にもなぜだか苛立って、

「――あたし、行く」

と、雪乃は言った。

結局、留守番はキチだけになった。俺はいい、などと渋っていた茂三も、ヨシ江がついてきてほしいと頼むと重い腰を上げ、航介のワゴンに家族四人が乗り、広志の運転する軽トラックの後ろをついてゆくかたちとなった。

助手席に座った雪乃は、前を走る軽トラから目を背けて窓の外を見ていた。もはやムシャクシャするのにも疲れてしまい、重苦しい胸のつかえだけが残っている。父親が飲み過ぎた翌朝などに口にする〈胃もたれ〉とは、こういう感じなのだろうか。どんなに好きな食べものを差し出されても、今は喉を通る気がしない。

見慣れた集落を抜け、いくつかの果樹園や畑地を抜けると、やがて前方に一本松が見えてくる。いつ見ても立派な一本松の、ねじれて曲がった幹の木肌はまるで、鱗《うろこ》に覆われた龍の胴体のようだ。

〈大原の、一本松の三叉路をご存じですか。あそこを右手へ上がっていってすぐの高台です〉

あのコーヒースタンドの女の人は、いずれ訪ねてくるだろうか。

そうならいいのに、と雪乃は思った。納屋カフェの計画を、頭から否定したりけなしたりするんじゃなく、この先へつなげるために力を貸してくれる人は、一人でも多いほうがいい。

「この道、懐かしいねえ。さっちらご無沙汰だに」

とヨシ江が言う。雪乃は後部座席をふり返った。

「前はよく来てたの？」

「はぁるか前だわ。七、八年にはなるだかねえ」

「だれぇ、もう十年以上たつに」横から茂三が言った。「ほー、ちょうど雪乃が生まれる頃だもの」

「ああそうだ、そうだわい」

ヨシ江の相槌《あいづち》が、ため息のようにも泣き声のようにも聞こえる。

「広志ンとこの婆やんがおった頃は、こっちへもよう来とっただわ。ヨシ江もまだ自分で運転してたに」

「えっ、うそ。ヨシばぁばって運転できるの?」

「いやいや、もう無理だわい。目がろくすっぽ見えねえようになっちまって。この人にも、危ねえだからそろそろ免許も返したほうがいいって言ってるだけど、なかなかねえ。車がないと、どこへも行かれねえだもんねえ」

「そんなの、どこへ行くんでも俺が送ってってやれるんだからさ。もっと当てにしてくれていいのに」

と、ハンドルを握る航介が言う。

「ふん。いつまでいるともわからんやつを当てにできるか」

茂三の言葉に航介が言い返そうとするより早く、細かった道の先がぱっとひらけて明るくなった。前をゆく軽トラのブレーキランプが灯《とも》り、左側の空き地へと滑り込んでゆく。

航介のワゴンも後に続いた。

「あれ、早っ。もう来てら」

「え、誰?」

空き地に、見たことのない赤い軽自動車が停まっている。

こちらの車が入っていくと同時に、軽自動車のドアが開き、髪を後ろで束ねた女性が降り立った。雪乃は思わず声をあげた。コーヒースタンドの女の人だ。後部座席のチャイルドシートから、幼稚園くらいの女の子を抱き下ろしている。

ワゴンを停めた航介が、運転席から下りて呼びかけた。

「どうも、お呼び立てしてすみません。いきなりご連絡してご迷惑じゃなかったですか」

「いえ、ちょうど家にいましたから……あの、皆さん初めまして、萩原美由紀《はぎわらみゆき》と申します！」

直角のお辞儀をする。

「まあまあ、そう硬くならなくて大丈夫」

航介が笑って、まずは茂三やヨシ江が車を降りるのに手を貸した。スライドドアががらがらと閉まる音に、すぐそばの木立でウグイスがキョケケケ……と、けたたましい警戒の声をたてる。

「春だなあ……」今さらのように航介が独りごちた。「ちょっと急がなきゃいけないなあ」

「ちょっと？　まっとだわ」

広志が、いつもの雪乃と同じようなことを言って釘を刺しながら、扉を開け、皆を迎え入れる。中を知っている雪乃や大輝は脇へよけ、茂三とヨシ江、それに萩原美由紀を先に通し、父親の後から最後に入口をくぐった。

「あんれまあ、なんとまあ、めた綺麗になって」

腰を落とすようにして天井を見上げたヨシ江が、感嘆《かんたん》の声をあげる。

「あの頃も立派な納屋だっただけど、あんれまあ、よくだにー」

見上げる梁は要所要所で、頑丈な金具を使って補強されている。その金具も、ぴかぴかの新品に見えないようにあえて艶消《つやけ》しの黒で塗装《とそう》してあるので、古い木の質感とあいまってどこか洋風にも見える。

「あれ、じいちゃん」

大輝の声に戸口をふり向くと、入ってきたのは康志だった。

「来いっつうから来ただわ」

仏頂面だが不機嫌なわけではないと、雪乃にも今ではわかる。茂三もヨシ江も、こちらへ来ていないだけで寄り合いでは顔を合わせているので、挨拶などはあっさりしたものだ。

「まあちょっと掛けてよ」

大きなカウンターに寄せて置かれた木の丸椅子を、広志がすすめる。年寄りが腰掛けることも考えて、カウンターは通常のテーブルの高さに設置してある。

バイパス沿いのリサイクルショップで見繕《みつくろ》ってきた業務用冷蔵庫から、航介が緑色に透き通ったサイダーの瓶を出し、栓抜きで開けて皆に配った。美由紀の小さな娘にだけは、アレルギーがないかどうか訊いてから、オレンジジュースを出してやる。

「じゃあ、乾杯の音頭をヒロくんにお願いします」

はあ？　と眉根を寄せた広志も、すぐに気を取り直して瓶を捧げ持った。

「それでは、納屋改造計画の前途を祝して」

乾杯、の声はばらばらで揃わなかったが、冷たいサイダーの味に、なんとなく皆の表情がゆるんでゆく。

少し前までは、外で冷たい飲みものなど口にする気にもなれなかったのに、と雪乃は思った。父親の台詞《せりふ》ではないけれど、ほんとうにいつのまにか春がやって来たのだ。

「それでここ、ほんとの名前は何にすんの？」

と大輝が訊く。

「そうだなあ。それもそろそろ考えないといけないんだよなあ」

「もう、ほんとの名前も『納屋カフェ』でいいに」

「ええ？　うーんまあ、いいかもなあ」

広志と航介が、どこまで本気かわからないことを言い合って笑う。

大きなガラス窓は磨き抜かれ、その向こうには雄大な風景が広がっている。

「こういうとこで飲むと、いつもの何倍も旨いもんだな」

茂三がそんなことを言って、手の中のサイダーの瓶をまじまじと眺めた。

と、ヨシ江が、そばにいる女の子の顔を「こんにちは」と覗きこんだ。

「お名前は何ていうの？」

「……アキちゃん」

「お年はいくつ？」

女の子が、不器用に指を四本立ててみせる。

「そーう。えらいねえ、アキちゃんは。知らない人がこーんなに大勢いる中で、泣きもしねえでまぁ、よくだにー」

幼い娘の隣で美由紀が、なぜだか泣きだしそうな顔で笑っている。

丸椅子をまたぐように腰を下ろした康志は、天井を見上げるたび、口がぽかんと開く。元はといえば自分の家の納屋なのに、ここまで変わるとは思いもよらなかったのだろう。

「な、すげえだろ、じいちゃん」と、大輝が胸を張る。「俺がすげえすげえって言ってたの、嘘じゃなかったろ？」

「おう。久しぶりに見てびっくりしただわ。ここまでやりゃあ、たいしたもんだに」

雪乃はようやく、胸のつかえが下りた気がした。

「あー、せいせいするねえ」

ヨシ江が言うのはサイダーへの感想だが、まるでこちらの気持ちを代弁してくれたかのようだ。

自分も瓶を傾けて、ごくりと飲む。

胸の底から、細かい泡がしゅわしゅわと浮かんできて弾けた。

第六章　一人前の仕事

「ジャガイモ植えるんなら、コブシの花ぁ咲くまで待ったがいいだ」

茂三から最初にそう聞かされた時、雪乃はてっきり、おとぎ話や言い伝えの類《たぐ》いかと――つまり、〈黒猫が行く手を横切ったら良くないことが起こる〉とか、〈夜に口笛を吹いたら蛇が来る〉といった迷信と同じようなものかと思った。

そもそも、コブシというのがどんな花かを知らなかった。いざ咲いてみて驚いた。なんとなく足もとの草花だろうと思っていたのに、見上げるような高木を覆うように咲く花だったのだ。

そうして改めて見れば、家々の庭先はもちろん、山の斜面にも沢山はえていることに気づかされる。つぼみの間は、枝に白文鳥が群れをなしてとまっているようなのに、それがバナナの皮を剝《む》いたみたいに開花すると、まだ緑も少ない早春の山里のあちこちが清々《すがすが》しい白さで彩られる。

「昔っからの目安だわ。コブシが咲いたら、田起しをして畝《うね》を立てて、菜っ葉やら根菜の種をまく。それより前じゃあ、田の土は硬くておえねぇし、せっかく出た芽も遅霜で凍みちまって駄目んなる」

それを聞いた航介は、慌てて耕耘機を軽トラに積んで運んでいき、ようやく新しく借りることのできた畑を耕して、初めてマスタードの種をまいた。役場の翔太郎が親身になって探してくれて、うるさいことを言わない畑の持ち主を見つけてくれたのだ。家からは少し離れているが、贅沢は言えなかった。

何年もほったらかしの痩せた土地だから、肥料をたっぷり漉《す》きこんでやらなければろくな実りは期待できない。かといって、肥料を施し過ぎれば作物は徒長《とちょう》して、つまり茎ばかりがひょろひょろ伸びすぎて、ちょっとの風でも倒れてしまう。そのあたりの勘どころは、試行錯誤しながら身につけていくしかなかった。

「結局はお天気次第だしな」と茂三は言った。「カレンダーなんかいくら睨《にら》んだって、役には立たねえだ」

天候も気候も、毎年変わる。前の年のその日に植えた苗がたまたまうまく育ったからといって、翌年の同月同日に同じようにしても、結果まで同じとは限らない。むしろ、新暦より旧暦のほうがよっぽど頼りになるのだという。

二十四節気七十二候、という言葉を、雪乃は初めて知った。たとえば春の初め、毎年三月五日頃の〈啓蟄《けいちつ》〉には、冬籠《ふゆご》もりの虫が這《は》い出し、桃の花が咲き、菜につく虫は蝶《ちょう》となる。十七日頃には春の彼岸入りで、二十日前後は春分だ。雀が巣を作り、桜がそろそろ花開き、春雷《しゅんらい》が轟《とどろ》き始める。

茂三の持っている古い農事暦の本には、暦の説明とともにその時季から何を準備するべきかが詳しく書かれていて、航介はそれを借り、夕食の終わった後など腹ばいになって読みふけっていた。

暦を知ることは、自分の手もと足もとを確かめ直すに等しい。花や虫や鳥といった自然の風物が、たくさんのことを教えてくれる。それこそ壁のカレンダーなどいちいち睨まなくても、じつは季節そのものに目印や目盛りがついているなど、雪乃はこれまで想像してみたこともなかった。

作物によっては、連作を嫌うものがある。同じ場所に、くりかえし同じ仲間の野菜を植えると育たないから、季節や年ごとにローテーションを考えなくてはいけない。ナスとトマトが同じ仲間だと聞いて、雪乃はびっくりした。

あるいはまた、酸性の土に強い作物と弱い作物がある。それらを隣り同士に植えても、どちらかがうまく育たなくなる。そうかと思えば、一緒に植えておくと生育を助け合うものもある。たとえばキュウリやトマトの間にマリーゴールドの花を植えておくと、根コブ線虫を寄せ付けない。キャベツのそばにサルビアの花を植えれば、モンシロチョウが来ない。カボチャとトウモロコシや、豆類とニンジンを並べて植えれば、生長がよくなる。

「じっちゃん」

「ああ？」

「俺、じっちゃんを尊敬するわ」

雪乃と並んでしゃがみ、畝の間に生える草を搔《か》き取っていた航介が、シャツの袖で汗を拭いながら言った。

ひとつ向こうの畝にかがみ込んでいた茂三が、首だけねじってふり返る。

「はん。なぁにおちょうべこいてるだ」

「おちょうべ？」

「何だ、ほれ……世辞のこったわ」

「違う違う、そんなんじゃないって」

「じゃあナニか。もう休みたくなっただか、この根性無しめ」

「だからそうじゃないってば」

雪乃は思わず吹きだしてしまった。

つられて苦笑いをもらした航介が、すぐに真顔に戻る。

「真面目な話、こうやって一緒に畑をやらせてもらって、俺、初めてわかったんだよ。じっちゃんの頭の中にどれだけ貴重な知識と情報が詰まってるか。苗床《なえどこ》にいつ何の種をまくか、とかさ。その年々で、どの畑の土に、窒素やらリン酸やらカリやら堆肥やら石灰やら何やらをそれぞれどんだけ入れるか、とかさ。そのあと、どのタイミングで何を植えつけて、途中でどういう世話をして、どのツルを伸ばしてどの芽を掻くか、薬や消毒はどれくらいやって、そんで収穫はいついつ……。まだ他にも山ほどあるだろうけど、そういう全部を、じっちゃんは頭と身体で覚えてるわけだろ？　すごい知識量だよ。てか、すごい知恵だよ」

熱く語る孫をうさんくさそうに眺めると、茂三は黙って再び手もとへ目を落とした。

「らっちもねえことを。そんなこたぁ農家の常識だ。このへんのしょうはみんな、誰だって知ってる」

「だとしたら、みんなが凄いよ」

「わかったわかった。口動かしてねえで手ぇ動かせ」

季節は、加速度をつけて変わりつつある。四月に入ってすぐに、北へ帰るガンが編隊をなして飛び、軒先をツバメが舞い始めた。関東よりもだいぶ遅れて桜がほころびだし、きっちりと畔《くろ》を切った田んぼに水が張られると、たちまち蛙《かえる》が鳴く。陽射しも風も温かくなって、こうして少しでも作業をすれば汗ばむほどだ。

　あぜ道や畑の通路や果樹園の地面が、みるみる緑に覆われてゆく。イヌノフグリの青やスミレの紫、タンポポの黄色があふれかえる様は美しい。

「ほら、見てごらん、雪乃。〈雑草という名の草はない〉っていうけど、ほんとだなあ」

　父娘二人、目を細めて眺めていたら、また茂三に叱《しか》られた。

「何を見てるだ、おめえたちゃほんとに。手ぇ動かせっつうに」

「まあまあ、そう急がなくてもさあ」

「なんだとぉ？」

「だってシーズン中、草刈りはどうせ何度もしなきゃいけないんだし。もうちょっと育ってからまとめてやったほうが、少ない回数で済むんじゃないの？」

「おたるい寝言をこくでねえ」

　茂三は、ドスのきいた声で言った。

「芽が出たか出ねえかのうちに、こやってすぐさま掻いときゃあ後がはーるか楽になるだわ。知ってるか、航介。『大農は草を見ずして草を取る、中農は草を見て草を取る、小農は草を見て草を取らない』つうだ。小農っつうのはな、駄目な百姓《ひゃくしょう》っつうことだ。おめえがそれだわ」

こちらへ来て雪乃が新たに知ったことはいくつもあるが、曾祖父がこれほど歯に衣着せない人だというのもそのひとつだった。

長い休みなどに遊びに来ていた間はあまり感じなかった。今は、本気で教えようとしてくれているからこそなのだろう。父親のためにも、そう思いたい。

〈どうする？　試しに、明日だけでも顔出してみるか？〉

先週、始業式の前の晩に、父親は言った。

訊かれるだろうと思っていたし、いざ訊かれたらにっこりして、

〈行くよ。あたりまえじゃない〉

そう答えて驚かせるつもりでいた。

けれどあの日、雪乃の身体に、初めてのことが起こった。いつかは起こると知っていたし、母親はこちらへ来る前からそれに備えて、ひとりの時でも対処できる方法をちゃんと教えてくれていたけれど――それでも心細かった。どうして今、こんな肝腎《かんじん》な時、そばにいてくれないんだろう。それもこれも自分のせいだと思うとよけいに悲しくなって、教わったとおりに手当てを済ませた後、トイレで泣いた。父親にも曾祖母にも言わなかったし、母親にさえ、電話越しではうまく打ち明けられなかった。

こんな状態で、新しい学校へ初登校だなんてあり得ない。新入りはそれでなくとも目を引く。〈トーキョーの子〉はなおさらだ。新六年生のクラスには、大輝など比べものにならないくらいデリカシーのない男子たちがわんさかいるだろうし、トイレで手間取ったりして、万一このことがバレたら、山猿みたいに騒ぎ立てるに違いない。死んだほうがましだ。

長いこと迷った末に、雪乃は、首を横にふった。

〈わかった。オッケー〉

父親は何でもないことのように答えて、それ以上は勧めてこなかった。

そうして四、五日が過ぎる頃には、タイミングを完全に逃してしまっていた。新しいクラスではすでに、新しい友だち関係が生まれているだろう。もしかするとさっそくいじめっ子のグループもできて、誰を標的にしようか品定めしているところかもしれない。想像するだけでぞっとして足がすくむ。

どうしてこんなに意気地なしなんだろう、と雪乃は情けなかった。

半面、自分だってただ楽をして遊んでいるわけじゃない、という悔しさもこみ上げる。母親から毎日必ず何ページかずつ解くように言われている問題集の〈宿題〉はたくさんあるし、日中はといえば外の作業で手いっぱいだ。

夜が明けるとともに、航介はヨシ江が作った朝食をとり、軽トラックで畑や果樹園や田んぼへ向かう。その日の作業内容によっては、雪乃も一緒に行く。

九時か十時には一旦休憩、草の上に座り、大きなステンレスの水筒から熱々のほうじ茶を注ぎ、袋詰めの駄菓子を口に運ぶ。

陽が高くなれば、一旦帰宅して昼食だ。根菜の煮物や、マヨネーズをかけた目玉焼きとハム、焼き魚や肉野菜炒めなど、一つひとつは簡単なメニューだが、身体を動かした後はよけいに美味しい。食べ終わると、座布団を枕にして横になる。父娘ともに、最初の頃は茂三のいびきが耳について眠れなかったものだが、今ではほぼ同時に寝入り、同時に目が覚めるようになった。

午後二時には再び外仕事、途中で一度休憩を入れたら、あとは日暮れまで働く。帰り着くとまず道具の手入れをし、それから茂三が一番風呂、航介や雪乃はその後で汗と泥を流す。こわばる肩や痛む腰をようやくゆっくりのばした風呂上がり、それぞれに飲み干すビールと牛乳の美味しさといったら格別だった。

あるいは、〈おとこしょう〉と行動を共にしない日、雪乃は二人を送り出した後、午前中は勉強をする。昼前には曾祖母とともに台所に立ち、午後から、ヨシ江と一緒に家の裏手にある畑や、歩いて行けるブドウ畑の作業をする。

裏の畑では、台所に使う野菜のほかにも少量だけ出荷する薬味用の細ネギや三つ葉などを作っているし、いちばん近いブドウ畑は、面積こそ小さいが木が充実していて良い実がなる。どちらも、世話をおろそかにするわけにはいかないのだ。

けれど時折、後ろめたい気持ちに駆られる。父親の言葉に甘えて、本当はしなければいけないことを全部先送りにしている自分は、どこかで手痛いしっぺ返しにあう気がしてならない。

いや、それより何より、母親は――

三月の最後の週からもう三週間、母親はこちらへ来ていない。二週続けて来られなかったことは前にもあったけれど、土日を三回飛ばすというのはこれが初めてだった。

〈ごめんなさい。どうしても今こっちを離れるわけにいかなくて〉

互いの顔の映るＬＩＮＥ電話で、英理子はひどくすまなそうに言った。

〈謝ることないだろ。それより、無理し過ぎて、身体壊すなよ〉

雪乃の隣で航介が言っても、ごめんなさい、と何度もくり返した。

もちろん、抜けられない仕事が入ったというのは本当だろう。でも、と雪乃は思った。

母親は、こんな娘に、がっかりしているんじゃないだろうか。大輝という親しい友だちもできたことだし、六年生の始業式からはきっと学校へ通えるだろうと、思いっきり期待していたに違いないのに。

謝りたいのは自分のほうだった。

あたしにいちばん期待していたのはあたしなんだよ、と言ってみたかった。

いったい何を考えたものか、航介はその週いっぱい、昼寝を返上して働き続けた。昼飯が終わるととりあえず横になるものの、茂三のいびきが響き始めると、そっと起き上がって家の周りでできる作業をしている。

もしかして、と雪乃は思った。

予想は当たっていた。金曜の夕方、早めに作業を切り上げてシャワーを浴びると、航介は言った。

「ちょっと、うち帰ってくるわ」

驚いたのは茂三とヨシ江だ。

「何をいきなり。そういうことはもっと前から言うとかんか」

「ごめん。けど、天気とかも心配だったし、作業が終わるかどうかわかんなかったから」

今夜のうちに着けば、二泊しても日曜のうちには戻ってこられる、と航介は言った。

「どうする、雪乃。一緒に乗ってくか?」

「あたしはいい」

「そっか。そうだよな」

きっとまた、東京には嫌な思い出が、とか思っているのだろう。雪乃は言った。

「今回はお父さんに譲ったげる」

「へ？」

「お母さんに会いたいんでしょ？　せっかくだもん、たまには一人で行っといでよ」

父親は、苦笑いとも照れ笑いともわからない何ともおかしな表情を浮かべ、ヨシ江が急いで作ったおにぎりを受け取って、車のエンジンをかけた。

白いワゴン車が庭先から出てゆくのを曾祖父母と一緒に見送りながら、雪乃は、広志の言葉をぼんやり思い返していた。

〈強い強いって周りから思われてる人間は、弱音を吐くのがほんとにへたくそなんだわ〉

〈な、いいか、航ちゃん。『後悔先に立たず』ってのは、ありゃ本当のことだぞ〉

父親もきっと、あの言葉がこたえているに違いない。

思えば、家族三人が東京にいた頃は、両親それぞれに仕事が忙しく、どちらかの帰りがずいぶん遅くなることもめずらしくなかった。それでも、夜中に雪乃がたまたまトイレに起きた時など、居間から二人の親密そうな話し声や笑い声が聞こえてきて、覗いてみると父親が母親の肩を揉《も》んでいたり、それが逆だったりしたものだ。

お父さんが行くことで、お母さんが少しでも明るい顔を見せてくれますように、と雪乃は祈った。

自分だってもう子どもじゃない。親たちをたまには二人きりにしてあげたほうがいいことくらい知っている。

ところが——。

「いやあ、びっくりしたのなんのって」

翌朝早く、父親から電話がかかってきた。

「こっち着いてみたら英理子さん、めっちゃめちゃ高い熱出してウンウン唸《うな》っててさ。そう、インフルエンザ」

「うそ。熱って、どれくらい？」

雪乃と一緒に朝の食卓を囲んでいた曾祖父母も、え、と顔色を変えてこちらを見る。

インフルエンザの苦しさなら経験がある。三年生の時だ。熱が上がれば上がるほど寒くて、震えが止まらなくて、心臓が苦しくて、身体じゅうの関節がはずれそうに痛くてだるくて、このまま死んでしまうんじゃないかと思った。あの家で、たったひとりベッドで唸っていた母親を想像するだけで泣けてくる。

「ちゃんとお医者さん行ったの？」

「そこはほら、英理子さんだから抜かりはないけどさ。俺がそっちへ帰るのはちょっと延びると思うんだ」

「うん、うん。ついててあげて」

「そのつもりだよ。もう大丈夫だからとか言い張ってるけど、置いていけるわけがないっつうの。なあ？」

苦笑した後、航介は、雪乃を慰めるように言った。

「大丈夫、安心しなさい。父さんにだってお粥《かゆ》くらいは作れる。たぶん」

「……うん」

「この電話、じっちゃんに代わってくれる？」

雪乃は、食卓越しに自分のスマートフォンを渡した。これまで所持したことのある携帯はヨシ江から無理やり持たされたガラケーだけ、という茂三が、「こんな薄べったい板っきれ握りにくくっておえねえ」とか、「どこに耳ぃ当てたらいいだかわかんねぇだ」とかしきりに文句を言いながら受け取る。

伝達事項は山ほどあるらしい。植え付けを待つばかりのトウモロコシの苗。伸び始めて土寄せしなくてはならないネギ。どの畑のナスは、トマトは、最初の芽掻きが済んでいるとか済んでないとか……。

父親はよく、畑作業は他人の決めたスケジュールに縛られることがないのがありがたい、と言うけれど、その反面、作物は人間と違って、何をどう頼んだって待ってくれない。こちらの事情に合わせてはくれないのだ。

茂三が電話の向こうの孫息子とあれやこれやについて話している間に、雪乃はヨシ江に母親の病状を話して聞かせた。

「あれまあ、可哀想《かわいそう》に。英理子さんのことだもの、ろくに休みもしねぇで無理してたんじゃねえだかい」

やがて茂三が、ぎこちない手つきで雪乃に〈板っきれ〉を返してよこす。耳に当てると、父親は言った。

「じっちゃんとばっちゃんのこと、頼んだぞ」

思わず、ごくりと喉《のど》が鳴った。

「わかった」

そう答えるのが精いっぱいだった。〈任せて〉〈お父さんこそ安心して〉そんなふうに言えたらよかったのに、とても言えなかった。

「お願いだから無理しないで、って、お母さんに言っといてね。あとでＬＩＮＥは送るけど、返事いらないから寝てて、って」

「おう、伝えるよ」

通話が切れると、ひどく心細くなった。

「不幸中の幸いっちゅうやつだわい」

茂三が言う。ヨシ江も頷《うなず》いた。

「そうそう、航介がたまたま帰っとった時で良かっただわ。虫が知らせたんかねえ」

本当にそうだ。偶然のめぐり合わせではあるだろうけれど、神様に感謝したくなる。

「シゲ爺」

向かい側で曾祖父が、うん？　と顔を上げた。

「あたし、明日から一時間早起きする」

「ほう。そんねんまく早く起き出して、何するだ？」

「あたしも行く」

「え？」

「シゲ爺と一緒に、畑へ行く」

曾祖父母が黙って顔を見合わせる。

「ね、お願い、連れてって。あたしじゃお父さんの半分も役に立たないだろうけど、言われたことはちゃんとやるし、これまでに教わったことも覚えてるよ」

「だけど雪ちゃん……」ヨシ江が気遣わしげに言う。「朝は、勉強の時間だらず？」

「そのぶんは、お昼を食べた後にやる。お母さんの宿題も」

「無茶言うでねえだ。しっかり昼寝しとかんと身体がもたねえに」

「そんなことないってば。あたしはほら、まだ若いもん。途中で充電しなくっても、バッテリーは晩までもつよ」

再び、老夫婦が互いの顔を見る。

「まあ、それもそうだわなあ」と、茂三が唸る。「おれらみたいなロートルと比べちゃなんねえわ」

「ろー、とる？」

「ああ、若ぇしょうは知らねえだか。言ったら、〈ポンコツの年寄り〉みてえな意味だわい」

「え、そんなことないよ！」雪乃は慌てて打ち消した。「お母さんだって言ってたよ。シゲ爺もヨシばぁばも、歩く百科事典みたいだって」

三たび、老夫婦が顔を見合わせる。どちらからともなくふきだした。

「なんとま、ありがてえわい。あの英理子さんからそんな、いいふうに言ってもらえてえ」

ヨシ江が唇をすぼめ、首をすくめて、可愛らしい顔で笑った。

ふっと目を開けた雪乃は、寝ぼけ眼《まなこ》で枕元の時計を見るなり飛び起きた。

「やばっ！」

目覚ましをセットした時刻を三十分も過ぎている。知らないうちに止めて、またうとうとしてしまったらしい。慌ててパジャマのまま台所へ飛んでいくと、ヨシ江が洗い物をしているところだった。

「シゲ爺は？」

「ああ、おはよう」

「おはよ。ねえ、シゲ爺は？」

「さっき出かけてっただわ」

「うそ、なんで？」

ほんのちょっと声をかけてくれたらすぐ起きたのに、どうして置いていくのか。部屋を覗いた曾祖父母が、〈よーく眠ってるだわい〉〈可哀想だからこのまま寝かせとくだ〉などと苦笑し合う様子が想像されて、地団駄を踏みたくなる。

「どうして起こしてくんなかったの？　昨日あたし、一緒に行くって言ったのに」

するとヨシ江は、スポンジで茶碗をこすりながら雪乃をちらりと見た。

「起こそうとしただよぅ、私は。けどあのひとが、ほっとけって言うだから」

「……え？」

「『雪乃が自分で、まっと早起きして手伝うから連れてけって言っただわ。こっちが起こしてやる必要はねえ、起きてこなけりゃ置いてくまでだ』って」

心臓が硬くなる思いがした。茂三の言うとおりだ。

無言で洗面所へ走ると、超特急で顔を洗い、歯を磨き、部屋へ戻ってシャツとジーンズに着替えた。ぼさぼさの髪をとかしている暇はない。ゴムでひとつにくくる。

土間で長靴を履き、

「行ってきます！」

駆け出そうとする背中へ、ヨシ江の声がかかった。

「ちょっと待ちない、いってぇどこへ行くつもりだいや」

雪乃は、あ、と立ち止まった。そうだ、今日はどの畑で作業しているかを聞いていない。

「そんなにまっくろけぇして行かんでも大丈夫、爺やんは怒っちゃいねえだから」

ヨシ江は笑って言った。〈まっくろけぇして〉とは、慌てて、という意味だ。目の前に、白い布巾《ふきん》できゅっとくるまれた包みが差し出される。

「ほれ、タラコと梅干しのおにぎり。行ったらまず、座ってお食べ。朝ごはん抜きじゃあ一人前に働けねえだから」

「……わかった。ありがと」

「急いで走ったりしたら、てっくりけぇるだから、気をつけてゆっくり行くだよ。雪ちゃんが後からちゃーんと行くって、爺やんにはわかってただわい。いつもは出がけになーんも言わねえのに、今日はわざわざ『ブドウ園の隣の畑にいるだから』って言ってっただもの」

再びヨシ江に礼を言って、雪乃は外へ出た。

あたりはもう充分に明るい。朝焼けの薔薇色《ばらいろ》もすでに薄れ、青みのほうが強くなっている。すっかり春とはいえ、この時間の気温は低くて、息を吸い込むとお腹の中までひんやり冷たくなる。

よその家の納屋に明かりが灯《とも》っている。どこかでトラクターのエンジン音が聞こえる。農家の朝はとっくに始まっているのだ。大きく深呼吸をしてから、雪乃は、やっぱり走りだした。

長靴がぽがぽがぽと鳴る。まっくろけぇしててっくりけぇることのないように気をつけながら、舗装された坂道を駆け上がる。ふだん軽トラックですいすい登る坂が、思ったよりずっと急であることに驚く。

息を切らしながらブドウ園の手前を左へ曲がり、砂利道《じゃりみち》に入ってなおも走ると、畑が見えてきた。整然とのびる畝《うね》の間に、紺色のヤッケを着て腰をかがめる茂三の姿がある。急に立ち止まったせいで足がもつれ、危うく本当にてっくりけぇりそうになった。

「シ……」

張りあげかけた声を飲みこむ。

ヨシ江はあんなふうに言ってくれたけれど、ほんとうに茂三は怒っていないだろうか。少なくとも、すごくあきれているんじゃないだろうか。謝ろうにも、この距離ではどんなふうに切り出せばいいかわからない。

布巾でくるまれたおにぎりをそっと抱え、立ち尽くしたままためらっていると、茂三が立ちあがり、痛む腰を伸ばした拍子にこちらに気づいた。

「おーう、雪乃。やーっと来ただかい、寝ぼすけめ」

笑顔とともに掛けられた、からかうようなそのひと言で、胸のつかえがすうっと楽になってゆく。手招きされ、雪乃はそばへ行った。

「ごめんなさい、シゲ爺」

「なんで謝るだ」

ロゴの入った帽子のひさしの下で、皺《しわ》ばんだ目が面白そうに光る。

「だってあたし、あんなえらそうなこと言っといて……」

「そんでも、こやって手伝いに来てくれただに」

「それは、そうだけど……」

「婆やんに起こされただか？」

「ううん。知らない間に目覚ましを止めちゃったみたいで寝坊したけど、なんとか自分で起きたよ」

起きたとたんに〈げぇっ〉て叫んじゃった、と話すと、茂三はおかしそうに笑った。

「いやいや、それでもてぇしたもんだわい。いっつも、婆やんがぶつくさ言ってるだに。『雪ちゃんは、起こしても起こしても起きちゃこねぇでおえねぇわい』つって。それが、いっぺん目覚まし時計止めて、そんでもなお自分で起きたっちゅうなら、そりゃあなおさらてぇしたことだでほー」

「……シゲ爺、怒ってないの？」

「だれぇ、なーんで怒るぅ。起きようと自分で決めて、いつもよりかは早く起きただもの、堂々と胸張ってりゃいいだわい」

雪乃は、頷いた。目標を半分しか達成できなかったのに、半分は達成できた、と言ってくれる曾祖父のことを、改めて大好きだと思った。

「よし、そんなら手伝ってくれ。ジャガイモの芽掻きだ。ああ、いやその前に、まずはそれを食っちまえ。ゆっくり嚙んでな」

雪乃が手にしている布包みの中身がおにぎりだと、一目でわかったらしい。

畑の端に座ってタラコと梅干しのおにぎりを食べながら、茂三の手もとを見守る。去年の十一月、骨にひびが入った手首はだいぶ良くなったようだが、無理な力がかかるとやはり痛むらしい。

ひと月ほど前、航介とともに雪乃も植え付けに参加した。半分にしたイモの切り口に草木灰《そうもくばい》をつけて乾かし、断面を下に、芽を上にして植えてゆくのだ。父親は別のやり方も試してみると言って、畑の奥半分は断面のほうを上にして植えていた。昔からあった方法らしいが、最近の研究では、このほうが収穫は遅くなるけれども病気にかかりにくいという結果が出たのだそうだ。

お父さんもいろいろ勉強してるんだな、と思ってみる。自分にとって新しいことを始める時は、茂三のような大先輩の培《つちか》ってきた知恵を素直に受け容れることも大切だし、また一方で、すべてを鵜《う》吞《の》みにするのではなく、一旦は疑ってみることも必要なのかもしれない。

　よく噛んで、けれどできるだけ急いで食べ終えて、雪乃は茂三のそばへ行った。一緒にジャガイモの畝の間にかがみ込む。

　黒いマルチビニールの上には、十センチから二十センチの背丈にまで育った茎と葉が整然と等間隔に並んでいる。

「ここ、見えるだか」茂三が指さした。「根元を掻き分けっと、ほー、茎が四本も五本も出てるだろう。このうち、細っこいのを引っこ抜いて、太くて立派な茎だけを二、三本残してやるだわ。ほれ、わかるか、このひょろひょろしたやつ」

「ん、わかる」

「こいつを……」

　言いながら、茂三の左手が、残す芽の根元を押さえる。同時に右手で細い芽をつかみ、ゆっくりと引き抜く。土の中で、ぷつ、と音がした。同じことがもう一本ぶん繰り返され、残った太い茎が三本になる。

　なんだかずいぶんすっきりしてしまって、これで本当に大丈夫なのかと思えるほどだけれど、

「これをやんねえでほっとくと、せっかくのイモがでかくなんねえで、ちっちゃいイモば

っかごろごろできちまうだわ。そんなもん出荷できねえからな。ほれ、やってみな」

次の苗の横にしゃがんだ雪乃が、見よう見まねで根っこを押さえ、細い茎をおそるおそる引き抜いてみせると、茂三は相好を崩し、よしよし、うめえもんだ、と褒めてくれた。

小さめの段ボール箱を足もとに置いて、抜いた茎をそこへ集めながら移動してゆく。しゃがんだままの姿勢はすぐに辛くなって、雪乃は途中、体重をかける足を替えたり、地面に膝をついたりした。それでもすぐにまた、膝や腰や背中が痛くなる。茂三を見やると、黙々と同じ姿勢で作業を続け、もうずっと先のほうまで進んでいる。おかしい。もしかしてシゲ爺はアンドロイドなんじゃないのか。

陽がだんだんと昇ってゆくにつれて、湿った土の匂いが強くなる。ほっくりと耕された土と、完熟堆肥の入り混じった匂い。朽ちた落葉にも似た清潔な匂い。雨が降り出す時にもこんな匂いがするのを、今や雪乃はよく知っているのだった。

広い畑に植わったジャガイモの芽搔きをするのに、茂三と二人がかりで、まる二日かかった。それから、畝に沿って根元へ土寄せをしてやるのにもう一日。この作業をしておかないと、やがてできるイモが日光にさらされて緑色になり、これまた出荷できなくなってしまうのだという。

雪乃が端から端までのひと畝ぶんの芽搔きや土寄せを終わらせる、その倍以上の速さで茂三が仕事を終えてゆく。それでいて決していいかげんなことはしないし、出来映えも美しい。比べてみると、どの畝がどちらの担当だったか一目瞭然《いちもくりょうぜん》で、雪乃は何だかがっくり気落ちしてしまった。

「もうちょっとくらいは、ちゃんと手伝えるかと思ったんだけどな……」

しょんぼりとつぶやく隣で、

「だれぇ、なーにこいてるだあ」

茂三が身をのけぞらせるようにして雪乃を見る。ひどくびっくりした顔だ。

「雪坊がいなけりゃ、おれ一人でぜーんぶやらにゃならんかっただわ。そしたら、四日、五日、はぁーるかかかったって半ぺたも終わらねかったに。そーだらず？　これは、おちょうべたれてるわけでねぇお。おれも、雪坊も、きっちり一人前の仕事をしただわ」

自分の仕事に自信を持ちな、と言われて、やっと顔を上げる気持ちになる。

「まったく、さすがは親子だわい」

「え？」

「航介のやつも最初のうち、まるっきりおんなじようなことで悔しがってたに」

「うそ、お父さんも？　ちゃんとできないからって？」

茂三がおかしそうに頷く。

「この爺やんが、いったい何十年かかって畑をやってきたと思ってるだ。そう簡単に真似されちまったんじゃあ、こっちの立つ瀬がねえに」

くわっくわっくわっ、と黄門様《こうもんさま》みたいに笑われてしまえば、雪乃も納得するしかないのだった。

英理子の看病を終えた航介が戻ってきたのは、翌週の半ばを過ぎてのことだった。熱が三十七度を超えなくなったことをきっちり確認し、すぐには無理をしないように、こんこんと言い含めてから帰ってきたらしい。

作業の済んだジャガイモ畑を見渡した航介は、

「まさか、帰るまでに全部終わってるとは思わなかった」

本気で驚いたようだった。

その日、久しぶりに四人で囲む夕食を終えると、茂三はテレビを観ながら横になり、すぐにうたた寝を始めた。洗いものはヨシ江に任せて、雪乃は昼のうちに終わらせられなかった算数のドリルを広げる。

その横で、航介はこたつ板に肘をつき、ヨシ江の剝いてくれた名残のリンゴを食べながらぼうっと呟《つぶや》いた。

「どうも心配なんだよなあ……」

「お母さんのこと？」

「よくわかるな」

「そりゃそうだよ。でも、熱はほんとに下がったんでしょ？」

「そうだけどさ。英理子さんのことだから、何日も会社を休んでた間のぶんを取り返さなきゃとか思って、また無茶しそうだろ？　これまでだって週に何度も電話で話してたのに、肝腎なことはちっとも打ち明けてくれなかったし」

雪乃も、さっき初めて聞かされたのだった。母親はもうだいぶ前に、編集部から別の部署へ異動になっていたのだという。このところ忙しかったのはその引き継ぎのせいもあったのかもしれない。

「なんだかなあ、あのひとは。そのうちまた一人でいろいろ溜《た》めこんで辛くならなきゃいいけどなあ……」

とくだん、娘に聞かせているつもりはないらしい。頭の中の考えが口からダダ漏《も》れ、というほうが当たっている。それが証拠に、

「大丈夫じゃない？」

雪乃が言うと、父親はそこで目が覚めたかのように、

「えっ、いま何て？」

と、こちらを見た。

雪乃は、分数のかけ算の式をノートに書き付けながら繰り返した。

「お母さん、たぶん大丈夫じゃないかな、って言ったの」

「ええと……どうしてそう思う？」

「なんとなくだけどさ。電話の声が、なんか前と違ってたもん」

「どんなふうに。っていうかそれ、いつの電話？」

雪乃は鉛筆を握った手を止め、顔を上げた。

父親は、片方のほっぺたをリンゴの欠片《かけら》の形にふくらませたままだ。図体は大きいが、きょとんとした顔つきはまるで小動物みたいに見える。

「ゆうべ。お母さんのほうからかかってきたの」

「え、俺それ知らない」

「晩ごはんの後ぐらいじゃないかな。お父さんは？　って訊いたら、『いま下で洗いものしてくれてる』って言ってたし」

「ああ、あの時か」

ようやく合点がいったように、父親は独りごちた。口の中のリンゴが邪魔らしく、やっとのことで、しゃくしゃくと咀嚼《そしゃく》してから飲み下す。

「それで？　英理子さん、何て？」

「『お父さんのこと、ずっと借りちゃっててごめんね、明日には返すからね』って」

「へーえ。他には？」

「ほんとにもう一人で平気なの？　って訊いたら、うーん、って唸ってから、『あんまり平気じゃないかも』だって」

「ええっ？」

父親の声が裏返る。

「あたしもそれはびっくりしてさ。身体のことかと思って心配もしたんだけどね。だけどお母さん、笑ってんの」

「けど、平気じゃないって言ったんだろ？　あの英理子さんが」

「うん。でも思ったのとはちょっと違ってて……『ここ何日も、航介さんにすっかり頼って暮らしてたら、一人でいるのが前よりもっと寂しくなっちゃったのよね』って言うの」

「おいおいおい。それのどこが、〈お母さんは大丈夫〉なんだよう」

情けない感じに眉尻を下げて宣《のたま》う父親を、雪乃は見やった。心配はもっともなのだけれど、いったいどう言えば、ゆうべ母親が口にしたニュアンスが伝わるのだろう。あの時の声の感じを聞かせてあげたかった、と焦れる。

「だって、ほら——前はお母さん、ぜったいそういうこと口に出さなかったじゃない。弱音とかそういうの、いっこも聞いたことないよ。それってあたしだけ？」

航介が、ふむ、という顔になる。

「いや、ないな。俺もない」

「でしょ？　ほら、広……」

はっと口をつぐむ。

危なかった。〈広志さんも言ってたみたいに〉と、つい口から出そうになった。自分だけならまだしも、大輝までがあのとき立ち聞きしていたことを、勝手に話してしまうわけにはいかない。

「ひ……広ーく考えてみたらいいよ」

なんとかごまかしてみた。

「たとえばの話、あたしはさ、何がいちばんしんどかったかっていうと、〈どうしても学校行きたくない〉ってことを誰にも言えなかったのがいちばんしんどくてさ。お父さんやお母さんや、シゲ爺やヨシばぁばの前で正直にそう言えるようになったら、それだけですごく楽になったの。何にも解決してなくても、今以上には悪くなんないんだって思えたから。あたしなんかとお母さんは違うかもしれないけど、でも、そういうとこは同じかもしれないなって。お母さんも、弱音とかをちょっとでもそうやって口に出せるようになったんなら、前よりは大丈夫じゃないかなあって」

「……ふむ。なるほど」

だからね、と雪乃は言葉を継いだ。

「お父さん、もっと東京へ帰ってあげてよ。お母さんはあの通りの意地っ張りだからさ、仕事が忙しければ忙しいだけ頑張っちゃうじゃん。そのぶん、お父さんのほうから会いに行ってあげて。行ったら行ったでたぶん、『こっちのことは気にしなくていいから』とか、『しょっちゅう来られるとウザい』くらいのこと言われるかもしれないけど、凹まなくていいから。そういうの全部、嬉しいのの裏返しだから。お母さんってほんとは、お父さんなんか足元にも及ばないくらいの寂しがり屋なんだよ」

「雪乃……」

航介が、何とも言えない面持ちで呟く。

「俺は時々、きみの年がわからなくなるよ」

「どういう意味、それ」

最後に残ったリンゴにフォークを刺し、父親が雪乃に差しだしてくれる。

「了解。よくわかったよ。向こうにも、できるだけ帰るようにする。ちょっとくらいこっちを留守にしても、きみがいっぱしの戦力になってくれるってことは今回でよくわかったことだしな」

雪乃が、晴ればれと誇らしい気持ちで頷いた時だ。

「ばかたれが」

突然、こたつの向こう側からくぐもった声がした。うたた寝をしていたはずの茂三が、こたつ板の端をつかんでゆっくりと起き上がる。

「子どもを当てにしててどうするだ」

「いや、当てにって……」

反論しようとする航介を、じろりと一瞥《いちべつ》で黙らせる。

「当てに、してるでねえだか、雪坊を」

「違うよ、じっちゃん。俺はただ、頼りにしてるってことを言いたかっただけで」

「言葉遊びはどうでもいいだ。それもこれもおんなじこったわ」

雪乃は、ショックだった。ジャガイモの芽掻きや土寄せを一生懸命に手伝った時にはあんなに褒めて、一人前の仕事だと認めてくれた曾祖父が、どうして急に自分を子ども扱いするのか。もしかしてあれは〈おちょうべ〉に過ぎず、こちらのほうが本音なのか。鉛筆を握る指からみるみる力が抜けてゆく。

「いいだか、航介。お前の悪い癖だわ。甘えられるもんには端から甘える。利用できるもんは端から利用する」

「俺はべつに雪乃を利用してるつもりは、」

「いいから聞け！」

　声が厳しい。

「つもりもへちまもねえだわ。雪坊は、本来なら毎ンち学校行ってるはずの子どもだ。まじめに勉強して、暗くなるまで友だちと遊んで、帰ったら宿題して、婆やんの台所でもちょっくら手伝って、あとは風呂へえって寝る、そういう年頃だ。それだけで許される年頃のはずだに」

　そーだらず、と念を押されれば、航介もしぶしぶ頷くしかない。

「そりゃあ、いろんな家がある。いろんな事情もある。学校なんか、どうしても嫌なら行かなくたってかまわね、そういう考え方もあるだらず。俺はそのことをとやかく言ってやしねえだわ。ただな、航介。雪坊の人生は、隅から隅まで雪坊のもんだ。いっくら雪坊が、ちょっとばか教えただけでびっくりするくれぇ上手に畑をやってくれるからって、当てにも、頼りにも、し過ぎちゃなんねえだわ。それは雪坊のもともとの仕事じゃあねえんだからな。そのことは、俺と婆やんも肝《きも》に銘《めい》じておかなきゃなんねえ。ましてや、おめえたち夫婦の都合で、雪坊をあっちへこっちへと振り回していいもんではねえだよ。そーだらず」

いつしか雪乃は、背筋を伸ばしていた。航介も、反論を忘れたように聴き入っている。

「なあ、航介。お前がここで農業をやっていくために、利用できる制度やら補助金を片っ端から利用するのは止めねえ。うちにゃ余分な金もねえことだし、痩せ我慢して、それで補助金もらってる農家と互角に張り合えるかっつったらまあ無理な話だに。そういうもんを甘えだと言ってるんではねえだだよ。俺がこやってうるさく言うのはな。お前が、人からの好意をそのまんま受け取っちまって、まっと現実的な判断を避けて通ってるように見えるからだわ。力ぁ貸してくれるしょうが周りにどんだけいようが、そのことと、人を使うのとは別だ。あの納屋の計画にしたって、それこそ村の寄り合いの延長にするつもりがねえんなら、採算を計算した上で冷静に人を使え。きっちり一人前ぶんの金を出して雇《やと》え。広志やらその友だちやら、うちの婆やんやら雪坊やら、みんなの助けを借りりゃあ何とか回ってくって？　そりゃあ、回ってるうちに入らねえ、回らねえっていうだ。そこんとこ、まっと突きつめて考えないぃ」

茂三がふっと口をつぐむと、急に静かになった。ヨシ江はいつのまにか洗いものを終え、黙って部屋に引き取ったようだ。

少し喋りすぎたとでもいうように入れ歯の口をもごもごさせると、茂三はこたつ板に手をついて立ちあがった。

「俺は、寝る」

「おやすみなさい」

雪乃に続いて、航介も言った。

「おやすみ、じっちゃん。俺も、よく考えてみるよ」

「……おう」

仏壇の横の柱に手をついて廊下へ出てゆく。畑ではあんなにも頑健《がんけん》そうに見える身体が、家の中だとなぜか頼りない。

「シゲ爺」

雪乃は思わず呼び止めた。曾祖父がふり返る。

「ありがと。明日も手伝うからね」

茂三は、わずかに迷った末に、苦笑いのかたちに口元をほころばせた。

第七章　寄り合いの夜

雪乃へ
元気でやっていますか？

昨日も電話で話したのに、おかしいかな。でも、あなたの顔を浮かべるたび、必ず思うのです。今この瞬間、雪乃は元気でやってるかなあ、って。

心配かけてごめんね。体温計のあんな数字を見たのは、あなたがインフルにかかった時以来だったけど、おかげさまでもうすっかり下がって、明日からはまた会社へ行くことができます。

でもね、何日も休んじゃったでしょう。ここだけの話、糸がぷっつり切れたみたいな感じなの。これまではそんなこと一度もなかったから、自分に自分でびっくりしています。生まれて初めて、あなたの気持ちが、ほんの少しかもしれないけどわかったような気がしてる。今ごろ、遅いね。

航介さんから聞いてる？　あのひとのことだから、何も言ってないかな。せっかくサプライズで帰ってきてくれたのに、あの晩、家の中はまるでゴミ溜めみたいなありさまでした。熱を出して寝ていたからじゃなくて、それよりだいぶ前から、掃除はしてなかったし、洗濯ものもいっぱい溜めこんだまま放置していたの。この私がだよ？　信じられる？

このところ忙しかったんだからしょうがないよ、って航介さんは慰めてくれたけど、そういうことじゃないの。忙しいのは今に始まったことじゃないし、お休みの日がまったくなかったわけでもないのに、どんなにお天気が良くても、洗濯も掃除もしたくない。ゴミは溜まるいっぽうで、そうやって部屋の中が散らかってくるとますます、もう何もかもどうでもいいやって気分になってきて……。

原因はね、わかってた。雪乃とおんなじ。会社へ行きたくなかったの。

だけど、ここで休んだりしたら怠《なま》け癖がついて本当に二度と起き上がれなくなるって思ったから、アラームをいくつもかけて、無理やり起きて這《は》うみたいにして行ってたけど、つらくってね。途中で気分が悪くなって電車を降りたりもしたよ。

だから、航介さんが来る前の日、急に身体じゅうの節々が痛くなった時は、正直、期待しちゃった。もしかしてこれ、インフルエンザ？　って。仕事のことを考えたら今休むのはすごく困るけど、インフルだったら、いくら私が行きたくたって行くわけにいかないでしょう？

薬を飲んで、ベッドの中でひとりぼっちで震えながら、思い浮かぶのはあなたの顔ばかりでした。ごめんね、雪乃。お母さん、あなたの気持ちをわかっているつもりで、ちっともわかってなかったよ。

じつは三月から、会社での仕事の内容が変わったの。今までいた編集部から、現場じゃないところへ異動になったのね。航介さんには、なんで言わなかったんだって叱られたけど、隠してたわけじゃないんだよ。ただ、こうして離れて暮らしてると、大きな出来事ほどうまく話せないことがあって……。雪乃もそうだったりしないかなって、心配です。あなたも知っての通り、私は編集の仕事が大好きでした。作家の人たちが苦しみながらも素晴らしい作品を産み落とす瞬間に立ち会えるのが、何よりの喜びだったの。新しい本が完成するたび、ものすごく充実感があって、もしかして天職なんじゃないかとさえ思ってた。

でも、いざ異動が決まってみたら、べつに誰も困った様子はないんだよね。もちろん、困らないような引き継ぎをちゃんと済ませたからだし、そのために雪乃に寂しい思いをさせてしまったわけだけど、なんだか……むなしくなっちゃってね。私がいてもいなくても、なあんだ、何にも変わらないんだなって思ったら、いろんなことがどうでもよくなってしまったんでした。あなたより私のほうが、コドモみたいだね。

もうひとつ、正直に言うと、会社のこととは別の悩み事もありました。

あなたは人の気持ちにとても敏感だから、もうとっくに気づいてたと思うの。六年生の始業式に自分が学校へ行かなかったことで、お母さんはがっくりしてるんじゃないか、って。

白状すれば、そのとおりでした。住むところまで変えたんだし、いじめてた子はもういない。初めてのクラスに緊張はするだろうけれど、最初だけ頑張ったらすぐに慣れる。そうしてそちらの小学校を卒業したら中学受験……は無理でも、せめて高校は東京のいいところを受験して、元通りのレールに戻ってくれる、そんなふうに考えていました。

先に言っておくけれど、今は違うからね。気にしないで。

始業式の晩の電話で、航介さんに言われたの。

「雪乃は、かけっこの途中で友だちに足を引っかけられて転ばされたようなものなんだ。そんな子の腕を引っぱって、いきなり次の組に混ぜてスタートラインに立たせたところで、すぐに走り出せるわけがないだろ」って。「ここまできたら、あの子の気持ちを最優先に考えてやるしかない。親にできるのは、待つことだけだよ」って。

ショックだった。航介さんにもすごく腹が立った。あの時はまだ、母親の私こそがいちばん娘の気持ちを最優先に考えてるのに！　って思いこんでいたからね。

でも、間違ってた。私がこれまで、あなたのためにと勝手に思いこんでしてきたことは、それが伝われば伝わるだけ、あなたをつらくさせていたんだね。

ひとりで熱にうなされながら心細かった時、初めて気がついたの。会社で異動があるなんて当たり前のことだし、辞める気がないんだったらその部署で頑張るしかない。そんなこと、理屈ではわかってても、心が納得するかどうかはまた別の話。働くかどうかも含めて、生きていく場所を自分の意思で決められるはずの大人でさえこんなにしんどいのに、雪乃はどうだったろうって。〈学校は誰もが絶対に行かなければならない場所〉で、〈休んだりしたらお母さんががっかりする〉って思わされたあなたは、どれほど辛かったろうって。

自分が似たような思いを経験するまで、あなたの気持ちをちゃんと想像することができなかった。

ごめんね、雪乃。ほんとうにごめんなさい。

会社は、ほんと言うとまだあんまり行きたくないけど、仕事だから頑張ってみます。どうしても無理だと思った時は、早めにSOSを出すようにするね。航介さんに、それだけは約束させられました。インフルのせいで体重がちょっと落ちたことについても、「せめて元の体重に戻すって約束できないなら、俺が毎週末、抜き打ちでこっちへ来るからな」ですって。

宣言したら抜き打ちにならないんじゃないかと思ったけど、航介さんがあんまり真剣だったから言わないでおきました。

ちゃんと、ひとりでも作って食べるようにするからね。安心してて。

雪乃。元気にしてますか。

今日も一日、いいことがいっぱいありますように。

あなたは私の、自慢の娘です。

英理子

❄

航介が白いワゴン車のエンジンを切るより早く、助手席のドアを開けて滑《すべ》り降りる。

最終列車を待つだけの駅前ロータリーに、人影はまばらだ。タクシー乗り場のあたりだけがこうこうと明るい。

雪乃は、踊るようにステップを踏みながら横断歩道を渡った。列車が着くまであと十分ほどもあるけれど、待っている時間さえも嬉しい。

改札口のすぐ外、シャッターの閉まったキオスクの前で、父親としりとりなどしながら待つ。ちょっと前までは分厚い上着が欠かせなかったのに、いつのまにか夜もだいぶ温かくなって、シャツの上に薄手のフリースを重ねるくらいでちょうどいい。

しかし、東京はもう、日中は半袖の日もあるという。急に涼しいところへ来たりして、病み上がりなのに大丈夫かな、お母さん、と思ったところへ、止まっていた下りエスカレーターが低い音を立てて動き出した。

何人かの男の乗客の後から、小さなトロリーケースを手にした母親が降りてくる。航介が、こっちこっち、というように大きく両手を振る。まわりの人たちの目には、いったいどれだけ久しぶりの再会に見えていることだろう。気づいた英理子は、雪乃を見るとにっこりして片手を挙げ、航介に向かってははいはいと頷いてよこした。

「あーあ、お母さんてば、まーた照れちゃってる」

「ええ?　あれが?　ってか、つい先週も一緒にいたのに?」

疑わしそうな父親の言葉に、雪乃は笑った。

「一緒にいただけに、でしょ。わかってないなあ」

改札機にチケットを通して出てきた英理子に、父娘二人して「お帰り!」を言った。航介がすぐさまトロリーケースを受け取る。雪乃は肩にかけていたバッグの係だ。

「疲れたろ」

歩き出しながら航介が言うと、英理子はふふ、と情けなさそうに微笑《ほほえ》んだ。

「まあ、さすがにね。身体がまだ、自分のものじゃないみたいな変な感じ」

「そりゃそうだよ。あれほどの熱だったんだからさ。で、仕事のほうはどうだった？」

「どうって？」

「きみが休んでる間も、何とかちゃんと回ってた？」

英理子は、笑って頷いた。

「そうね。〈何とか〉ね。かなり迷惑かけちゃったけど、みんながうまくカバーしてくれてたから」

「おう、そりゃよかった。そうだよ、組織なんていうのはそうやってお互いカバーし合うためにあるんだからさ。必要以上に申し訳ないとか思わなくていいんだよ」

航介は、自分こそがほっとしたように言った。

「だけど、無理しなくてよかったのに。この週末だって、身体のこと考えたらほんとは家で休んでなきゃいけなかったんじゃないの」

「そんなこと言わないでよ。こっちへ来られると思うからこそ仕事だって頑張ったんだから」

ねー、と雪乃を見おろす。

「ああ、会いたかった。雪乃は？」

「あたしも！」

さっきの横断歩道を、今度は手をつないで渡る。ワゴン車の後ろを開けて、航介がトロリーケースを積みこむ。

駐車場には他に誰もいない。助手席のドアを開ける前に、雪乃はふり返り、母親の身体に腕を回して抱きついた。

「え、どうしたの」

「ほんとだ……。ちょっと痩せたみたい」

「大丈夫。これくらい、すぐ元に戻るよ」

言いながら、英理子が抱きしめ返してくれる。

目をつぶり、懐かしい匂いを胸いっぱいに吸い込む。

「お帰りなさい、お母さん」

頬をくっつけて耳もとでささやくと、間近に答えが返ってきた。

「ただいま、雪乃」

季節の歩みは、素晴らしくドラマティックだ。同じ景色を、一面の雪に閉ざされた厳冬のさなかに見るのと、青葉萌《も》えゆく春のそよ風に吹かれながら見るのとではまったく印象が違う。

ひと月ぶりに家族のもとを訪れた母親の目に、変化はなおさら際立って感じられるようだった。自然の風景や、肌で感じる気温ばかりではない。畑や果樹園に生い茂る緑の量感も、植わっている作物の種類も、

「前に来た時とこんなに変わっちゃうなんて」

英理子は何度も驚きの声をあげた。

当然、食卓にのぼる献立もそれにつれて変わる。

いま、台所に立った雪乃と英理子は、収穫したばかりのアスパラガスの根元のほうを薄く削《そ》いで茹《ゆ》でている。いささか過保護な航介から、

「病み上がりなんだから外作業の手伝いはまだ駄目！」

と止められているので、かわりに二人して台所を引き受けたのだ。

ヨシ江にはその間だけでもゆっくりしてもらえると思ったのに、

「あれあれまあ、ありがとうねえ。それじゃあ、お言葉に甘えてそっちは任せるに」

と、午後から茂三と一緒に果樹園の草取りに出てしまった。何かしら動いていなければ落ち着かないらしい。

午後遅い太陽が、流しの前の小窓から斜めに射しこんで、水しぶきをきらめかせる。さっと茹でたアスパラガスを冷たい水に放すと、たちまち緑の色がくっきりとする。エメラルドよりも鮮やかだ。

続いて母娘は、台所の隅のほうでそれぞれ座り、竹のザルを間に置いて、そら豆のさやを剝き始めた。分厚いさやを捻《ひね》るようにしては、中からお多福の顔みたいな形をした豆を三つ四つと丁寧に取り出す。空気に触れるとあっという間に黒ずんでいってしまうから、これもまたすぐ茹でられるよう、鍋に湯を沸《わ》かしながらの作業だ。

「なんかもう、感動しちゃう」

板の間に横座りになった英理子がしみじみと言った。

「え、何が?」

「だって、こんなにはっきり、お台所と外の世界が結びついてるなんて。ほら、東京の家だと、お野菜はスーパーで買うでしょ? トマトやキュウリなんか、一年じゅういつだって買える。だけどここでは、トマトもキュウリも基本的に夏の食べものなんだものね」

「あ、うん。農協とかスーパーでわざわざ買うのは、季節をはずれてて畑じゃ穫《と》れないものだけだって、ヨシばぁばが言ってた」

「でしょ。そのかわり旬のものは、イヤっていうほど食べられる。アスパラだってあんなにたくさん！　あれ、買ったらいくらすると思う？」

「え、なに、感動ってそゆこと？」

「違う、違う」英理子は笑った。「違うけど、でも実際、旬のものでもお店で買うと高いのよ。それを、お値段を気にせずたっぷり食べることができるなんて、ものすごく贅沢だと思わない？　美味しくてこんなに綺麗なものが、すぐそこの畑から穫れるんだもの。それで、感動」

出荷するのに少しでも具合の悪いものは、せっせと胃袋におさめなくてはならない。このアスパラガスにしても、やや太すぎたり、やや細すぎたり、やや伸びすぎたりしているというだけで値がつかなくなるという。

値がつかないからといって味に遜色《そんしょく》はないのだが、さすがに毎日毎日ただ茹でてマヨネーズをかけるだけでは飽きるから、炒め物にしたり、ベーコンを巻いたり、グラタンにしてみたりと知恵を絞る。今朝、ヨシ江が作ってくれた味噌汁にもアスパラが入っていたのを見て英理子はびっくりしたようだが、美味しい美味しいとおかわりまでしていた。実際、山菜汁のようでほんとうに美味しいのだ。

「お母さんもあたしもアスパラ大好物だもんね。シゲ爺に、『そんねんまく穫ってきてどうするだい』って言われそう」

「残念でした。こんねんまく穫ってきてくれたのは、そのシゲ爺ですー」

顔を見合わせて笑う。

「そういえばね、ヨシばぁばが言ってたよ。旬って、つまりは十日間って意味なんだって」

そら豆を剝き終えた雪乃は立ち上がり、流しへ持って行って洗った。アスパラガスがエメラルドなら、こちらは翡翠《ひすい》だろうか。

「あら、そうなの？」

「そう。ひと月を三つに分けて、上旬、中旬、下旬って言うでしょ？　三つ合わせたら三十日でしょ？」

「うんうん」

「でね、ほんとうの旬のものは、美味しいだけじゃなくて身体にも凄くいいの。でも十日間くらいの短い間しか食べられないから、その時季を逃さないようによく見てて、食べる時もおてんとさまに感謝しながら頂かなくちゃいけないんだって。あたし、ヨシばぁばにその話を聞いてから、ごはんの前に『いただきます』って手を合わせる時の気持ちが、なんか変わった気がするんだよね。ヨシばぁばの言う『おてんとさま』のこととか、ちょっと考えるようになったかも」

「雪乃」

「うん？」

「あなた、大人になったねえ」

雪乃はふり返った。昨夜ようやく母親に打ち明けることができた、例の身体の変化のことを言われたのかとも思ったけれど、どうやらそれだけではなさそうだ。

「そっかな。まだまだコドモだよ」

「そうよ。まだまだコドモでいて」

「どっちだよー」

思わず笑いだしながら、鍋の火を止める。茹であがったそら豆を穴のあいたおたまですくってはザルに取る。

英理子がうちわでぱたぱたあおいで冷ましたそれを、ラップをかけて冷蔵庫に入れた後、雪乃は続いて、流しでサラダ菜の根元の泥を洗い始めた。

「よくだねえ」と、英理子がヨシ江の口まねをする。「東京の家にいた頃は、なーんにもしなかったのに」

「なーんにもってことはないと思うけど」

いや、やはり、〈なーんにも〉だったかもしれない。

雪乃は急いで話題を変えた。

「そういえば、広志さんたち明日来るって言ってたよね。何時ごろだろ」

「さあねえ。大輝くんは元気にしてる？」

「うん。やぶせったいぐらい元気だよ」

「え、何て？」

雪乃はにやりとふり向いた。

「うっとうしいぐらい、っていう意味。最近は、広志さんと一緒じゃなくても、一人でしょっちゅうここへ寄ってくよ。学校の帰りとか」

「お家《うち》まですごく遠回りになるんじゃないの？」

「だよねえ。『走ればすぐだし』とか言うけど、全然すぐじゃないじゃんね」

「気にしてくれてるんだね、あなたのこと」

雪乃は大げさに肩をすくめてみせた。

「違うよ。ヨシばぁばの出してくれるおやつが目当てにきまってるってば。ほんっと大まくらいだから、あいつ」

「こら。『あいつ』とか言わない」

　大まくらい、が食いしん坊という意味だということは、英理子にも察しがついたようだ。叱《しか》っておきながら苦笑している。

「お母さんとしては心強いな。そうしてあなたの身近に同じ年頃の友だちがいてくれるのは」

「そだね。あたし、学校行かないもんね」

　一瞬、母親が息を呑んだように感じて、雪乃は慌てて打ち消した。

「あ、違うの、そういう意味じゃなくて。今の嫌味とかじゃないから気にしないで」

　洗い上げたサラダ菜の水を切り、別の竹ザルに並べながら、雪乃は言った。

「あたしも、ほんとはわかってるんだ。大ちゃん、いろいろ気にしてくれてるんだと思う。訊いてもいないのに学校の様子とかけっこう話してくれるし……今度いっぺんクラスの友だち連れてくるとか言うから、それはやめてって頼んだけど」

「どうして?」と英理子が言う。「いいじゃない、紹介してもらえば」

「いやー、さすがにそこまでは勘弁してほしいっていうかさ。面倒見がいいのを通り越して、時々お節介なんだよね、あいつ」

「だから『あいつ』って言わない」

雪乃は首をすくめ、ぺろりと舌を出した。

材料が揃ってしまうと、流しとガス台の前は、英理子の持ち場となった。雪乃とあれこれ話しながらも手はたゆみなく動いて、カツオ節と昆布で味噌汁の出汁《だし》をとったり、豚肉に下味をつけたりと忙しい。

夕方五時、外から三人が戻ってきた。

まず先に風呂。汗と泥を落とし、それから晩酌と食事。明日も早く起きるためには、早く寝なくてはならない。逆算してゆくと当然、夕食の時間も早くなる。

今夜のメインディッシュは豚肉の生姜《しょうが》焼きだ。

「航介さんの好物だと思ってたら、シゲ爺もそうなんですって？」

「そう、『血は争えねえだわ』って、前にヨシばぁばも笑ってたよ」

遺伝子とは不思議なものだ。茂三やヨシ江とはずっと離れて暮らしてきたのに、孫である航介はもとより、ひ孫の雪乃との間にも似たところがたくさんある。

どれだけ年を取っても怯《ひる》まず、投げ出さず、腐らずに、まわりと自分の両方に対してきっちり筋を通してゆく茂三の生き方。誰に対しても柔らかく接し、自分のことよりまず相手のことを心配して手を差し伸べるヨシ江の優しさ。

曾祖母の大好きなところも、ふだんから一緒にいるぶん何だか当たり前のようになっていたけれど、久しぶりに母親が輪に加わることで、改めてはっきりと目に触れる。英理子が賽《さい》の目に切った豆腐の味噌汁は、ヨシ江とは少し違う、懐かしい味がした。

翌日の日曜日は、朝からきれいに晴れあがった。

夜の間に雨が降ったせいで庭はぬかるんでいたものの、濡れた草木がきらきらと光るしずくを振りまき、水たまりには青空が映っている。長靴なのをいいことに、雪乃はじゃぶじゃぶと足もとの青空をかき混ぜた。

昼間、畑やブドウ園でほんの軽い作業をした後、午後は一家総出で『納屋カフェ』へ出かけた。ほとんど内装の整った状態を初めて見た英理子は、すごい、すごい、と感激して、航介を大いに喜ばせた。

その晩のことだ。島谷一家五人は、広志と大輝の父子とともに、地区の集会所に出かけていった。

毎月最後の日曜に行われる寄り合いは、ふだんはおもに〈おとこしょう〉が家で夕食を済ませた後で集まり、茶を飲みながら難しい話をするのだが、春と秋の年に二回だけは、早い時間からそれぞれの家の料理を持ち寄っての懇親会を兼ねる。大原地区二十一戸の家族が子ども含めて集う、いわば「お疲れさま会」だ。

もしかしたら、他の児童とも顔を合わせることになるかもしれない。まだ一度も参加したことのない雪乃は、とうてい気は進まなかったものの、今夜ばかりは自分だけ行かないとは言い出せなかった。

〈どこへでも連れていくから引きこもるのは無し〉という父親との約束は、〈どうしても嫌なときは嫌だと断っていい〉との留保付きではある。けれど、せっかく来てくれた母親に、学校へは行っていなくても堂々と顔を上げている自分を見ておいてもらいたい。

広い座敷にずらりと並べられた長テーブルと座布団の、いちばん隅っこのほうに二家族で陣取った。

「大丈夫みたいだ」大輝がそっと教えてくれた。「学年違うやつしか来てないよ」

それだけで、だいぶ気が楽になる。

大きな口の字に並べられた長テーブルに、〈おんなしょう〉の持ち寄った料理や酒が並んでいる。どう見ても宴会だ。

テーブルの角に腰を下ろした航介の左隣に、英理子と雪乃、ヨシ江、茂三。航介とは角をはさんで直角に、広志と大輝が座る。

ちなみに康志は来ていない。ふだんの寄り合いにも参加しないそうだ。大勢と交わるのが苦手なのと同時に、代替わりはとうに完了、隠居の出る幕ではないということらしい。

〈おれが隠居できる時は来るだかなあ〉

と、いつだったか茂三が聞こえよがしの憎まれ口をたたいていた。

「寄り合いに出るの、あなたはこれで何回目？」

英理子が航介に訊く。これだけ大勢が集まると、少し声を張らなくては互いに聞こえない。

「五回……いや、六回目か」航介は言った。「こっちへ来たばっかりの頃から、ヒロくんが出ろ出ろうるさく言ってくれたもんだから」

「いえいえ、どういたしまして」

と先回りして広志が言った。

「なんか、さっきから、みんなしてちらちらこっち見てるみたいなんだけど」と英理子。

「ちょっと緊張しちゃうね」

後半は雪乃に言う。

「俺は、きみがいてくれるぶん、いつもより心強いけどな」

「よっく言う。心臓に毛が生えてるくせに」

「毛は生えてるけど中身はガラスなんだよ」

広志が吹きだした。

誰かが司会進行を務めるわけでもなく、また開会の挨拶《あいさつ》などというものもなく、寄り合いを兼ねた懇親会はいつのまにか始まっていた。

雪乃は、ひょいひょいぱくぱく食べている大輝を横目で見ながら、そっと鶏の唐揚げやおにぎりに手を伸ばしたり、ヨシ江とジュースを分け合ったりして聞いていた。

誰かが田んぼの水張りについての話を持ち出したかと思えば、いつのまにか草刈りや溝《みぞ》掃除の分担についての話題に移り、そうかと思えば、これから夏へ向けての祭りの準備の話になる。

こんなので何か決まるものなのだろうか。クラスで議題を話し合う学級会だって、これよりはもうちょっとましなんじゃないかと思う。

あれもこれも曖昧なまま、話はさらにあちこちへ寄り道しながらだらだら進み、頃合いを見て年長者の誰かが、まあ今回はそんなところだに、と言いだせば、誰も表だって反論はしないのだった。まあ何かあったらまたその時に集まればいいだらず、という感じで、結論は次へと持ち越されるようだ。

「ふうん。面白いね」

食べながらも、興味深そうに寄り合いの行方《ゆくえ》を見守っていた英理子が言った。

「正直ちょっといらいらするけど、これもきっと生活の知恵なんだろうね」

航介が、驚いたように英理子の顔を見る。

「さすがだわ、英理子さん」

「何それ」

「いや……俺がこの半年かかってやっとたどりついた境地に、はじめっからさあ」

「おい、そろそろでねえか」

と広志が割って入った。

今夜の話し合い、らしきものはひととおり終わったらしい。ほとんどの家族はすでに食事を終え、中には小さい子どもらを連れて先に帰る人たちもいて、残りのおとこしょうはいよいよ腰を据えて飲む用意を始めている。

航介が頷き返すと、広志はあぐらを解いて立ちあがった。

「あのう、皆さん。ちょっといいだかい」

雪乃も大輝も、びっくりして見上げた。

皆の視線も、広志に集まる。

改めて見わたすと、長テーブルの周りには男が断然多い。ある程度の年齢の〈おんなしょう〉は隅のほうでかたまっているか、子どもらに手伝わせて早くも洗い物など始めている。さっきの話し合いの最中も、意見を述べる女性はほとんどおらず、ひたすら料理を並べたり、足りなくなった酒を補充したりといった役割だ。

雪乃は、またちょっと居心地が悪くなった。今夜、母親がこうして父親の隣に座っていられるのはつまり、ヨソモノであり客人であると見なされているからこそらしい。

「なんだあ、もう難しい話はやめだー。また次にしろやあ」

早々に酔っぱらった誰かが言うのを、広志は笑っていなした。

「すぐに済むだから、この人の話を聞いてやって下さい」

酒瓶を持って酌に回ろうとしている者の背中へ別の〈おとこしょう〉が、

「おーい、まだ何か話があるんだとぉ」

呼びかけて座らせてくれる。

よく見れば、小林の義男さんだった。雪乃たちが東京からこちらへ移ってくると決めたあの日に、茂三を病院まで送り迎えしてくれたお隣さんだ。

広志と入れかわりに、航介が立ちあがる。横にいる英理子と雪乃をちらりと見おろした後、息を吸い込んで広間を見渡す。

「皆さん、お疲れのところ、すみません」

よく響く声を張った。

「じつは、これまでにも皆さんからしばしばお問い合わせのありました、竹原康志さん・広志くんのところの納屋改造計画ですが、おかげさまをもちまして、ようやくカフェとしてオープンにこぎつけることができまし……できそうです」

「何だぁ、そりゃあ」遠慮のないヤジが飛ぶ。「この期《ご》に及んで、できるかどうかまだわかんねえのかぁ？」

どきっと身体を固くした雪乃の肩に、英理子がそっと自分の肩を押しつけてくれる。

航介は、声のほうを向いて言った。

「や、まさにそうなんですよ。なんと言いましても、お客さんに来ていただかないことには何ひとつ始まりませんからね」

「しかしほー、国道沿いならまだしも、あんな奥まったとこへ店なんか開いて待ってたって、いったい誰が来るだい？」

義男さんだ。航介は真顔で頷き返した。

「それもおっしゃる通りです。ですからまずは、この地区の皆さんにぜひいらしていただきたいんです。最初のうちは、ほんの賑やかしでかまいませんから」

「カフェなんつって、どうせ気取った感じの店だに。肩が凝っておえねえよぉ」

雪乃は、不思議に思った。義男さんは決して意地悪な人じゃない。挨拶をすれば、いつもにこにこ答えてくれる。もしかすると、こちらが説明しやすいように、わざと質問をぶつけてくれているんじゃないだろうか。

父親も、どうやら同じことを思ったらしい。

「いやいやとんでもない、むしろ逆でしてね」いたずらっぽく笑いながら続けた。「僕らが目指しているのは、たとえば、泥だらけの長靴と野良着でそのまんま入れるような店なんです。名前は一応、〈納屋カフェ〉と付けましたけど、」

「そのまんまでねえか」

皆がどっと笑う。

「ええ、まさに。しかもカフェなんていうのは名ばかりで、実際はまあ、お休み処ですね。お茶と漬物は無料で召し上がっていただけますし、淹れたてのコーヒーは一杯二百円を考えています」

「二百円？　そりゃ安いな」

と声があがる。あれはたしか、隣組の班長さんだ。

「でしょう。そのかわり、淹れるのはうちのばっちゃんだったりしますけども」

ヨシ江がひどく済まなそうにぺこりと頭を下げると、またどっと笑いが起こった。ヨシ江の人柄は皆よく知っているのだ。

「他に、おやきとか五平餅《ごへいもち》、おにぎりなどもお出しする予定です。小腹が空いた時にちょうどいいでしょう。あと、農産物ほかの直売コーナーも作ります。野菜だけじゃなく、味噌や漬物や乾物や、それから、手作りのお菓子も置きます。それもふつうのだけじゃなく、アレルギーのある子どもさんでも安心して食べられるように、卵や牛乳を使わないクッキーやケーキなどにも力を入れていきます。あとは、そうですね、畑の片手間に育ててきた盆栽を出品してみたいと申し出てくれる人もいます。ここにいるじっちゃんですが」

また笑いが起きる。

雪乃は、どきどきしながら広間全体を盗むように見た。残っているのは三十人ほど。全員の目が好意的、というわけではない。同じ笑うにしても苦笑いに近い人はちらほらいて、中には航介と視線が合いそうになると不機嫌そうに目をそらす人もいる。いくら茂三の孫とはいえ、東京からやってきてすぐにあれやこれやと新しいことを始める航介を、苦々しく思っているのかもしれない。

それでも、一人立っている航介を、いつのまにか全員が見上げ、その話の行方に集中している。初めての売り込みとしては、上々なのではないだろうか。

雪乃は、誇らしかった。ふだんはけっこうちゃらんぽらんで行き当たりばったりの父親だけれど、大勢の人の前でこんなに堂々と話せる人だなんて知らなかった。東京での仕事でもこんなふうだったのだろうか。親が働く姿というのは、なかなか子どもの目には触れない。

「とまあそんなような具合ですから、農作業の合間にでも、あるいは何かの用事のついでにでも、ちょっとひと息つきたくなったらぜひ立ち寄ってみていただけませんか。気が向いた時にふらっと寄って、先に来ていた人と情報交換したり、あるいは何かの会合に使っていただいたりと、とりあえずはそんなふうに気軽に利用してもらううちに、常連さんができて、口コミで評判になっていって、やがては町のほうからも人が来て……というのが僕らの理想です。いつかは、観光客がわざわざ訪ねてくるくらいの店にしたいんですけど、急に願っても無理でしょうから、今は焦らずに、できることからやっていかないといけません」

ひと息ついた航介が、全員をぐるりと見渡す。

「皆さんにはまず、お客さんとして来ていただきたいというのが一つ。それからもう一つ、直売コーナーに出品してみたいという人がいらっしゃいましたら、ぜひお声がけいただきたいんです。口に入るものじゃなくても、たとえばそちらの奥さん方、趣味で編物や縫い物をするなんて方はぜひこの機会に出品してみて下さい。お店屋さんごっこみたいな気軽な感じでかまいませんので。――今夜は、その二つのお願いのためにお時間をいただきました」

　ありがとうございます、どうかよろしくお願いします、と頭を下げるのを見て、雪乃はようやく身体の力を抜いた。

　大輝と目が合う。彼が、にやりと笑ってよこす。

　笑い返そうとした時だ。

「その話、いったい誰がいちばん得するだ？」

　大きなしわがれ声が飛んできた。

　皆の目がそちらを向く。テーブルのちょうど対角線上の角、七十がらみの大柄な男が、あぐらをかいた自分の両腿《りょうもも》をつかむようにしてこちらを見据えていた。

「……あれは、どなた？」

　雪乃の訊きたかったことを、英理子が口にしてくれる。

「山崎の正治《まさはる》さん。自治会の役員をしてる人だわ」

　小声で答えたのはヨシ江だった。

「なあおい、答えてくんな。その話、誰が得するだ、って訊いてるに」

　座りかけていた航介が、もう一度立ちあがった。

「ええと、すみません、何とお答えすればいいのかな。誰の得だとか、そういう観点では考えていませんでした。あえて言うなら、みんなの得になっていけばいいかなと」

「みんなのだあ？　俺には何の得もねえだけどな」

山崎が鼻で嗤《わら》う。日に灼《や》けた顔が赤黒く見える。もうずいぶん飲んでいるらしい。

「なあ、島谷さんとこの。まっと正直になってくんねえだかい。誰だって、初めから金をドブに棄《す》てるとわかってて商売なんか始めねえ。あんただって当然、損得勘定はしてるはずだに。納屋カフェだか物置カフェだか知らねえが、わざわざほー、あんな辺鄙《へんぴ》な場所を選んで店なんか出すくれえだから、なんかしらの勝算はあると踏んだわけだわ、なあ？　はっきり言ってくんねえか。何を企んでるだ？」

「や、べつに何も企んでなんかいませんけど」

「あのう、山崎さん」

見かねて、横合いから広志が口を挟んだ。

「そんなだいそれた話じゃないんです。ずっとほったらかしてたうちの納屋を、たまたまこの人が気に入って……確かにうちのほうは地区の中でも辺鄙なとこかもしれねえですけど、高台なんで眺めだけはいいし、ってまあ俺自身もこの人に言われて初めて気がついたみたいなものなんですけど。だったらこの際、皆さんがひと休みできるような場所に改造してみようかって、そういう気軽なノリっていうか……」

「そう、勝算も企みも全然ないですよ」航介が言葉を継ぐ。「とりあえず赤字が出なければいいなあという段階で、そこから先はまだまだこれからなんです。僕らはただ、何か面白いことがやりたいと思ってるだけで」

とたんに、山崎が苛立たしそうに身じろぎをした。その顔が、みるみる皮肉な笑いへと歪《ゆが》んでゆくのがわかる。

「つまり、何かい。あんた、東京からこっちぃ越してきて、面白いことなんか何にもねえって言いてえだかい」

「や、そういう意味では、」

「まあ、そりゃそうだわなあ。こーんな田舎で、毎日地べた這いずり回ってほー、都会のしょうがそれで面白えわけがねえだわ」

「いえ、ですからそうじゃなくてですね、」

「こんなとこ、刺激もなーんもねえだもんなあ。そんなに退屈なら無理に我慢して居ることもねえに。そこにいる奥さんや子どもと一緒に、とっとと東京へ帰ったらいいんでねえだかい」

左隣のヨシ江のすぐ向こうで、茂三が唸り、息を大きく吸い込むのが伝わってくる。他人にそこまで口出しされる覚えはない、と言いたげなその膝を、長テーブルの下でヨシ江が押さえる。ここで茂三が受けて立ったなら、事態はそれこそ〈だいそれた話〉になってしまう。

「いや、山崎さん」航介は穏やかに言った。「お言葉ですが、今のところ僕はここを離れるつもりはまったくありません」

「ふん、〈今のところ〉かい。いいかげんなもんだ」

「何ぶん、妻と子どものことをいちばんに考えたいものですから、事情が変わる場合も絶対にないとは言い切れません。でも、もちろんずっと住まわせていただくつもりで、すべてのことに取り組んでいます。いいかげん、というのとは違うと思うんですが」

「だれえ、いいかげんでねえだか。あんたンとこは、子どもまでいいかげんでだらしねえ」

平手で頰を張り飛ばされたかのようだった。

じーんと耳が痺《しび》れて、頭の中が真っ白になる。

雪乃は、絶え絶えに口から息をついた。隣のヨシ江が、守るように肩を抱きかかえて「雪ちゃん、もう帰ろう」と言うのに、手も脚も動かない。母親の手ものびてきて、雪乃の手をぎゅっと握りしめる。

「……どういう意味でしょうかそれは」

父親の声が遠い。ものすごく怒っていることだけはわかる。

「はん。ここにいるみんな、口じゃ言わねえだけで同じように思ってるだわ」山崎は言いつのった。「身体がどっか悪いわけでもねえのにガッコへも行かねえ、それをまた親が叱るどころか、爺やん婆やんまでが甘やかしちまって、おかげでわがまま放題だに。なあおい、あんたらもそう思うだろう」

いきなり話を振られた〈おとこのしょう〉らが困ったように顔を見合わせている。壁際で集まった〈おんなのしょう〉も、小声で何か囁《ささや》き合うだけだ。

「なあ、どうだい。え？　義男さんはどう思ってるだ」

とうとう小林さんまでが巻き込まれてしまった。

「急に言われてもなあ。まあその、学校のことは、心配は心配だけども」

「そうだろうよ」

「だけど、雪乃ちゃんはいつも、顔合わしたらハキハキ挨拶してくれるだから、だらしねえってことはねえと思うよ。ちゃんとしてる」

「そんなのぁ当たり前の礼儀だわ。だいたい、考えてもみなぃ。ほんとに子どものことをいちばんに考えるってんなら、まずは母親がこっちぃ来て一緒に暮らすのが当たり前だらず？」

山崎が、英理子のほうへと無遠慮に顎をしゃくる。

「それだけの覚悟もねえ、いついなくなるかもわからねえくせに、『面白いことがやりたい』だ？　『みんなの得になっていけばいい』だ？　はっ、聞いて呆れるだわ。おい、広志」

「えっ」

航介の向こう隣で広志が顔を上げる。

「納屋を貸すのに、家賃とかは払ってもらってるだかい」

「え……いや、そんなものは」広志が首を横に振る。「もう長いこと使ってなかった納屋だし、それほどのもんじゃねえです」

「お前も、まっとしゃんとしろ。いいように利用されてるだけなんでねえだか」

「ちょ、いくら山崎さんでもそういう言い方はねえでしょう。親父の許可だってもらってます」

「知らねえぞ。幼なじみだからって信用すっと痛い目にあうぞ。東京で宣伝マンをやってたってだけあって、口は達者《たっしゃ》だろうがな」

「ちょっと待ってくんない」

と、とうとう茂三が言った。今度はヨシ江が止める間もなかった。まっすぐに顔を上げ、山崎を睨み据える。

「忘れてもらっちゃ困るだわ。航介は、うちの孫だに。跡取りだに。それでも信用しちゃもらえねえだかい」

「いや茂三さん、あんたには悪いが、それだけじゃ何とも言えねえね。だいたい、あんただって前に言ってたに。『あんなもん、いつまでいるだかわからねえから、当てにはしてねえ』って」

雪乃は、茫然《ぼうぜん》としていた。曾祖父のほうも、父親のほうも、見ることができなかった。どうしてこんなことになってしまったんだろう。どうしてもこうしてもない、すべては自分が〈だらしない〉からだ。そのせいで、両親にも、曾祖父母にも、そしていろいろ助けてくれた広志一家にまで、みんなの前で恥をかかせてしまっているのだ。

（お母さん）

英理子の手をきつく握り返す。

（ごめんなさい、お母さん）

せっかくあんなに嬉しい手紙をくれたのに。

せっかくこうして会いに来てくれたのに。

もう、全部が台無しだ。納屋カフェの計画にまでケチがついてしまった。

「とにかく、そういうこった」

山崎が、勝ち誇ったように言い放った。

「カフェみてえな気取ったもん、ここにいる誰が行くもんか。ひと休みしたきゃあ家へ帰りゃいい、コーヒーも飯もタダだ。都会のしょうから見りゃあ刺激も何にもねえド田舎だろうが、べつに誰も困ってねえだわ。俺ランとこは、あんたらの退屈しのぎのためにあるわけでねえ。勝手に面白がって、思いつきで引っかき回されたんじゃ迷惑だに」

雪乃の目の端に、父親が身体の横にだらりとたらした手が映る。その手が、こぶしへと握りしめられてゆく。

(だめだよ、お父さん!)

東京の学校でいじめられている時に思い知った。今はただ味方ではないというだけの子も、ほんのちょっとしたきっかけで簡単に敵に変わる。相手を結束させたら終わりなのだ。

と、母親が、雪乃の手をもう一度ぎゅっと握った。それから、放した。

空気が動いたので見ると、立ちあがるところだった。座布団をよけ、なおかつ畳の縁を踏まないように立った英理子が、集まった人々を見渡してから、おもむろに頭を下げる。

いちばん驚いたのは航介だったらしい。

「英……?」

息を呑んで、妻を凝視する。

ざわめきの中、英理子はゆっくりと顔を上げ、再び広間を見渡した。すうっと息を吸い込む。

「ご挨拶が遅くなりまして、たいへん申し訳ありませんでした」

大きくはないのに涼やかでよく通る声で、ゆっくり、はっきりと話す。

「島谷航介の家内の、英理子と申します。夫や娘が、いつも大変お世話になっております。ほんとうでしたら、このような大切な寄り合いの場で勝手に発言するなど慎まなければならない立場なのですが、どうか今だけ、ほんの少しの間、お許し頂ければと思います」

言葉を切る。制止の声は飛んでこない。あの山崎でさえ、向かいの長テーブルの端からぽかんと英理子を見上げている。

「夫が、広志さんやそのご友人の皆さんの助けをお借りして進めているカフェについては、私などがどうこう言えるものではありません。この集落の皆さんにゆっくりしていただける場所として、だんだん賑やかになっていけばいいなと祈りながら、せいぜい、安くて美味しい紅茶の葉っぱを探してくるくらいのことしかできません。ただ、何の得にもならないのにあえてそういった場所を作ろうとする、ばか正直なほどお人好しな夫のことは……ええとその、こういうことを本人の聞いているところで言うのも何なのですが、女房として、とても誇りに思っています。おのろけみたいに聞こえてしまったらごめんなさい。おのろけです」

一瞬、戸惑うかのような間があった。

直後、苦笑いのさざめきが広がってゆく。壁際のほうに集まっている〈おんなしょう〉たちも、半ばあきれた顔だが、とにかく聞いてくれているようだ。

「それはともかく――ごめんなさい、私が勝手ながら皆さんに聞いて頂きたかったのは、娘のことなんです」

ヨシ江が、雪乃の肩を引き寄せ、さらにきつく抱きしめた。さざめきが引いてゆき、広間が再び静かになる。

「ここにおります娘は、雪乃、といいます。小学校の六年生になりました。ただ、おそらく皆さんもご存じの通り、こちらの学校には一度も通えていません。去年の秋にこちらへ越してきて、それから一度だけ父親と一緒に行って教室を見せて頂いたようですが、それだけでした」

英理子の声が沈む。

雪乃はうつむいて、テーブルに目を落とした。ヨシ江も茂三も、反対側の広志も大輝も皆、黙って同じようにしている。

「東京の小学校で、夏休みが明けた頃から、娘は学校へ行けなくなりました。直接の原因は同級生からの言葉の、あるいは無言の暴力だったようですが、もっと早く気づいてやれなかった私も、原因の一つには違いありません。母親失格だと思っています」

酔っぱらった誰かがビールの空き缶を倒す音が響き、他の誰かが低くたしなめる声がする。

「ずっと休んでばかりでは勉強が遅れてしまう。五年生、六年生といえば中学受験の準備もしなくてはいけないのに、と目先のことが心配で苛々するばかりの私と違って、夫は、ちゃんと娘の心と向き合っていました。学校なんか、行きたくなければ行かなくてかまわない。辛いことから、いっとき逃げるのは弱さじゃない、自分の身を守るためには当たり前のことだ。ずっと逃げたままじゃいけないけれど、焦る必要はないんだ。……そんなふうに言って、娘を連れてこちらへ移住してきたわけです。なんとまあ、私の知らないうちに、それまでの仕事まで辞めてしまって。いったい何を考えているのかしらこのひとは、と卒倒しそうになりました」

あきれ返ったような英理子の口調には、しかし夫を責める色はない。

身の置きどころのない航介が、思わず首の後ろを掻くと、広間に笑いが広がった。これまでとは違う、ほっとしたような明るい笑いだった。

「私は、何しろ憶病なものですから……すぐさま東京の家を売り払って一緒に移住する、というような選択ができませんでした。夫が、やったこともない畑仕事を途中で放りださずにいられるかどうかもわかりませんし、娘にしたって、生まれも育ちも都会っ子ですから、自然の中での暮らしにどれだけ馴染めるものか不安です。一緒に暮らすひいおじいちゃん、ひいおばあちゃんの負担になりやしないか、本人だって東京に戻りたいなんて泣きだすんじゃないか、そんな具合にいろんなことをついつい悪いほうへ考えてしまってどうしても踏ん切りが付かず、結局、ちょっとイレギュラーなかたちの二重生活を選ぶことになってしまいました。いえ、もっと正直に申しますと、私自身、東京での仕事に未練があったのも事実です。長いことかかって、やっとの思いでここまで築き上げてきたものを、全部ほうりだしてしまう勇気がありませんでした」

言葉を切った時だ。

「気持ちはわからねえでもねえだが、そのせいで、娘に辛い思いをさせてもかまわねえっちゅうだかい」

向かいのテーブルからの声に、雪乃は思わず目をあげた。やはり、義男さんだった。

「六年生っていやあ、ほー、それでなくたって難しい年頃だに。そういう時期に、いっくらとーやんやら、ひい爺やん、ひい婆やんが一緒だからって、肝腎の母親がそばにいねえってのが女の子にとってどんだけ寂しいこったか……そのへんを考えたら、離れて暮らすなんてのは、ふつうはできねえ選択じゃあねえかと思うだよ。そこんとこを、ほー、親であるあんたたちがどう考えてるだか、聞かしてもらってもかまわねえだかいね」

雪乃は、自分の喉がごきゅりと鳴るのを聞いた。石ころを飲んだように痛かった。

永遠のように思われた空白は、時間にしてほんの数秒のことだったろうか。母親がこちらを見おろしているのが感じられたけれど、とても顔を上げられない。

と、再び澄んだ声が響いた。

「ありがとうございます、義男さん。そうして厳しいことまで言って下さるのは、本当に親身になって雪乃のことを考えて下さっているからこそだと思います」

「いや、うー、まあそうだけども、当たり前のことだにほー」

「いいえ、当たり前なんかじゃないですよ。隣の家の子どもを気遣って、言いづらいことまでビシッと言ってくれるような人には、東京にいたらなかなかめぐり合えませんもの。そういう意味でも、娘をこちらで育てようという夫の判断は正しかったんだと思います。学校という、とても狭い場所で人間関係に傷ついてしまった子どもを、可哀想だからとただ囲い込むのではなくて、むしろもっと大きくて濃い人間関係の中で回復させてやる……それってきっと、間違っていないと思うんです。ここで暮らしていると、皆さんがこうして見守っていて下さいますから、たとえ学校へ通うことができなくても完全な孤立はしないでいられます。そういう意味でも、ここにいらっしゃる皆さん一人ひとりに申し上げたいです。本当に、ありがとうございます」

語尾が、わずかに揺れ、震えるのがわかった。

隣で、父親も一緒に頭を下げる。

「自分からも言わせて下さい。ありがとうございます」

雪乃は、ぎゅっとこぶしを握りしめた。こらえていたのに、涙が鼻を伝わって落ちる。

ヨシ江が、なだめるように肩をさすってくれる。

「それで――先ほどの義男さんからのご質問についてなのですが」

頭をあげた英理子が、さっきまでよりも柔らかくなった声で続けると、

「俺、何ちゅうただか忘れただわ」

義男さんが言い、どっと周りが笑った。

「母親である私が、娘と離れて暮らしていることについてです」

英理子が、立ったまままさらりと雪乃の頭を撫《な》でる。

「私たちが離れて暮らしても大丈夫だと思えたのは、大前提として夫の協力があったからでした。というか、そもそも夫と娘との間の信頼関係がとてもしっかりしていたからでし

た。そしてじつのところ、私と娘との関係は、むしろ離れてからのほうがうまくいっています。ここにいらっしゃるお母さんたちはわかって下さるかと思うのですけど、思春期の娘と向き合うのって時々とっても難しくて……昔をふり返ってみれば、自分だって同じだったんでしょうけどね。でも、娘は、ずいぶんと変わりました。私という、ちょっと過干渉な母親のもとを離れたからでしょうか、みるみるたくましくなって、自分のことを自分の頭で考えるようになりましたし、逆に私の身体や気持ちのことまで気遣ってくれるようにもなりました。そう、驚くほど大人になったんです。娘も私も、一つ屋根の下で暮らしていた時よりも今のほうが、お互いのことをよく知っているし、たくさん思い合うようにもなって……だからこそ、週末に顔を合わせるのが楽しみで仕方ないんです。金曜の夜に新幹線に飛び乗ってこちらへ来ると、娘が、ちょっと前には考えられなかったような明るい笑顔で迎えてくれるんですよ。畑や果樹園や、もちろん家の手伝いも自分からしますし、そのために朝は私よりずっと早く起きます。あれだけ辛い思いをしたぶん、学校という狭い世界へ戻っていくだけの勇気はまだ出ないようですけど、私は、その判断も含めて全部、娘を信頼して委《ゆだ》ねたいと思うようになりました。娘だけでなく、母親の私も少しは成長したのかもしれません」

広間が、しんと静まっている。

「……すみません、少しだけなんて言いながら、つい長々と」

英理子が言って、すっと背筋を伸ばす気配がした。

「至らないところはきっとたくさんあると思います。皆さんにご迷惑をおかけしてしまうこともあろうかと思います。ですが、どうか……うちの娘のこれからを、気長に見守ってやっていただけませんでしょうか。改めて、よろしくお願いいたします」

その向こうで、父親もまた、無言で深々と頭を下げる。二人の思いが満ちて、あふれて、頭の上から降り注ぐようだ。

雪乃はとうとう、ヨシ江に抱きついた。胸が詰まると息も詰まり、うーーーっ、と唸り声がもれる。目の中のダムが決壊したみたいに涙が噴きだし、ヨシ江の肩を濡らす。

「よしよし。大丈夫だに、よしよし」

ヨシ江の声まで濡れているのがわかって、なおさら涙が止まらない。

六年生にもなって、とみんなに笑われてやしないだろうか。しゃんとしていなくては、お母さんとお父さんがなおさら恥ずかしい思いをするのに。

しゃくりあげながら、どうにかして泣きやもうと息を詰めていると、ふわっと母親の匂いがした。何も言わず、背中からおおいかぶさるようにして抱きしめてくれる。

雪乃は、泣きやむ努力を放棄した。

第八章　訪問者

「そういえば昨日ね、ブドウ畑にちっちゃいカマキリがいっぱいいたよ。ほんとに小さいの。一センチくらいのやつ」

朝ごはんを食べながら雪乃がそう話すと、航介はひょいと手をのばし、いつも読んでいる本を取った。広げたページの周囲は茶色く変色している。例の、古い農事暦の本で、もともとは茂三の持ちものだ。

「ほら」

父が指さすところを見ると、六月の初めのほうに〈蟷螂生ず〉とある。

「難しい字。何て読むの？」

「カマキリ」

「うそ、これで？　すごいね、そんな細かいことまで書いてあるの？」

「そう。他にもいろいろね」

見るとなるほど、〈梅の実黄ばむ〉とか〈菖蒲華《あやめはな》咲く〉などとある。

「これは？」

雪乃は指さした。〈腐草蛍となる〉――ホタル、だけがかろうじて読める。

「おぉん？　これは、俺も知らないなあ。じっちゃん。じっちゃんってば」

航介が呼ぶと、テレビの天気予報を真剣に見ていたシゲ爺が、

「おぉん？」

そっくりの返事でふり返り、わざわざ老眼鏡をかけて本を覗き込んだ。

「ああ、こりゃ要するに、蛍が飛び始めるってことだに」

「それはわかるけど、この、腐った草ってのは？」

「そのまんまだわ。フソウ、ホタルトナル。昔の人間は、川辺の草が腐って、そっから蛍が生まれてくるって考えてただよ」

「すごいねえ、シゲ爺。ほんとに何でも知ってるんだね」

心から感動した雪乃が言うと、茂三は「だれぇ」と眼鏡《めがね》をはずしてテレビのほうを向いた。照れているのだった。

腐った水草が、蛍に変わる――なんと非科学的な、と笑う気持ちにはなれなかった。この世のものとも思えないほど美しい光を発して舞い飛ぶ虫が、他の虫と同じように卵から生まれてくるはずがない、そんなふうに昔の人は考えたのかもしれない。

茂三を見ていると、つくづくわかる。ネットで検索すればすぐに行き当たる答えと、経験の積み重ねから得られた答えは、表面的には同じように見えてもじつはまったくの別物なのだと。

楽をして手に入れた知識をもとに威張ってはいけない。どうせ受け売りに過ぎないのに、まるで全部を知っているかのように反《そ》っくり返り、誰かが別の考えを口にするといちいち〈その根拠は？〉などと言って馬鹿にしたりする人がたくさんいる。

東京で同じクラスだった女子たちを思いだす。意地悪く引きつった表情。揚げ足を取ってばかりの物言い。考えただけでまだ吐きそうになるのに、最近、なぜだろう、あの頃のあれこれを思いだすことが増えてきた。

母親に言わせると、それは悪いことではないらしい。

「刃物で切りつけられて血がドクドク流れている傷口なんて、痛いし、怖いし、ああ無理、見るだけで死んじゃう、ってならない？　それで当たり前だよ。これまでの雪乃は、傷を見ないようにすることで自分を守ってたんだと思うの。だけど今はだんだん、直視できるようになってきた。あの頃のことをよく考えるようになったのは、その証拠なんじゃないかな。すごいことだよ、それって。あなたを尊敬する」

どうして自分があんな目に遭わなくてはならなかったのか。最初に誰が言いだしてそうなったのか、そもそも何がいけなくていじめられたのか。いくら考えてもわからない。

わからないけれど、ひとつだけはっきりと言えることがある。

（あたしは、あんなふうにはならない）

自分がされたら嫌なことは、人にもしない。ものすごくシンプルな、しかしものすごく大切なことだと思うのだ。

茂三によれば、今のカレンダーにおける六月は、旧暦の五月にあたるらしい。旧暦五月は〈悪月《あくげつ》〉とも呼ばれ、病気を運ぶ〈僻邪の風《へきじゃ》〉が吹く時季だそうだ。だからこそ、昔の人はこの時季に鯉《こい》のぼりを飾って子どもの健康を祈り、菖蒲湯《しょうぶゆ》で邪気《じゃき》を払った。

さらに梅雨《つゆ》に入り、湿度が高くなると、人だけではなく作物も病気にかかりやすくなる。

「『主人の足音は肥料より効く』っつう言葉があってな」

と茂三は言う。

「一日にいっぺんは、たとえ何にも用事がなくても畑を見て回るのが大事なんだに。雪坊、ほれ、野を良くするって書いて何て読む？」

「ええと……。ノ……ラ？」

「その通り。野、つまりほー、畑を良くするのが〈野良仕事〉っつうわけだわ」

「え、じゃあ、ノラ猫とかは？」

「あいつらも、あいつらなりに野を良くしてるっつうことかもしれねえなぃ。おれはあんまし猫は好きじゃねえだけども」

庭先の菖蒲の花が咲いたら、雨と晴れ間が交互に続くようになるから、そうしたら畑の縁や田の畦に大豆《だいず》を蒔《ま》こうと茂三は言った。

こんなことを知ってる子、東京の学校には絶対いないな、と雪乃は思う。そういう自分だってこちらへ来るまで、大豆が枝豆で、枝豆が大豆だなんて知らなかったのだ。まったく知らないことは、ネットで検索のしようがない。そうか、人は自分が何を知らないかを知らないでいるのだ──誰にも教えられずにそのことに気づいた時、雪乃はちょっとの間、茫然としたのだった。

茂三ばかりではなくヨシ江からも、雪乃は日々多くのことを教わっている。ヨシ江が、たとえば傘を持って出かけるように言ってくれたり、洗濯ものを早めに取り込んだりする時は、たいてい後から雨が降る。天気予報ははずれる時もあるけれど、ヨシ江の予言はぴたりとよく当たるのだ。

「どうして？　なんでわかるの？」

そう訊いてみたところ、返ってきた答えはこうだった。

「だってほー、アリンコがせっせと列ンなって卵を運んでただもの」

雪乃は、思わずぽかんと口を開いてしまった。

「ありゃ、雪ちゃんは聞いたことなかっただかい？　昔っからよく言うだによ。他にも、ツバメが低いとこを飛んだら雨が降るって」

「それは、聞いたことあるけど」

雨の前は虫が低いところを飛ぶから、それを追ってツバメも……というのを、たしか理科の時に習った。

「そうそう。あと、カエルやヘビがめた出たり、夕陽が暈《かさ》をかぶってたり、お星さんが近くに大きく見えたり……。そういう時はきっと雨が降るだわ」

あるいはまた、トウモロコシがいつもより深く根を張るとか、つる植物の絡みつく間隔が狭くてきっちりしているとか、カラスが高い木に巣をかけない、といったような年は、強風が吹くから気をつけるべし、というのも教わった。自然が知らせてくれることはそんなにもたくさんあるのだ。

それなのに、すっかり鈍感になった人間は、そういうサインをほとんどスルーして、誰かのもたらしてくれるデータの数字にばかり頼ってしまう。

なんて情けないことだろうと雪乃は思った。目も、耳も鼻も、皮膚感覚も、持っているものはぎりぎりまで研《と》ぎ澄ませて使わないともったいない。

雨の多いこの季節、「野良仕事」はいつにも増して忙しくなる。メインの果樹園に比べれば、田んぼや畑の総面積は限られているのだが、何しろ絶対的に人手が足りないし、たまの晴れ間を縫うようにして作業を進めなくてはならないからだ。

その上、弱りがちな作物を細やかに気遣ってやる必要もある。人間と同じで植物もまた、日照不足で体力が落ちている時季こそ細菌やウイルスに感染しやすいのだった。

「雪坊、いいか」

茂三は言った。がさがさと音をたてる雨ガッパが鬱陶《うっとう》しそうだが、作業中は傘などさしていられないので仕方がない。

「畝の間を歩く時にはな、泥のはねっ返りに気をつけて、いつもよりかそーっと歩くだぞ。地際のとこの、葉っぱの裏に泥がかかると、そっから全部が病気になったりすっからな」

「はい！」

「おう、いい返事だ」

マルチングは、そのために必要なのだった。泥はねばかりではなく、害虫や雑草を防いだり、地温の急激な変化から根っこを守ったり、水分の蒸発を抑えたりするために、作物の根もとを覆ってやる。今どきはポリエチレンフィルムのシートを使うことが多いが、以前はいちいち藁《わら》を敷きつめていたそうだ。

「稲藁なら、田んぼやってりゃいっくらでも出るしな。後は鋤《す》きこんでやりゃ土に還《かえ》るだからなあ」

しかし、シートを張るより手間はかかる。茂三とヨシ江の二人きりではなかなか追いつかなかったものだが、今年は、大事な作物の足もとほど藁を使うようにしている。

「ま、あれだ。航介のやつも、めずらしく腰ぃ据えてやっとるようだし、ほー」

いつまでいるかわからない者をアテに出来るか、などと以前はしょっちゅう口にしていた茂三だが、なぜだか最近、ぱったり言わなくなった気がする。といって、わざわざ指摘するとまたヘソを曲げそうなので、雪乃は心の中だけでひとりごちた。

（そうだよ、シゲ爺。うちのお父さんって、頼りなく見えるけど、ていうか実際頼りないことも多いけど、たまには頼りになる時だってあるんだよ）

その、当の父親はといえば、今はマスタードの収穫に一生懸命だ。春先に蒔《ま》いたものが育ち、花が咲き、種子を付け、いよいよ種を採る段になったのだ。

まだ一年目で、借りた畑も直前まで荒れていたから、大成功とは言えない。強風をともなう大雨で、せっかく種をつけたものが根こそぎ横倒しの水浸しになったりもした。

「まあ、今年はまだまだテスト期間中だから」

強がりを言う父親の顔も引き攣《つ》っていたが、とにもかくにも収穫作業は嬉しいものだった。

この春、一面に黄色い花の咲いたところを初めて目にしたとき、雪乃は、菜の花畑だと思った。しかしよく見ると、菜の花よりも茎が細くてひょろひょろしており、花の付き方もやや控えめだ。

「似て見えるけど、菜の花のほんとの名前はアブラナ」

と航介は言った。

「あれの種は辛くないから、いくら採ってもマスタードはできない。で、川原とかによく自生してるのは、カラシ菜。これにもいくつか種類があってね。とくにこれは、ブラウン・マスタードっていう品種なんだ」

鼻から眉間《みけん》へツーンと抜ける辛味が特徴の和がらしは、オリエンタル・マスタードという品種の種子を使い、表皮を取り除いた上でなめらかにすり潰《つぶ》して作られる。いっぽう、ホットドッグなどでおなじみの洋がらしは、粒々をあえて残して作られることも多い。イエロー・マスタードやブラウン・マスタードの種子を、ワインビネガーや穀物酢などに漬け込んで作るのが普通だ。

航介はそれを、酢ではなく、ブドウの汁に漬け込んで作ってはどうだろうと考えていた。マスタードの本場とも言えるフランスではそうしていると知って閃《ひらめ》いたのだ。

「何しろこのあたり一帯、ブドウの産地だろ」目を輝かせて、父親は言った。「雪乃、知ってるか？　出荷するブドウを大きく美味しく実らせるためには、途中で間引きの目的で房を摘み取るんだってさ。これがかなりの量にのぼるらしいんだけど、今までは全部捨ててたって」

航介はそれをヨシ江から教わった。

「もったいない話だよ。摘み取ったブドウは酸っぱくてそのままじゃ食べられないけど、香りはすごくいいんだってさ。レモンみたいに爽やかなんだって。だったら、その未熟なブドウを搾《しぼ》った汁で種を漬け込んだら、めちゃくちゃ美味しいマスタードができる。いいアイディアだと思わないか？」

なあ？　と同意を求められても、雪乃にはそもそもマスタードの美味しさがまだよくわからない。しかし父親の話はどんどん先へと進む。

「おまけに、他の作物と比べたら栽培の手間があんまりかからないしさ。基本、種さえ蒔いとけば勝手に咲いて勝手に種を付けてくれるからね。まあ今年みたいに雨と風にやられることもあるけど、それは他の作物もおんなじだ。収穫だって、野菜や果物みたいに重たくないから年寄りにも優しいし、まあ、あれだ、種が飛び散ったりしてけっこう大変だろうなあって予想はつくけど、それだって、やってみりゃあ何とかなるだろう、うん」

――やってみりゃあ何とかなる。もはやそれは、父親の人生哲学と思うしかなさそうだった。

時を同じくして、島谷家の果樹園では、おもにヨシ江の手で、翡翠色をした未熟なブドウの摘房《てきぼう》が始まっていた。

ぱつん。

よく切れるハサミの音が、梅雨の晴れ間のブドウ畑に響く。頭のすぐ上に広がるのは、透き通った緑の屋根だ。年を経たブドウの幹の一本一本から枝葉が広がり、縦横に張り巡らされたワイヤーの上にのびのびと横たわって陽の光を浴びている。

いつのまにかヨシ江の背丈を追い越した雪乃の、額よりも少し高い位置に、白緑色のブドウの房がぶら下がっている。ツタのような形をした葉が重なり合う隙間《すきま》から、真っ青な空と真っ白な雲が覗いている。

ぱつん、とまた鋭《するど》い音が響いた。

「ほい」

ヨシ江から手渡される未熟な房を、

「はい」

雪乃が受け取り、足もとのコンテナに入れる。

切り取った房の中でも粒が大きくて状態の良いものを選び、それを搾った果汁にマスタードの種子を漬け込もうという寸法だ。

「うちなんかはまだ、ブドウ畑も小せえだからいいだけど……」と、ヨシ江が言う。「これが、まっと広〜い農園なんかだったらそりゃあ大変だに。爺やんと婆やん二人なんかじゃ、はあ、さっちら手に負えねえお」

話しながらも、ヨシ江の作業の手は止まらない。喉の皺がぴんと伸びるくらいに仰向いて、ブドウの枝や葉に目を走らせては要らない房を素早く見定め、付け根のところから切り取ってゆく。

「なんでも、ほー、爺やんの爺やんの代までは、まっと手広くやってただそうだけども、だんだん地べたも手放しちまったみてぇで……けど、これっくれぇでちょうどいいだわい。どんだけ持ってたって、地べたも銭も、かかえて墓には入れねえだもの、ない」

ぱつん。ぱつん。

そばで見ていても、雪乃には切り取る房とそうでない房の区別がわからない。作業の邪魔になってはいけないと遠慮していたのだが、やはり気になって訊いてみた。

「どうしてわかるの?」

「あん？　何が」

「切るやつと、残すやつと。あっちよりはまあこっちかなー、とか、勘でわかるの？　それとも何か決まりがあるのかな」

「ああ、そゆことかい」ヨシ江の顔がほころぶ。「見てごらん、ほー。この茶色い枝は古い枝だに。冬の間に剪定《せんてぃ》して、今年の春になってそっから伸びてきた新しい枝が、この緑色の。で、長ぁく伸びた枝にはたいてい、三つも四つも房ができるだよ。これを、一つにしちまう」

「一つ？　たったの？」

「もったいねえと思うでしょう」

「思う」

「ばぁばも思うよぉ。ハサミ入れるたんびに、ああ申し訳ねえなぃ、って思うだよ。けど、これぜぇんぶ残しといたら、どれもこれも粒がちっちゃくて酸っぱくて不味《まず》いのしかできねえだわ。雪ちゃんがちっちゃい頃から大好きなあの甘い甘いブドウはな、ほっといたってできねえの。樹が根っこで吸い上げたり、葉っぱが作りだしたりする栄養分が、一本の枝を伝わって、たった一房にありったけ注ぎ込まれるおかげでできるだよ」

たった一房に、ありったけ……。

まるで自分のことを言われているようにも思えて、雪乃は、茫然と足もとを見おろした。コンテナに入れた未熟なブドウたち。それよりもっとたくさんの未熟果が落ちている。知らずに踏み潰してしまったもの。地面の上には、赤茶色のアリがたかっているもの。雑草に隠れて見えないものまで含めれば、どれほどの数だろう。これらはみな、土に還るのだ。

「けど、おとなしくぶら下がってる房ばっかりじゃねえでしょう」ヨシ江の説明は続く。「こやって、ほー、粒んとこがワイヤーやら葉っぱやらツルやらを巻き込んでこんがらがっちまってるのもあるだから、そゆのは傷つけねえように、そうっとそうっとほどいてやるだわ。うっかりすると傷んじまうだからな。その上で、どれを残すかってなったら……まあ何ちゅうか、たいがいは樹にいちばん近いとこの房を残すだね」

「あ。そのほうが栄養分が注ぎ込まれやすいから?」

「まあそゆことだわね。けど、機械的にやったら駄目だに。よーく見比べて、二番目の房のほうが甘くなりそうな場合は、そっちを残すだわ」

「そこがわかんない」

「経験だわ、経験」

ヨシ江は目尻に皺を寄せた。

「ついでに、ほー、房の周りが蒸れねえように、葉っぱをちょっとむしって風通しをよくしてやるだよ。あんまり減らしても何だから、こやってちょっと留めてやったりしてない」

腰の後ろに下げた帆布《はんぷ》のポケットバッグから大きなホチキスのようなものをさっと取り出す仕草は、まるで西部劇に出てくるガンマンのようだ。ヨシ江は、何枚かの葉をまとめると、テープナーというその道具でワイヤーにバチンと留めつけた。針ではなく、テープ状のものが出てきてしっかりと固定できる。

「……すごい」

感心というより感動のあまり口を開けている雪乃をふり返り、ヨシ江はころころと笑った。

「だれぇ、これっくれぇのことで」

謙遜しながらも心なしか得意そうだ。

「この作業を、全部の樹の、全部の枝にしていくの？」

「もちろん。ああ、摘房だけで終わりでねえよ。摘粒《てきりゅう》もしなきゃあ」

「てき、りゅう？」

「残した一房についてる粒が多すぎるだから、一つひとつ、ハサミでちょんちょん間引いてやるだわ」

「うそでしょ」

「うそなもんかい。全部くっつけとくと、これから大きくなってった時に粒同士が押し合って割れちまうだわ。そうならないようにバランスよく粒を減らして、大粒のブドウにしてやるだよ。何ちゅうかこう、房を育てるって言うよりか、粒を育てるっちゅう感じだわね。で、それが終わったら、やっと袋かけ」

「うそ、それも全部に？」

「うそなもんかい」

ブドウのひと房に、いったいどれだけ手間暇がかかるのか。しかも今教えてもらったのは、実がなりだしてからの作業に過ぎない。雪乃は、茂三とヨシ江が去年の秋からずっと立ち働いてきたのを見て知っている。

地面が凍る前に堆肥を運んでいって撒《ま》き、耕耘して鋤きこみ、冬には剪定をし、害虫の住処《すみか》になる粗皮を剝ぎ、ワイヤーに添わせて枝を誘引してやり、春先には棚を補強し、新芽を搔き、弱い枝や強すぎる枝の整理をし……。

どの作業をするにも、ずっと仰向いて手を伸ばしていなくてはならない。雪乃にできることといえば、晩ごはんが済んだ後で腕を揉んであげるくらいのことしかないのに、二人とも遠慮して、ああ気持ちよかった、もう大丈夫だわ、もう充分だに、と繰り返すのだ。

雪乃は、大きく息を吸い込んだ。思いきって言った。

「ねえ、ばぁば」

からんだ枝に手を伸ばしていたヨシ江が、

「あん？」

と返事をする。仰向くと自然に口があくので、どうしてもそうなる。

「お願いがあるの」

「あんだい？」

「あたしに、ブドウの作業を教えて。ちゃんと真剣にやるって約束するから」

ヨシ江が、上げていた手を下ろし、雪乃を見た。

「今、教えたでしょう」

「うん。だから、こういうのをもっと教えて。もっといっぱい、もっと細かく」

何をいきなり言いだすのかと思っているのだろう。ヨシ江が目をしばしばさせている。

「シゲ爺にも、畑のこといろいろ教わってるんだよ」雪乃は一生懸命に言った。「筋がいいって褒められたよ。あたしもね、自分でも思うんだ、学校の勉強とかよりこういうのが向いてるって」

「雪ちゃん、それは……」

「ばぁばやシゲ爺と一緒に畑にいる時がいちばん楽しいし、いちばん、生きてるって感じがするの。学校の勉強なんかより、これから生きていく上でもずっと役に立つじゃない。お父さんの納屋カフェや、マスタード作りだって手伝うけど、ばぁばたちのことももっといろいろ手伝いたいよ。出荷するブドウとかだって、いきなりは難しいかもしれないけど、迷惑かけないように、邪魔にならないように頑張る。だから、もっといっぱい教えて。ちゃんと手伝わせて。お願い」

ひと続きに言ったせいで苦しくなり、ようやく口をつぐむと、すぐ近くでさえずる鳥の声や、虫の羽音が耳もとに戻ってきた。

肩で息をついている雪乃を、曾祖母の小さく落ちくぼんだ目がじっと見つめる。

「あのな、雪ちゃん」

ヨシ江はやがて言った。

「あんたの気持ちはよぉくわかった。こんな爺やん婆やんと一緒にやりたいって言ってくれるのは、そりゃあ嬉しいだよ。畑のことも、ブドウのことも、いっくらでも教えてやるだわ。こっちも張り合いがあって、ほんとにありがてえだよ」

「それじゃ……」

「だけどもな」

きっぱりと遮られる。

「今このとき楽しいことを選んで、それだけで生きてくわけにはいかねえだわ。そやって生きてったら、どっかで駄目な人間になっちまう」

「でも……」雪乃は食い下がった。「でもね、ばぁば。お父さんは言ってたよ。どうしても行きたくないところへは、無理に行かなくていいって。我慢し過ぎてもよくないんだ、自分の心が死んじゃうくらい苦しいところからは時には逃げたっていいんだ、って」

「それ、いつの話だ？」

「あたしが学校へ行けなくなった時」

「ふうん……なるほどなぃ。そうだっただかい」

ヨシ江は、手にしたハサミに目を落とし、シャキンシャキンと握って鳴らすと、また仰向いて頭上のブドウ棚に目をやった。

つい先ほど摘房の済んだ枝には、これから大きくなりそうな房がひとつだけ、悠々とぶら下がっている。そのひと房にそっと手を触れたヨシばぁばは、たくさんついている粒の中から特に小さなのをいくつか選んで、ハサミの先でちょんちょんとバランスよく切り落としていった。

なるほどこれが〈摘粒〉か、と雪乃が目をこらす中、ひと房の具合を整え終えたヨシ江が、次の枝へと手を伸ばす。

「なあ、雪ちゃん。婆やんは思うだけども……東京の小学校で、雪ちゃんにひどいことした子どもらも、きっとほー、ブドウみたいなもんだったんだに」

「ブドウみたいって……何が?」

「だからほー、狭ぁい世界で、自分のやりてえことばーっか押し通そうとして、ぎゅうぎゅう押し合っちまってさあ。そんなことしてたら、周りの友だちだけじゃねえ、自分だっていつか潰れっちまうしかねえのにない」

「友だちなんかじゃないよ、あんなの」

雪乃は言い捨てた。思い出したくもない顔を思い浮かべると、つい、鼻の穴がふくらんでひくひくしてしまう。

「そうだな。そんなのは、友だちって思わなくていいだな」

ヨシばぁばが手を下ろし、雪乃を見て言った。

「きっと、どんなにかいやぁな思いをいっぱいしただなあ、雪ちゃんは」

どきっとする。

「ひとりで、うんとうんと我慢してきただな。えらかっただわ。よく頑張ったに。ほんとに、ほんとぉぉぉに、えらかっただわ」

そんなこと、今言わないでほしい。つい、また目の奥が熱くなり、鼻の中がじんじん痺れてくる。

ヨシ江が別の不要な房をぱつん、と切り取り、雪乃に手渡す。受け取って足もとのコンテナに入れようとうつむいた時、青いブドウの上に、とうとう涙が一粒こぼれて落ちた。

「私らは、東京なんてとこへはいっぺんも行ったことがねえだけども……」

こちらをわざと見ないふりで、ヨシばぁばが次のブドウに手を伸ばす。

「テレビで見てるだけでも、どんだけ窮屈《きゅうくつ》かとは思うだよ。爺やんとも、よく言ってるだわ。いっくら便利だって、おれらはああいうとこには住めねえなぃ、って。そらぁ中にはああいうとこのほうが性に合う人らもいるだろけども、何ちゅうかほー、どんなことにも相性《あいしょう》っちゅうもんがあるだわねえ。人と人の相性だけじゃなくって、住む場所とか、仕事とか、そゆことにもねえ」

ぱつん、ぱつん。静かな果樹園に、潔く澄んだ音が響く。

「わかる。あたしもそう思うよ」雪乃は言った。「東京なんかより、あたしはこっちのほうが好き。学校より、畑仕事のほうが好き。それって、相性がいいってことだよね？」

「まあ、そうだなぃ」

「だったらさっきのあたしのお願い……」

「まあまあ、待ちなぃ」

今度はやんわりと遮られる。

「雪ちゃん、さっき言ってたでしょう。お父さんから、心が死んでしまうくらい苦しいことは無理に我慢しなくていい、みたいなふうに言われたって」

少し違うけれど、意味は同じだ。雪乃はうなずいた。

「そう。そんなら訊くだけども、雪ちゃんは今、何をどれだけ我慢してるの？」

「……え」

「東京の学校では、どうしたって友だちなんて呼べないような子が、雪ちゃんにそりゃあひどいことをしてた。そうだらず？」

「……うん」

「けど、お父さんとお母さんが雪ちゃんをこっちへ連れてきてくれて、今は、毎日いやな思いはしてねえでしょう。違う？」

雪乃は、目を伏せた。

「……違わない」

「学校っていうところそのものが怖くなっちまったのは無理もねえよ。雪ちゃんだけじゃねえ、おんなし思いをしたら、きっと誰だってそうなる。この婆やんだってそうなるだわ。だけどもないい、東京の学校とここの学校とは、似て見えるだけど、全然違うんでねえかな。雪ちゃんも、お父さんと一緒に見に行っただから知ってるでしょう。校庭なんかはうんと広いし、意地悪な子だって少ねぇと思うだよ。ブドウの粒どうしが押し合いへし合いしたら潰れるだけだけども、ここの学校なら、誰がどんだけ大きくなったって潰れたりしねえくらい、みぃんなのびのび育ってるもの」

にわかには信じられなかった。

学校は、だって、やっぱり学校だ。どんなに校庭が広くたって、教室は狭い。周りから〈トーキョーの子〉扱いされて、珍しい生きものみたいにじろじろ見られて、今までどうしてずっと休んでいたのかとか、前の学校で何があったのかとか訊かれるのはたまらない。

「こんな婆やんに言われたって、そうは思えねえかもしれねえけども……」ヨシ江は言葉を継いだ。「何より、ほー、大輝くんがいるに」

言われた瞬間、あの強く光る目が思い出された。何だろう、胸の奥が、ざわざわっと、もやもやっとする。

「……大ちゃんがいたら、何なの?」

「あの子が、雪ちゃんのことをほっとくはずがねえでしょう」

「そうかな」

「そらぁそうだわい。きっと、周りにすーっと溶け込めるように案配してくれるだわ。なぁんも心配いらねえに。仲のいい友だちができたら、毎日、まっとまっと楽しいだよぉ」

雪乃が口を結んでいると、ヨシ江はまた手を止めて、こちらをじっと見た。

「婆やんはな、雪ちゃん。無理に学校行けって言ってるんではねえよ。そこんとこは、お父さんお母さんの意見もよーく聞いて、自分で考えて決めたらいいだ。ただな、時々、ちょこっと考えてみてほしいだよ。今の自分は、何をどれだけ辛抱してるかなあ、ってな。畑仕事を教わりたい気持ちは本当でも、それはもしかしたら、したくねえことから目を背けてるだけなんじゃねえかなあ、ってな」

ぱつん、ぱつん。

コンテナはやっと半分ほど埋まってきたが、まだ全然足りない。三百坪のマスタード畑から採れる種子を漬け込むには、この果樹園全体の摘房を済ませても足りないかもしれない。

父親ときたらどうしてこんな、準備に手間暇のかかることをわざわざ試そうとするのだろう。東京の広告代理店に勤めていた時だってたいがい忙しく、いつも眠そうにしていたけれど、こちらに来てからはむしろ寝ている時間がもったいないかのように精力的に動き回っている。眠そうなのは同じでも、最近のほうが何倍も楽しそうだ。

父さんは今、何か辛抱してることがあるのかな、と思ってみる。

すぐに一つ思いついた。母さんに会えないことだ。

「人間なんて弱っちいもんだからなぃ」

ヨシ江が、まるで独り言のようにぽつりぽつりと続ける。

「休みもなしに走り続けたら、心臓が潰れっちまうだわ。だもの、心の底から苦しいばっかりだったら、そんなものはやめたらいいと婆やんも思うだよ。だけどもそれは、とりあえずいっぺん走りだしたモンにだけ、当てはまることなんじゃねえかなあ。雪ちゃんが、もう絶対こっちの学校にも行かねえっていうふうに答えを出しちまうには、まだちーっとばか早いような気がするだけども、どうだろうかなあ」

雪乃は、答えられなかった。

風が吹く。鳥が鳴く。足もとからは若いブドウの、酸っぱいけれど爽やかな匂いが立ちのぼっている。

❄

お天気に気分を左右されるのは、植物も人間も同じらしい。

雨ばかり降ればついついうつむきがちになるし、蒸し暑い日が続けば体力を奪われる。少しの風なら気持ちよさに目を細めたくなるが、激しく吹けば押されてよろよろする。あたたかいのと涼しいのは得意でも、暑さ寒さは基本的に苦手だ。勝手だけれど、そういうふうにできているのだから仕方がない。

ここしばらくずっと雨続きだったので、雪乃はいささか鬱々《うつうつ》としていた。畑の作物の下葉に泥がはねると黴《かび》が生えて病気にかかる、ちょうどそんな感じで気持ちがくさくさする。

「こら、雪乃。まーたため息ついてる」

畳に寝転がった航介が言う。夕食が終わってすぐ、ごろんと仰向けになったのだ。

「一日じゅう、そんなに何べんもハーア、ハーアってくり返してたってしょうがないだろう。きみのため息で雨雲がどっかへ吹き飛ばされるんならともかく、そうじゃないんだからさ。家の中まで湿っぽくなっちゃうじゃないか」

お小言がふだんより三割増しくらいでくどいのは、父親のほうもくさくさする気分は同じだからだろう。

「ため息じゃ、ないもん」

と、雪乃は口を尖《とが》らせた。

「じゃあ何さ」

「深呼吸だもん」

「そんな文句たらたらの深呼吸があるもんか」

「お父さんだって、さっきから天気予報調べては唸《うな》ってばっかりじゃん」

「唸ってなんかいないさ」

「うんにゃ。めーた唸っとるだわ」

横合いから加勢してくれたのは茂三だ。

「ま、無理もねえだけどな。いいかげんにぱーっと晴れてくれねえと、野菜もブドウも腐っちまうに」

湯呑みをつかみ、茂三が冷めたお茶を飲み干した時、台所の勝手口から、話し声と笑い声がした。ヨシ江が大きな声で何か言っている。

「なんだ、婆やん。こんな時間に近所迷惑だにほー」

そのとたんヨシ江が、今度は家の中に向かって声を張りあげた。

「お月さんが出とるってぇ」

「だれぇ」

「お隣の義男さんがなあ、雲が切れてうっすら星まで見えとるって、いま教えてくれただわ。やーれやれ、このぶんなら明日はやーっと袋かけに取りかかれるだよぉ」

晴れ間を願う気持ちは皆同じだが、中でもブドウのことで誰より気を揉んでいたのはヨシ江に違いなかった。

翌朝、雪乃はぱっちりと目を開いた。

五時にかけてあった目覚まし時計が鳴るより、きっちり五分早い。田舎で暮らすようになって以来、いや、生まれてこのかた一番と言ってもいいくらいの、まるでまぶたそのものが時計仕掛けで開いたかのような目覚めだった。

両手両脚を四方に突っ張り、ぐーんと伸びをしてから起き上がる。体のどこにも眠気が残っていない。なんて気持ちいいんだろう。

顔を洗い、着替えて台所へ行くと、流しで米をといでいたヨシ江がびっくりした顔でこちらを見た。

「あれまあ、どうしただい。眠れなかっただかい」

「ううん。すごくよく寝たよ。ね、お父さんとシゲ爺は？」

「爺やんは、タマネギの畑。もう収穫を始めなきゃいかんからね。とーやんは、マスタードの作業に行っただわ。二人とも、朝ごはんまでにはいっぺん帰ってくるって」

「ふうん」

雪乃は、開け放たれた勝手口から外を見やった。裏庭の小さな畑に朝陽が射して、草の葉のしずくを宝石のようにきらめかせている。

「ねえ、ばぁば。今朝は、台所のお手伝いって必要？」

言いたいことは伝わったのだろう。ヨシ江が、ぷ、と吹きだす。

「いいよ、行っといで」

「ありがとう！」

雪乃は玄関へと走った。長靴に両脚をつっこみ、軍手を一揃い握りしめ、腕や首もとに虫除《むしよ》けスプレーを吹きかける。

「どっちの畑へ行くだ？」

「もちろんシゲ爺のとこだよ。決まってるじゃん」

「なんで『もちろん』？」

「いろいろ教えてもらえて勉強になるもん」

ヨシ江が、声をたてて笑った。

「雪ちゃんは、ほんとうに畑の仕事が好きだだねえ」

「だからこないだっからそう言ってるじゃん。行ってきまーす！」

庭先を横切ろうとすると、キチが引き綱を引っぱりながら吠《ほ》えた。

「お前も行きたいの？」

わっふわっふっと弾けたようにはしゃぐ犬を散歩用の赤いリードにつなぎ替え、土間から奥へと報告する。

「ばぁば、キチも連れてくー！」

「はいはい、気をつけて、引っぱられてひっくり返らんようにねえ」

最近なんだか若返ったような曾祖母の声を背中で聞きながら、あらためて駆けだす。

素晴らしい朝だった。空気は水っぽく、風はまだ冷たく、目にするものすべてがプリズムみたいに光をはね散らかしている。

とはいえ、十時頃にもなれば陽射しは相当強くなりそうな気配があった。そろそろ梅雨も明けるのだろう。そうしたら、夏だ。こちらで初めて迎える夏だ。

以前なら夏休みの間だけしか味わえなかったあの解放感が、学校へ通っていない今、始まりもなければ終わりもないまま続いていくのかと思うと、奇妙な感じがした。七月のうちは残り時間が無限のように思えても、八月に入って一週間が過ぎる頃にはどんどん一日の経《た》つのが早くなり、あれよあれよというまにお盆が終わったあたりから、いよいよ宿題の山が気になってくるあの感じ……。毎年くり返されていた、そわそわと落ち着かない感覚が、雪乃は、嫌いではなかった。

終わりを気にしなくていい夏休みって、なんだかヘンだ。夏休みがあんなに楽しみで嬉しかったのは、どうしたって終わってしまうからこそだった気もする。

キチが、途中の草むらのあちこちに鼻面《はなづら》をつっこむ。お互い、引っぱったり引っぱられたりしながら坂道をのぼってゆく。果樹園の脇を過ぎると、見えてきた畑の奥のほうに茂三の姿があった。わふ、わふ、と吠える声にこちらをふり返り、手を挙げてよこす。

作物の根もとを掘り返さないように、畑の隅っこの電柱にキチをつなぎ、雪乃は茂三のそばへ行って手伝いを始めた。雨で崩れてしまった畝に、鍬《くわ》で土を寄せ、もう一度高くしてやる作業だ。

「人間だって、鼻の穴ぁふさがれたら死んじまうに」かがみこみながらシゲ爺が言う。「作物もおんなじだ。水はけが悪いと、根っこが息できなくなっちまうだよ」

「溺れちゃう感じ？」

「生き埋めのほうが近いかもしれねえだな」

しばらくの間、二人して黙りこくって作業に精を出す。土寄せが終わると草取り、芽掻き、倒れたり伸びたりした茎の誘引。だんだん気温が上がり、額や背中に汗が滲《にじ》んでくる。

茂三が腕時計を見て、おう、もうこんな時間だ、と言った。

「腹ぁへったな。帰って朝メシ食うだ。どうやらしばらく降らねえようだし、タマネギは、土がまっと乾いてから抜いたほうがいいだわ。あとはあれだ、ほー。ニンジンやら大豆やら、ソバやらの種もまかねばな」

「えっ？」

「どしただい」

「ソバって、もしかしてあのお蕎麦《そば》？」

「他にどんなソバがあるだい」

「うそ……お蕎麦って、種をまいたら生えてくるの？」

あんぐりと口を開けた茂三が、無理やり気を取り直して何か言いかけた時だ。

キチが、わわわわわ、と吠えだした。来た道のほうを見て尻尾《しっぽ》を振っている。雪乃は、伸びあがって見やり、思わず目を瞠った。

大輝が走ってくる。野球帽をかぶり、ランドセルをかたかたと左右に揺すって、息を切らしながら砂利道を駆けてくる。

わう、わう、わう、と吠えて立ちあがるキチの頭を荒っぽく撫でると、大輝はそのまま畑の真ん中を横切るあぜ道へと走り込んできた。畑の土そのものに足を踏み入れようとしないのは、人の畑には絶対入るな、と父親から厳しく言われているからだろう。

「オハヨウゴザイマス！」

大輝はまず、大声で挨拶をした。

「おう、おはよう」

茂三に続いて雪乃も、おはよう、と返す。

「どしたの、大ちゃん。学校行くには早過ぎない？」

「や、うん。そうなんだけど、ちょっとこっち寄りたかったし」大輝は、めずらしく目をそらして言った。「ヨシばぁばに訊いたら、ここにいるって言うから」

「なに。どうしたの、何かあったの？」

「何かって……や、何もないんだけど、ええと、あのさ雪っぺ」

「なんなのよ。なんか今日、変だよ？」

「そう、その、今日なんだけどさ」

大輝がようやく雪乃と目を合わせる。

「雪っぺ、家にいるかな」

「いないと思う」

「げ」

「だって、こんなにいいお天気だもん。外で作業してるよ」

「そりゃそうだよな。……けどさ、夕方。三時か四時か、それっくらいの時間なら、家に帰ってる？」

雪乃は首をかしげた。

「うーん……どうだろ。わかんないけど、どうして？　学校の帰りでしょ、寄るなら寄ればいいじゃん」

今日に限ってなぜ訊くのだろう。隣を見やったが、茂三も肩をすくめるばかりだ。

「そっか。わかった。じゃあとにかく、帰りに寄るわ。それだけ言おうと思って」

「へんなの。好きにすれば？」

「うん！」

素直にうなずいた大輝は、まだ少し何か言いたそうにしたものの、結局、自分自身に向かってもう一つうなずいただけで踵《きびす》を返した。

「じゃな、夕方な」

軽く手を振り、またランドセルを大きく揺らして駆け出してゆく。筆箱の中身などは今ごろぐしゃぐしゃに違いない。

「……へんなの」

雪乃はくり返した。

「何か、見せてえもんでもあるんでねえだかい」

使っていた鍬を軽トラックの荷台に積みながら茂三が言う。

そうかもしれない。いつもならあんなことをいちいち確かめる大輝ではない。好きな時に立ち寄り、好きなだけおやつを食べ、まるで自分の別宅のように我が物顔にふるまっている。それなのにどうして今日はわざわざ……。

助手席に乗せてもらって家に帰り、ヨシ江の作ってくれた朝ごはんを食べる間も、そのあと母親からの課題である問題集を二ページほどやっつけてから果樹園で働く間も――雪乃の頭の中は、こちらへ向かって息を切らして走ってくる大輝の姿でいっぱいだった。

〈雪っぺ！〉

と、まっすぐに呼ぶ声。少しかすれた、同い年の少年にしては太くてしっかりとした声。耳の奥のほうでその声が響くと、何と言えばいいのか、こう、心臓のあたりが狭苦しくなるような、落ち着きの悪い感じがする。以前はなかったことだ。

昼ごはんの時、今朝の大輝がどうも変だった、と父親に言ってみると、

「もしかして、あれかなあ。大輝のやついきなり、『お父さんッ、お嬢さんを僕に下さいッ！』とか言いだすんじゃないかなあ」

航介は相変わらず、ものすごくデリカシーに欠けることを言った。

「そしたら、お父さん的にはお約束で、『お前なんぞに娘はやらーんッ！』とか言って暴

れ出さなくちゃいけないんだよな」

もちろん、そんなことにはならなかった。三時過ぎ、教えてもらいながらブドウの袋かけに精を出した雪乃が、ヨシ江とともに家へ帰ってみると、大輝はもう来ているようだった。

土間に、いくつもの運動靴がばらばらと脱いであるのを、雪乃は口を結んで見おろした。大輝の靴と同じくらいのサイズのものがもう二足。残りの一足は、ピンクのラインが入った小ぶりなものだ。

「あ、帰ってきたか」

と、先に戻っていた航介が居間から顔を覗かせる。

「お帰り。大輝が来てるぞ」

そんなこと、今さら言われなくてもわかっている。

雪乃は、土間に立ち尽くしたまま、うつむいて拳を握りしめた。むしょうに腹が立っていた。

以前から大輝が、

〈今度ここへ、友だちを連れてきてもいいかな。いいやつばっかりだからさ〉

そんなふうに言うたびに、

〈お願いだからやめて〉

はっきりと答えてきたはずだ。

〈なんで？　ちゃんと選んで連れてくるよ。乱暴なやつとかいないし、すぐ友だちになれると思うけど〉

〈いやなの。頼むから、そういうお節介しないで〉

そうすると大輝は黙って引き下がる。こちらが意思表示をすれば、無理強いはしないと思って安心していたし、信頼もしていた。それなのに――どうしてこんな勝手なことをするのか。

このまま果樹園へ引き返そうかとも思ったが、何だかそれも癪《しゃく》にさわる。尻尾を巻いて逃げ出したように思われるのはごめんだ。

(だってここは、あたしの家なのに！)

雪乃は、目を上げた。足を乱暴に振って長靴を脱ぎ捨て、廊下をずんずん歩いて居間の入口に立つ。

いつもの食卓の周りに、見知らぬ男子が二人と、女子が一人座っている。丸顔にショートヘアの小柄な女の子だ。

反射的に身構えてしまった。男子より女子のほうが、嫌な記憶に直結している。

雪乃の不機嫌さを感じ取ったのだろう、大輝がちょっと狼狽《うろた》えたように何か言おうとしたが、それより先に、少女が顔を上げてニコッと笑った。

「こんにちは。おじゃましてますー」

一瞬で毒気を抜かれてしまうような、おっとりとした物言いだった。

「ほら、お前たちも何か言えよ」

大輝に言われて、残る二人の男子が顔を見合わせる。

「何かって?」

「人んち来たら、まず挨拶だろ挨拶」

「あそっか。えっと、どうもー」

「こんちはぁ」

上目遣いのまま、あごを突き出すような仕草をしてよこす。雪乃もまた、どうも、と同じように返すほかなかった。出鼻をくじかれて、怒るタイミングを逸《いっ》してしまっていた。

何なのだろう、この子たちのつかみどころのなさは。初めて上がり込んだ家だというのに、妙にリラックスして見える。雪乃自身だって、そう、五年生の夏休みより前は友だちと一緒に誰かの家に集まったものだけれど、こんなにダラッとした感じでくつろぐ子たちは見たことがない。これまでは大輝が特別厚かましいのかと思っていたが、もしかして、こちらではそれがふつうなんだろうか。

「そっちのデカいのが、ユタカ」

大輝が遠慮なく指さす。お相撲さんみたいな体型の、優しい顔立ちの男の子だ。その隣にいるひょろっとしていかにも勉強ができそうな子は、

「こっちはケント」

名前はそれぞれ、西田豊《にしだ》と、湯浅賢人《ゆあさ》。さっき土間で見た靴の中に黒マジックで書いてあった。

「そんでそっちが……」

「ナカムラ、シオリっていいます」

ただ一人の女子がまたおっとりと言った。

「いい名前だなあ」

と、航介が褒める。

「ありがとうございます」

「どういう字を書くの」

「ポエムの詩に、鶴が機《はた》を織る時の、糸へんの織るです」

「詩織んとこはさあ、婆ちゃんがほんとに機を織るんだよな。足で踏んでギッコンバッタ

ンいうやつ。俺、ちっちゃい頃はあの音がおっかなかったっけ」

「あ、俺も俺も。覗いたりしたら、こう、ふり返って『見〜た〜な〜?』とか言われそうでさ」

「わかる!」

「ひどいよー、あんたたち。わたしもそうだったけど」

大輝を含めた四人が、おばけみたいな仕草をしながらげらげら笑っている。小さな居間が、なおさら狭苦しく感じられる。

雪乃は、突っ立ったまま黙っていた。部屋は賑やかなのに、頭の後ろのあたりだけがシンと静かだ。

そうか。この子たちはみんな、幼なじみ同士なのだ。小学校に上がるよりもっと前から、きょうだいみたいに近しく育ってきた。互いの親は顔見知りで、それどころか親同士も幼なじみかもしれない。

いいやつばっかりだから、という大輝の言葉をまた思い出す。要するに学校の中でも特に仲のいい、気心の知れた友だちだけを選んで引っぱってきたのだろう。その中に女子がいるのだって、べつにどうってことはない、ふつうの話だ。なのに、それがどうしてこうも引っかかるんだろう。

ああもう、と雪乃は下唇を嚙みしめた。鼻から大きく息を吸い込み、ゆっくりと吐き出す。そうして、くるりと踵を返した。

「あ、雪っぺ！」

大輝の慌てた声がする。かまわず、廊下を戻って土間で運動靴に履き替え、外へ出た。

さっき畑から連れて帰ってつないだばかりのキチが、また散歩に行けるのかと小屋から顔を覗かせる。庭先の井戸端では茂三がまだ農具か何かを洗っていて、

「あれ、どしたぁ」

びっくりしたように声をかけてくる。

雪乃は、返事もせずに茂三に背を向けた。

家の横手へまわるかっこうで納屋のほうへ行く。前庭を横切ったりして、こちらの姿が居間にいる皆から丸見えになるのが嫌だ。頼むからほうっておいてほしい。

いったん薄暗い納屋の中に入ると、向こう側から再び明るい外へ出るのが嫌になった。ちょうど真ん中あたりの暗がり、トラクターの陰に藁束が積んである。雪乃はその藁の山にもたれるようにして腰を下ろし、ぎゅっと小さく丸まって膝を抱え込んだ。

湿った空気がひんやりと肌に冷たい。自分の膝におでこを押しつけて、土と藁の匂いを吸い込む。

つぶった目の奥に、詩織のおっとりとした笑顔が浮かぶ。

あれは、きっと、いい子だ。そういうのは勘でわかる。人の嫌がることを言ってきたり、日によって気分が大きく変わったり、もちろん、わけもなく誰かを苛めたりなんてことは絶対しそうにない子だ。ああいう子と友だちになったら楽しいだろう。仲良くなったら、お互いに内緒の話だってできるようになるのかもしれない。

でも、今日みたいなかたちで知り合いたくなかった。大輝がわざわざ選んで連れてきた子が、よりによってあんなに可愛くて気立ての良さそうな、見た目も性格も自分とは正反対の子だなんて……。

痛い。心臓が、ぎゅうっと縮んで引き攣《つ》れる。

ヨシ江の言っていたように、大輝がこちらのことを心配してくれているのはわかる。なんとかして学校へ引っ張り出そうと考えてのことで、きっとありがたいと思わなくちゃいけないんだろう。

だけど、嫌だ、って言ったのに。よけいなことをしないでほしいと、あれほど言ってあったのに――大輝はその信頼を裏切った。

ざり、と立ち止まる足音に、雪乃は、はっとなって顔を上げた。

きつく目をつぶっていたせいで視界はぼやけているが、誰が来たのかは見る前からわかっていた。

納屋の入口、まぶしい四角形の中に、大輝が立っている。ためらうようなそぶりを見せたのはほんのいっときで、彼はすたすたとまっすぐ近づいてくると、雪乃の正面で立ち止まった。

ごめん、とか何とか、言われるのだと思った。ほんとうは、そう、ほんとうは何も悪いことなどしていない大輝のほうから謝られたりしたら、こちらの身の置きどころがなくなってしまう。

何か先に言わなければと、雪乃が口をひらきかけた時だ。

「俺はさあ」

両のつま先に力の入った感じで、大輝が言った。

「はっきり言って、ガッコ終わった夕方とか、休みの日とかしか会えないのが、やだくてさ」

「……誰と」

「誰とって、いま誰と話してんだよ」

怒ったように口を尖らせている。少しかすれた声が、思うよりも高いところから降ってくる。

いつのまにかずいぶん背が伸びたみたいだ。見おろしてくる大輝と視線がぶつかり、雪乃は慌てて目をそらした。

「こういうのって、みんなからおんなじこと言われて耳にタコかもしんないけど……ほんとは俺も、六年生になったら雪っぺは学校に来るもんだと思ってた」

運動靴の先が、地面に落ちている藁の切れ端をつつく。

「これまでは休みの日しか遊べなかったけど、四月からは学校行ったら会えるんだなあって。今日連れてきた賢人と豊と詩織にも、ずっと前からそういうふうに話してあったし」

「……話してあったって、何を」

「だから、雪っぺのことをだよ。せっかくガッコ来るようになっても、いきなりクラスのみんなからあーだこーだ訊かれんの、うざいじゃん。けど、俺ら四人が休み時間とかに雪っぺの周り固めてたら、そういうのもだいぶマシじゃん。や、クラスのみんなだってさ、初めはめずらしがっていろいろ訊きたがるかもしんないけど、雪っぺのこと知ったらすぐおさまるよ」

「あたしの、こと?」

「うん」

「あたしの、何を?」

「雪っぺが全然ふつうだってこと」

ゼンゼンフツウ、などという言い方、母親の英理子が耳にしたらすぐに直されそうだが、今はどうでもいい。

「あたしが……ふつう？」

「ふつうじゃん」

「なんで？　それこそ、ずっと学校へも行ってないのに」

「そうだけどさ、雪っぺの中身はふつうじゃん」

こともなげに言う。

「俺だって最初はさ、東京から来たなんていうからこう、しゃらっつねえ感じで、あたしは特別なのよ、みたいなふうなんだろうなって思ってたんだよ。けど、喋ってみたらほんっと全然ふつうなんだもん」

「それって……いつ？」

「いつもだよ」

「じゃなくて、最初に思ったのは？」

「うーん」大輝が、納屋の天井を見上げて唸った。「たぶん、初詣《はつもうで》ン時じゃないかな。鐘《かね》撞《つ》いた時」

あたりは夏の温気《うんき》でむんむんしているのに、つかの間、キーンと澄み渡った厳冬の夜の記憶が蘇《よみがえ》ってくる。

「鐘撞き堂ンとこに並んでる間、英理子おばさんが、何だっけかな、忘れたけど、ガッコの先生みたいな感じで話しててさ。あー、こういう人がお母さんなんだったら、東京のしょうがみんな頭いいのも当たり前だよなーとか思って……」

それはちょっと違う、うちのお母さんは中でも特別だから、と思ったが、それも今は関係ない。

「英理子おばさんがまた、テレビの人が喋ってるのとマジでおんなじ喋り方するからびっくりしてさ。俺、生まれて初めて自分が訛《なま》ってんのかなって……。なあ、俺って訛ってる？」

「え。べつに、そんなことないよ」

雪乃はびっくりして言った。大輝が気にするとは意外だった。

訛りに関しては、上の世代へ行くほど強い。茂三やヨシ江はいまだにとことんお国言葉だが、広志くらいになると端々にちょこちょこ表れる程度になるし、当の大輝に至っては、単語や語尾のイントネーションがいくらか違う程度だ。

でも、それがいいのだと雪乃は思う。ここに暮らしていると、自分の話しているいわゆる標準語が、体温を持たない言葉のように思えることがある。

「あとさ、ふだんから着てるもんとかも全然ちがくてさ」

大輝がぼそぼそと続ける。

「うそ、どこが？　おんなじだよ」

「違うんだって。どこがどうって言えないけど、こっちの駅前の〈やまむら〉とかには絶対置いてない感じじゃん。なんか雪っぺ、時々モデルみたいに見えるし」

「はあ？」

「服のせいだとは思うんだけど」

「……あ、うん」

「冬の間ずっと着てたダウンの上着なんかもそうだよ。最初に見た時は、何だよ金持ちなんじゃん、って思ったりした」

「わかんない。なんで？」

「ダウンの腕についてるマークが、東京からスキーしに来る大人の人が着てるのとおんなじとこのやつだったから。なのに、喋ってみたら中身は全然ふつうなんだもん」

律儀に話を元へ戻すと、大輝は、ひとつ洟《はな》を啜《すす》った。

「今日連れてきたあいつらも、初めのうちだけはそういう感じかもしんない。たぶん、クラスのみんなもさ。けどほんと、すぐだから。俺の最初ん時とおんなじで、ほんとにすぐ、雪っぺが全然ふつうだってわかるから。だからさ、それまでの間だけは、大目に見てやってよ」

雪乃は、ぽかんとした。また不思議な言葉が飛び出したものだ。

「……大目に、見る？」

「そう」

大輝がふと、複雑な面持ちで笑う。

「今はもうそんなでもないけど、前はさ。俺がガッコで何かやらかすたんびに、じいちゃんや父ちゃんがそう言って先生に謝ってたんだ。『男手ばっかで育ててるもんで行き届かないところはあるでしょうが、どうか大目に見てやって下さい』って」

雪乃は、大輝の母親のことを思った。彼が〈ガッコで何かやらかす〉子どもだったのは、実際、寂しさのせいもあったのかもしれない。

「雪っぺもさ。クラスのみんなが雪っぺのことをわかるまで、ちょっとだけ大目に見てやってよ。それまでは、俺らがちゃんとついてる。だからさ……」

大輝は、ひときわ思いきったように言った。

「だから、明日から一緒にガッコ行こうよ」

雪乃は、ぎょっとなって目を上げた。

「明日から？」

思わず声が裏返る。

大輝が、首を大きく上下させてうなずく。自分がどんな無茶なことを言ったかなんて、全然わかっていない感じだ。

雪乃は茫然と目を落とした。ひんやりとした納屋の地べたには、さっきの藁屑《くず》。大輝が運動靴の先でいじりたおしたせいで、泥だらけのよれよれだ。

「そんな……無理だよ、明日からなんて」

「なんでさ。ランドセルしょったらすぐ行けるじゃん」

「そういうことじゃなくて。だって、いくらなんでも急っていうか」

「急じゃないよ。時間はめちゃくちゃあったじゃんか。去年の秋ぐらいから行ってないんだろ？　ガッコ休んだの、夏休みでいったら何回ぶんだよ」

大人なら腫《は》れ物に触るみたいにして言わずにおくことを、大輝は遠慮の欠片《かけら》もなくずばずばとぶつけてくる。

――いや、そうじゃない。雪乃は思い直した。大輝は、ずっと遠慮していた。何か訊きたそうにすることはあっても、めったに口に出さなかった。なのに、それこそ急に、こちらの知らない友だちを連れてきて、明日から学校へ来いなんて言う。むちゃくちゃだ。心の中が見えたのだろうか。

「ごめん」

今日初めて、大輝が謝った。

「俺……なんかやっぱちょっと、間違えちゃったのかな」

雪乃は黙っていた。気まずさに顔を上げられない。

すぐ目の前で、泥で汚れた運動靴が向きを変える。納屋を出ていく後ろ姿を、膝を抱えたまま、目の端で見送る。

あんなふうに言われてしまうと、悪いのはこちらであるかのような――あの子たちに申し訳ないことをしたような気がしてくる。いったいなんだって、こんな気持ちにさせられなくてはいけないんだろう。腹立たしさと寂しさ、戸惑いや後悔や、何もかもが入り混じって、どうすればいいかわからない。

大輝が入ってきてまた出ていった納屋の入口が、すっきりと明るい。西陽の射す反対側の開口部ほど眩《まぶ》しくはないけれど、中が暗いぶんだけ穏やかに光って見える。

その四角な光がふと半分くらい遮られ、誰か人が立ったのがわかった。長靴を引きずるようにして近づいてくる。

「せっかく心配して来てくれた友だちを、追い返しちまっただかい」

　茂三が低い声で言った。

「大ちゃんがそう言ったの？」

「だれぇ、あいつがそんな泣きごと言うもんかい。ちょっと見りゃわかる」

「どうして」

「玄関入ってく肩が、がくーんとしょげて下がってたに」

　雪乃の脳裏に、その姿がありありと浮かぶ。勝手なことをするからいけないのだ。こちらは悪くない。

　お尻がだんだん冷えてくる。藁の上に座っていても、その下の地面が冷たいからだ。

「今朝、あいつが畑へ来たのはこういうことだっただな」

　よっこらせ、とシゲ爺がすぐそばの青いトラクターの前輪に腰を下ろす。

「ランドセルしょって息切らして走ってくっから、いったい何があったかと思ったらほー、わざわざお前の都合を訊きに来たってわけかい。律儀なやつだに」

「知らないよ。都合なんか訊かれてない」

　雪乃は口を尖らせた。

「だけんが雪坊、学校の帰りに寄りたいなら好きにすればいいって、おめえが言ったんだに」

「それは、大ちゃん一人だって思ってたからで……友だち連れてくるなんてひと言も言わなかったじゃん。なのに、ヨシばぁばとブドウ畑から帰ってみたらもう勝手に上がり込んでてさ。家に上げたのだってあたしじゃないもん」

「そうだな。家に上げたのは、俺だ」

驚いて見やる。ごつごつとしたタイヤに腰かけた茂三が、真顔で雪乃をじっと見おろす。

「勝手に上がり込んだんじゃねえだよ。大輝のやつは、みんなして外の縁側で待ってるっつっただわ。それを、いいからまあ上がっておやつでも食っててくんなって勧めたのはこの俺だに」

「なんでそんなよけいなこと」

「よけいな、こと?」白っぽい眉が、ぎゅっと真ん中に寄る。「なんでって、雪乃。そんなこともわかんねえだか」

「……だって」

茂三が、ふーっと、深くて長いため息をつく。

「嬉しかったからだわ」

雪乃は、どきっとした。

「涙が出るほど嬉しくって、ほんっとうにありがたかったからだわ。ああして大輝が、仲良くなったおめえを心配してわざわざ友だちまで引っぱって来てくれたってことが――それも、誰かに言われたとかじゃねえに。自分の頭で考えてそうしてくれたってことが、この爺やんは、ほー、そりゃあもう嬉しくってない。それだもの、家に上げたのはよけいなことでも何でもねえ。あの子たちへの、せめてもの気持ちだわ」

返す言葉がない。

膝をきつく抱えて黙りこくっていると、納屋の大きな梁のどこかで、みしりと木の軋《きし》む音がした。西側の出入口の向こうのほうから、キョッケーイ、とキジの鳴く甲高い声が聞こえる。オスがメスを呼んでいるのだろうか。

と、母屋の土間のあたりが少し騒がしくなった。子どもたちの話し声に、航介の声と、そしてヨシ江の笑い声が入り混じる。父親はあれからずっと彼らの相手をしていたらしい。

たたっ、と運動靴の足音がして、入口から大輝の顔が覗いた。

「じゃあな、雪っぺ。宿題あるし、帰るわ」

すごい。いつもと態度が変わらない。何て返せばいいのだろう。〈ごめん〉や〈ありがとう〉はもちろんのこと、おんなじ〈じゃあね〉すらうまく出てこない。

「雪乃」

びっくりして、茂三をふり返る。いま、雪坊じゃなく、雪乃、と呼ばれた。

「そのへんまで、みんなを送ってけ」

「え」

「わざわざ訪ねてきてくれた相手に礼を尽くすのは、人としてあたりまえのことじゃあねえだかい」

そう言われてしまうと、ますます反論できない。

雪乃は、抱えていた膝をほどき、のろのろと立ちあがった。お尻に付いた藁屑を払い、大輝のほうを見ると、彼のほうは話の成り行きが見えないせいで、きょとんとこっちを見ている。

思いきって近づいて行き、そばをすり抜けるようにして納屋から出る。冷えた身体を蒸し暑い空気が包み、キチがきゅうきゅうと鼻を鳴らすと同時に、玄関の土間から子どもらが出てきた。

ばう、ばう、とキチが吠える中、賢人も豊も何やら微妙な顔で雪乃のほうを見る。わずかに遅れて、詩織も出てきた。

「あ、島谷さん。おじゃましましたー」

おじゃま、というのが嫌味なんかでないことは、雪乃にもわかる。かろうじて首を横に振ってみせると、詩織はほっこりと笑った。

「そこまで一緒に行くってさ」

と、大輝が言う。

それこそ勝手なのに、ほっとした。


五人で、農道を歩いた。

今日初めて会った男の子たち二人は、何が楽しいのか大笑いしてじゃれ合いながら先を歩いてゆく。だいぶ遅れて雪乃、その左側に大輝。右側には、詩織が並んでいた。背中から夕陽に照らされているせいで、みんなの影が長い。うつむいた雪乃が黙々と自分の影を踏むようにして歩いていると、

「あ、そうだ」

詩織が、相変わらずおっとりした口調で言った。

「ねえ、知ってる？　あの祠《ほこら》のとこ」

指さす先は、びっしりと稲の植わった田んぼ越し、五十メートルほど離れたところにある地蔵堂だ。民家からのびる私道と田んぼのあぜ道とが交叉《こうさ》するところに古い祠があり、その中に赤い前掛けをしたお地蔵様が安置されているのが遠目にも見て取れる。そばには

楓《かえで》の木がまるで傘のように大きく枝葉を広げている。見慣れた風景だが、雪乃はまだそばまで行ったことがない。

「あそこが何」

立ち止まって目をこらす大輝に、

「猫がいるの」詩織は言った。「いつもじゃないけどね、たいてい、覗くといるよ」

「なんで知ってんの？」

「あそこの奥んち、お母さんのいとこの家なの。時々来るから」

「猫、祠に住んでんの？」

「わかんない。あの家でたまにごはんはもらってるみたいだけど、飼ってるわけじゃないんだって。でも人に馴れてて、ふつうに撫でさせてくれるよ」

「行ってみよう」

大輝が、これはまっすぐに雪乃を見て言った。目が輝いている。生きものが大好きなのだ。

「雪っぺ、猫、嫌いじゃないだろ？」

「え、うん」

とたんに大輝は、先をゆく二人に呼びかけた。

「おーい、ちょっとこっち！　こっち寄ってくぞー」

青々とした田んぼ越しに、地蔵堂を指さす。ふり返った賢人と豊が、不思議そうに顔を見合わせてからばたばたと走って戻ってきた。

いくら詩織の親戚の家とはいえ、堂々と私道側から攻めるのは気が引けて、あぜ道をまわってゆくことにした。当然、今まで歩いていた農道より幅が狭い。大輝を先頭に、雪乃と詩織が並び、その後ろから賢人と豊がついてくる。

「猫ってさ、どういうやつ？」

豊に訊かれて、詩織がふり返る。

「おっきくって真っ白いの」

「え、うそ。もしかして、俺んちの近くにいたのと同じやつかなあ」

「ばーか、お前んちからこんなとこまで来るわけないだろ」

「わかんないじゃん。猫がどんだけ遠くまで出歩くか、賢人知ってんのかよう」

「半径五百メートル」賢人が即答する。「時にはもっと遠くまで遠征するらしい」

ちょっとびっくりして、雪乃はふり向いた。小柄でひょろりとした賢人が、得意げに顎を上げてよこす。けれど、

「五百メートルって、どっからどこまでぐらい？」

重ねて豊に訊かれると、困った顔になった。

「知らないよ、そこまでは。自分で調べりゃいいじゃん」

「ストップ」

大輝の声に、皆が慌てて足を止める。気がつけば、祠まではもうほんの十歩ほどだ。

「猫がいたって、いきなりみんなで覗き込んだらびっくりして逃げちゃうだろ。先に中村だけ行って、そうっと覗いてきてよ」

黙ってうなずいた詩織が、祠に近づいてゆく。赤いランドセルは、もう五年使っているとは思えないほど綺麗だ。

――ナカムラ。

雪乃の心臓がぎゅっとなった。

そんなふうに苗字を呼び捨てにされるのと、雪っぺ、とあだ名で呼ばれるのと、どちらの距離が近いのだろう。考えだすとお腹のあたりがそわそわと落ち着かなくなる。

祠の二、三歩手前で立ち止まると、詩織は気配をうかがうようにしながら、まず優しく声をかけた。

「にゃーお。いる？　お邪魔しまーす」

ひとの家を訪ねるのと同じに礼儀正しい。

頭上で、楓の青葉がさやさやと風にそよいでいる。

再びそうっと近づいていった詩織が、かがんで中を覗く。それから、こちらをふり向いてにっこりし、小声で言った。

「いるよ。そうっとね」

言い終わるより早く、祠の中から寝ぼけまなこの白い猫がするりと現れた。なるほど大きい。オスの猫だろうか。真っ白いの、と聞いたときに思い浮かべた姿よりは薄汚れていて灰色っぽいが、愛想だけは素晴らしくいい。五人の脚の間を順繰りにすり抜けては身体をこすりつけ、甘えて鳴く。

「あ、あれ食べるかな」

大輝がポケットから、個包装のバウムクーヘンを取り出した。ついさっき、ヨシ江が持たせてくれたものだ。

「人間の食べものを猫とか犬にやったらダメなんだぞー」

と賢人。

「誰が言ったんだよ」

「お母さん。うち、ミニチュアダックスいるから」

「大丈夫だよ、これならちょっとくらい。こいつだってもう食う気満々だし」

猫はすでに後足立ちで伸びあがり、袋の匂いを嗅いでいる。大輝が開けてちぎってやると、お腹をすかせていたようすでバウムクーヘンのかけらにかぶりついた。

雪乃はしゃがみ、その背中をそっと撫でてみた。日陰で涼むために祠の中にいたのだろうに、中は思いのほか暑かったようで、毛並みもぬくぬくほこほこしている。夢中で食べている猫の背中を、かわるがわる、皆で撫でる。乱暴にする者はひとりもいない。

肉厚な豊の手。小ぶりな賢人の手。陽に灼けていて身体のわりに大きくて骨張った大輝の手。詩織の手は色が白く、丸っこくて優しい。雪乃は初めて、自分の手と指がほっそりとして、母親のそれにそっくりであることに気づいた。

「雪っぺんとこは、犬とか猫とか飼ったことないの」

一緒に撫でながら大輝が言う。さっきから、しきりにこちらに喋らせようとしているのがわかる。

「ない」

雪乃は言った。自分の耳にもさすがにつっけんどんに聞こえたので、付け加えた。

「お母さんがどっちも苦手だから」

「ああ、そういえば、おばさんがキチ触ってんの見たことないや」

「小さい頃に犬に追いかけられて、それでダメになったんだって。猫は、もともと苦手みたい」

私のせいで飼ってあげられなくてごめんね、と謝る母親の顔を思い出す。小学校の一年生か二年生の頃、雪乃が子犬を欲しがった時のことだ。

「ふうん。なんか、英理子おばさんってたしかにそういう感じだよなあ」

「そういう感じって？」

「んー、犬も猫も苦手だとか聞くとさ、ああ、なんかそういう感じするなーって」

大輝が笑ってそう言うと、

「ダメでしょ、そんなこと言っちゃ」横から詩織がたしなめた。「ひとを見た目で決めつけちゃいけないんだって、うちのおばあちゃんが」

「そりゃそうだろうけど、中村、雪っぺのお母さんと会ったことある？」

「ないけど」

「会ったらわかるって。ほんとそういう感じなんだって。けど、いいじゃん俺、英理子おばさん好きだもん。……あ、こらこらこら、わかった、わかったから」

白猫が、もっとよこせ、と手もとに突進してくるのをなだめて、大輝はバウムクーヘンの残りの半分をやった。

さっきよりさらに影が長く伸びている。誰かが身じろぎした拍子に、そばの草むらからチキチキチキ、とバッタが跳んだ。

「次は、もっといいもの持ってきてやるよ」

と賢人が言う。

「そだな。給食の残りとか食べるかな」

「何言ってんだよ、豊は給食ぜったい残さないじゃん。てか、人間の食べものはやっちゃダメなんだってば」

「えー、ならどうすんだよう」

「明日、うちから犬猫用のおやつの煮干し持ってきてやる。塩分が入ってないやつ」

「さっすが賢人」

と、大輝が笑う。

「じゃあ明日も、俺らはガッコの後、こっちを回って帰るってことで」

「おー。こうなったら、できるだけ毎日寄ってやろうぜ」

まるで言葉がわかるかのように、白い猫が身体をくねらせて甘える。

雪乃にはとくに何の相談もなく、明日からの計画が、彼らと猫との間でまとまろうとしていた。

第九章　起き上がり小法師

梅雨明け宣言よりもずっと早く、夏は来ていた気がする。

雨がいくらか間遠《まどお》になったからといって湿気は少しもましにはならず、田んぼも畑も草いきれでむんむんして、毛穴までふさがれる心地がする。蟬《せみ》の声は頭上からざんざか降り注ぎ、時には人の話し声さえかき消されるほどだ。

そんな中、大輝たち四人は、学校が終わるとほとんど毎日のように島谷家に立ち寄った。

あれからもう半月になる。曜日によっては賢人が塾だとか、詩織がピアノのレッスンだとか、豊が食べ過ぎで腹をこわしたとかいった理由で欠けることもあったが、大輝一人だけという日はなかった。

日曜日、雪乃は、父親の航介に連れられて『納屋カフェ』にいた。大輝もまた、広志と一緒に来ていた。彼ら父子はこのところ、週末はほぼ必ずここに出入りしている。

雪乃の最近の日課は、午前中に茂三の畑かヨシ江のブドウ園で作業を手伝い、昼食をはさんで、午後は『納屋カフェ』だ。開店を宣言した最初のうちは誰一人として客の来ない日もあったものだが、一度来た人が、口コミで広めてくれたり、あるいは口コミで広めてくれたり、さらにまた口コミで広めてくれたり……したおかげで、今では日に四、五人、多いときで十人くらいは立ち寄ってくれるようになった。常連さんもぼちぼち出来つつあるし、来るたび買物だけして行く人もいる。

雪乃のおもな〈仕事〉は、その人たちの接客だった。

あの寄り合いの晩に来ていた人かどうかなど、あまり覚えていない。見たことがある気のする人からまったく知らない人まで、誰に対しても勇気を出して「こんにちは！」と挨拶をすると、相手は妙に優しい目をして、何かしら話しかけてきてくれることがよくある。こちらの名前まで知っていることもしばしばだった。

毎日くり返しているうちに、説明の口上はすらすらと淀《よど》みなく出てくるようになった。

「お茶と野沢菜漬けは、どれだけ飲んでも食べてもタダです。コーヒーは一杯二百円で、もれなくお菓子が付いてきます」

「直売所のお野菜などには、ぜんぶ、作った人の名前が書いてあるから安心ですよ。自分も出品してみたいという人は、あたしではわからないので、すみませんがうちのお父さんか広志さんに相談してみて下さい」

はじめは取っつきにくいように思える人も、思いきって話してみれば、いい人ばかりだとわかってくる。

「人付き合いが本当に嫌いな人は、そもそもこういうところには来ないよ」と、航介は笑って言った。「来てくれるってことは、誰かと話してみたいんだと思う」

雪乃がカフェにいる間はたいてい、航介かヨシ江のどちらかが一緒だが、時々は小さい娘を連れた萩原美由紀が手作りのお菓子を届けがてら店番に立つこともあるし、カウンターに役場の翔太郎が相変わらず気弱な感じで座ることもある。

「どこまでいっても道楽の域は出ないけどなあ」

「まあ、いいんじゃねえだかぃ、楽しきゃさあ」

航介と広志はしょっちゅう、にやにやしながらぼやいていた。

大輝はといえば、来れば床を箒で掃いたり、父親に言われて重たい野菜の箱を運んだりといった肉体労働をする。報酬は、ひと息入れた時の冷たいサイダーだ。

この日は、三人連れのおじさんたちが一時間以上もお茶と野沢菜だけで長居していた。広志とはもとから親しかったようで、ようやく腰を上げて帰るのを、航介も一緒に外の駐車場まで見送りに出る。

雪乃が湯呑みと小皿と割り箸を盆にのせて片付け、カウンターの中の流しに運ぶと、かわりに大輝がふきんを絞り、テーブルを拭きに立った。

水を張ったボウルに湯呑みと小皿を浸けた雪乃は、急いで大輝のところへ行った。二人きりで話せるのは今だけだ。入口側の窓ガラス越し、父親たちがまだ外の駐車場にいるのを確かめてから、

「ねえ」

声をかけると、大輝は「ん？」と顔を上げた。

「あのさ。みんな、ほんとは迷惑してると思うんだよね」

濃い眉がきゅっと寄る。

「みんなって？」

「だから、大ちゃん以外のみんな。毎日、わざわざ遠回りして、うちなんか寄ってさ。べつに、来たからって楽しいことなんか何にもないでしょうよ。……ほんとはもっと他の友だちと遊んだりしたいのに、言い出せないだけなんじゃないの？　大ちゃんが強引に誘うから」

「そんなことないよ。ほんとにつまんなかったら来るわけないじゃん」と、大輝が口を尖らせる。「それに、モチオにメシだってやらなきゃなんないしさ」

「だったら、うちに寄らなくたって祠へ直接行けばいいじゃない」

あの猫にみんなで名前を付けたのは、祠に通うようになって三日目のことだ。白いから

〈ユキ〉にしよう、という賢人の主張に対して、それだと雪乃ちゃんとかぶっちゃうからダメ、と詩織が言い、じゃあどうするよ、シロじゃありきたりだし、モチモチしてるから〈モチオ〉でいいか、というわけでその名前に落ちついたのだ。

忘れもしない。詩織から〈島谷さん〉ではなく〈雪乃ちゃん〉と呼ばれたのは、あの時が初めてだった。どきん、とした。

もちろん詩織はそのすぐ後で、慌てたように謝った。

〈あ、ごめんね、勝手に。でも、いやじゃなかったら、これからそう呼んでもいい？　あたしのことも下の名前で呼んでくれていいから〉

別にいやではなかったから頷いたけれども、雪乃のほうは、なかなかすぐに〈詩織ちゃん〉とは呼べなかった。かといって今さら〈中村さん〉と呼ぶのもなんというか、そう、角が立つ気がして、結局まだ一度も名前を呼んでいないのだが、そばにいない時に思い浮かべる彼女のことはすでに、雪乃の中でも〈詩織ちゃん〉になっている。

不思議だ。名前の呼び方ひとつで、人と人との距離がこんなにも変わるものだなんて。そうして考えてみると、大輝が〈大ちゃん〉になった時から、心の距離もぐんと縮まった記憶がある。

正直なところ、二週間たった今ではもう、彼ら四人が来てくれるのをどこかで心待ちにしてしまっている。畑や果樹園を手伝っていても、学校が終わるくらいの時間になると少しそわそわしてきて、茂三やヨシ江の手前、それを隠すのに苦労する。

「迷惑だとかなんとか、どうでもいいこと気にすんなよ」

テーブルを拭き終えた大輝は、何かしていないと手持ち無沙汰なのか、続いて『納屋カフェ』の象徴とも言える分厚い一枚板のカウンターを拭き始めた。

「あいつらの誰も、無理なんかしてないし。来たいから来てるってだけでさ。俺なんて、強引どころか、もういちいち誘ってもいないよ。誘わなくてもみんな、学校終わったらふつうに雪っぺんちへ行く気でいるもん」

「だから、なんで？　意味わかんないよ。うちなんか来て何が楽しいんだろ」

「じゃあさ、雪っぺは全然楽しくないわけ？」

さすがにちょっと苛立った様子で、大輝が言う。

「俺らが行くのが邪魔だったりすんの？」

そう訊かれると、言葉に詰まってしまう。

邪魔なんかじゃない。最初のうちこそお節介が鬱陶しく思えたりもしたけれど、それは同情されるのがいやだったからだ。でも、大輝以外の男子二人があまりにもこちらに気を遣わないのと、詩織のおっとりとした性格にほだされたのとで、今では一緒に過ごす時間が少しも苦ではない。はっきり言って、楽しいとも思う。

けれど、楽しいと感じることこそが不安なのだ。大輝にはきっとわからない。

「雪っぺがどうしてもいやだっていうなら、行くのやめるけどさ」

「いやじゃないよ！」

思わず大きな声が出た。

「いやじゃ、ないけど……」

「だったらいいじゃん。雪っぺ、そういうとこ英理子おばさんに似てるよな」

「そういうとこって？」

「なんか、考え過ぎちゃうとこ。頭いい人はしょうがないのかなあ。楽しいかどうかなんて、いちいち考えるからわかんなくなるんだよ」

雪乃は地団駄を踏みたくなった。

「考えないでどうやったらわかるのよ！」

大輝はすたすたとカウンターの中に入り、ふきんを洗った。きつく絞り、タオル掛けに干しながら言った。

「たぶん、あれだよ。『バイバイ、また明日なー』って手ぇ振る時、その明日が早く来ればいいのにな、って思うかどうかなんじゃねえの？」

楽しいとは、また明日、の明日が早く来ればいいと思うこと——。

なんてわかりやすい。大輝の言葉は、いつだってすとんと胸に落ちてくる。彼の目を通した世界というのは、自分が見ている世界に比べたら、ずっとシンプルに整理されていて、ずっと美しいんじゃないだろうか。

大輝がふきんを干し終えてどいた後へ、雪乃はかわりに立った。ボウルに浸けた三人分の食器は、湯呑みも小皿もばらばらだ。

「大ちゃんの、言うとおりなんだと思う」

「だろ?」

ちょっと得意げに大輝が言う。

「あたしは、たしかにお母さんに似たんだと思う」

「そこかよ」

「お父さんもよく言うんだよ、お母さんに。考え過ぎだって。お母さんが真面目に先のことを心配して言ってる時に、笑いながらすごく軽い感じで、『きみそれ考え過ぎ』って。そうするとお母さん、黙っちゃう」

「……俺、そういうつもりで言ったんじゃ」

「わかってる。あたしが言いたいのは、つまり、性格とか癖みたいなものってなかなか変わんないよね、ってこと」

航介が何も新しく揃える必要はないと言ったので、『納屋カフェ』の食器類は、島谷家と広志の家からそれぞれ持ち寄ったものだ。古い家にはそうした食器がたくさんある。どうかするともう一、二軒は所帯が持てるほどだ。

水に浸かっている湯呑みも、紺地に白い水玉が横に並んだころんとした形のものが二つと、もう一つはお寿司屋さんで出てくるような、難しいさかなへんの漢字がびっしり並んだもので、そんなふうにばらばらなのが、かえって誰かの家に上がり込んだかのような肩の凝らない居心地のよさにつながっている……という、これもまた航介の言いぶんだ。

父のように何でもかんでも自画自賛できる能天気さが、娘の自分にはどうしてもっと受け継がれなかったのだろう。

「いろいろ、よけいなことまで考え過ぎちゃうのはね。頭がいいからとかじゃなくて、怖がりだからだよ」

「どういうことさ」

雪乃は、大輝のほうへ向き直った。カウンターの内側にあるスツールにひょいと腰掛けた大輝は、せっかく大人っぽく見えるのに、半袖から突き出た肘のあたりをぽりぽり掻いている。だいなしだ。

雪乃は、流しのそばに常備されている薬箱から虫刺されの塗り薬を出してやり、足元に置かれた蚊取《かと》り線香の缶にしゃがみこんで火をつけた。たちまち夏の匂いが漂いはじめる。

立ち上がり、流しに寄りかかって続けた。

「お母さんはどうかわかんないけど、あたしはそう。前もって最悪の場合のことまで考えておけば、それが本当になっても『ああやっぱりね』って思うだけで済むでしょ。だから、ああいう人たち見てると不思議でたまんないよ」

駐車場のほうを見やれば、お客のおじさんたちはちょうどそれぞれの軽トラやミニバンに乗って出ていくところだった。見送った航介と広志はすぐに入ってくるかと思いきや、隅の井戸のほうへ行ってまた何やら相談している。

「なんでお父さんも広志おじさんも、自分のやることが何でもかんでもうまくいくって信じられるんだろ。あんまり手放しで期待しすぎたら、駄目になっちゃった時のショックだって半端ないのに、ほんと強いなあって思う。どうして怖くないんだろ」

「うーん……」

大輝が、眉根に皺を寄せる。

ふだんから〈難しいこと考えんのは好きじゃない〉と明言している彼だけれど、それにしてはよくもまあ、こちらのこういうぐるぐるとした思考に付き合ってくれている、と雪乃は思う。

「ごめんね、ややこしいことばっか言って」

「や、それはいいんだけど……」

大輝が薬を取って、肘の虫刺されにもう一度塗り直す。メンソールのすーすーする匂いと、蚊取り線香の甘苦い感じの匂いが入り混じる。

「うーん……」

「いいよ、もう」

「いや、俺さ、頭悪いからよくわかんないんだけど……つまり雪っぺが言ってるのはさ、俺らが雪っぺんちに遊びに行かなくなんのが怖いってことなわけ？」

「そっ……」

雪乃は絶句した。頰が、耳が、うなじが、みるみる火照《ほて》ってゆく。

そんな恥ずかしいことを、そんなわかりやすい言葉で言いきらないでほしい。シンプルにも限度がある。

「え、ごめん、やっぱ違うか」

謝られるとますます困る。

「……違って、ないけど」うつむいたまま、雪乃は言った。「デリカシーもないよね」

「げ。うー、ほんとごめん、それ俺の唯一の弱点」

しかたなく、雪乃はちょっとだけ笑った。大輝ときたら、ほんとうに大輝だ。

「けどさ、それがそうならさ。雪っぺ、やり方間違ってるよ」

「やり方って？」

「ていうか、言い方？　遊びに来なくなんのが怖い、それはいやだって思うなら、黙ってるんじゃなくてさ、『また来てね』って言えばいいじゃん。『また明日ね』って。そのほうが伝わるしさ、言われたほうだって気持ちいいじゃん」

大輝の言うのは、たぶん正しい。けれど、そんな素直な言葉がするすると口に出せるくらいなら、雪乃だって最初から苦労はしていないのだ。

「やっぱり……大ちゃんにはわかんないんだよ」

大輝がむっとする。

「何がだよ」

「全部だよ」

雪乃は言い返した。

「毎日、うちから帰りに祠のとこまで一緒に行ってさ。モチオにごはんあげてさ。そりゃ、すごく楽しいよ。だけど、『また明日ね』って手を振って見送って、あんたたち四人の背中が道の向こうへ遠くなってく時、あたしがどんな気持ちでいるかなんてわかんないでしょ」

「わかんないよ、言ってくんなきゃ」

「一緒にいられる時間を楽しいって思ってる自分に、いちいちもう一人のあたしがお説教するんだよ。〈明日もあの子たちが遊びに来るなんてどうしてわかるの？〉って。〈前の学校でクラス全員が口きいてくれなくなった時だって、前の日まではゼンゼン普通だったじゃない、もう忘れたの？〉って」

そうだ。あの時だって皆と、また明日ね、と手を振りあって帰ったのだ。最近なんとなく仲間はずれにされがちな〈マミちゃん〉こと広瀬真実子が気の毒だったから、途中まで一緒に帰った。彼女の笑う顔を久しぶりに見た気がした。

それなのに、次の日雪乃がたまたま風邪気味で、朝から母親に連れられて病院へ行き、三時間目の途中から学校へ行ってみたら、世界が一変していた。

休み時間に隣の席の子に授業のことを訊こうとしたら、教室の向こうから鋭い声でその子の名が呼ばれ、彼女がハッと黙った。それきり、気まずそうに目をそらす。

前の席の子も、後ろの子も同じだった。給食の時間になっても皆がよそよそしい。マミちゃんまでもがそばに来ようとしない。

雪乃には初め、何が起こっているのかわからなかったが、どきどきしながら周りを見回すと、昨日までは広瀬真実子を無視していた子たちがいっせいにこちらを見ないようにしているのが肌で感じられた。標的が変わったのだ。今日からは、雪乃の番だった。

「うちの父さんから、ちょっとだけ聞いたんだけどさ」大輝が言う。「それ、雪っぺが、いじめられてた子をかばったからだって。ほんと？」

相変わらず訊きたいことをまっすぐに訊いてくる。

広瀬真実子の、後ろめたそうな顔を思い出す。自分をかばったばかりに苛められるようになった雪乃ちゃんがかわいそうだ、と告発した彼女は、今どうしているだろう。あの頃は、よけいなことを言って、と恨めしく思ったものだけれど、今になってみると、あの子のおかげでいろんなことが変わったのだ。

「なあってば。ほんと？」

雪乃は、こくんとうなずき、それから、首をかしげた。

「どっちだよ」

「……わかんない」

「なんで」

「ほんとにそれが、あたしへのいじめのきっかけだったかどうかなんてわかんないよ。わざわざその子たちに確かめたりしてないもん。いじめられてた子をかばったから、っていうのはただ、後からいくら考えても他に理由が見つからなかったからたぶんそうじゃないかなって思うだけで、もしかしたら……」

「うん？」

「もしかしたらあたしのほうに、その子よりももっと、みんなからいじめられてもしょうがないようなとこがあったのかもしれないし」

「ねえよ、そんなもん。あってたまるかよ」

びっくりして、雪乃は大輝を見た。もともとの言葉遣いもそんなに丁寧ではないにせよ、そこまで荒々しく乱暴な物言いをするのは珍しい。

「そりゃさ、クラスの中でだって、気が合うとか合わないとかはあるよ。俺が賢人とか豊とかとつるんでるのだって、あいつらとは何となく気が合うからでさ、中には話の合わないやつとかもいるし、ぜったい一緒に遊びたくないやつだっている」

スツールの脚をかかとで蹴りながら、大輝は苛立たしげに続けた。

「けどさ、気に入らない相手をわざわざ狙って無視したり、いじめたりして何になんの？　俺、そういうのさっぱりわかんねえ。てか、マジで嫌いだね。大っ嫌いだね。だってバカみたいだと思わねえ？」

「う、うん……」

気を呑まれた雪乃は、思わずうなずいた。

「父さんがさ、雪っぺのこと俺に話してた時に言ったんだ。『大人になってもバカなやつってのが世の中にはいて、いじめられるほうにもそれなりの原因があるみたいなことを言ったりもするけど、そんなやつらは片っ端から糞食らえだ』って。『いじめは、いじめる側が百パーセント悪いによ』って」

「広志おじさんが？」

「うん。俺もほんとそう思うよ。気の合わないやつがいるなら、自分がつるまなきゃいいだけじゃん。好きになれないやつを寄ってたかっていじめるよか、勝手に他んとこで自分が楽しいことしてりゃそれでいいじゃん。だろ？」

「う、うん……」

「俺さ、デ……デカ……ええと何だっけ、俺にないやつ」

「え？」

「さっき雪っぺが俺にないよねって言ったやつ」

「デリカシー？」

「そう。それとかもよくわかんないしさ、頭もよくないけど、これだけはわかるよ。たとえば雪っぺの側に、百歩、じゃなくて千歩ゆずって、何かいじめられるような理由があったとしてもだよ。いや、一万歩？　百万、」

「いいから、その先」

「うん、ありえないけど、一億歩ゆずってそういう何かがあったとしてもだよ。だからってそのことが、雪っぺをいじめていい理由にはならねえっての。ふざけるなっつの」

雪乃は、なんだかぼうっとなって大輝を見やった。

（もしかして大ちゃんは、あたしのために怒ってくれているんだろうか）

大輝が本気で怒ってるところを見るのは初めてだ。それが本人の問題についてではなくて人のためだというのも彼らしい。

と、入口のドアが開いて、航介と広志が入ってきた。水質検査がどうとか言っている。納屋の脇にある井戸についての相談らしい。

テーブル席のあるフロアを見渡した広志が、おや、という顔になり、きょろきょろと直売所のほうへも目をやってから、カウンターの中にいる大輝と雪乃に気づいた。

「およ、そこにいたのか、お二人さん。なに深刻な顔して……あ、もしかしてアレか？　恋バナってやつか？」

大輝が、げんなりした様子で雪乃を見た。

「俺のせいじゃないと思うんだよ。オヤジがこれだもん」

「……だね」

と、雪乃も言った。

「ん？　何の話だ？」

航介も首を突っ込んでくる。仕方なさそうに、大輝が言った。

「怖くないのかな、って話してたんだよ」

「あ？」

「父さんたちはさ、次から次に新しいこと思いついて、すぐやるじゃん。失敗するかもしんないのに、考えるより前にやってみちゃうじゃん」

「心外だな」と、広志が大げさに情けない顔をする。「これでも一応、ちゃんと考えてるんだけどな」

「一応じゃん」

う、と詰まった広志を見て、航介が無責任に笑っている。

「そういうの、なんで怖くないんだろうなって話してただけだよ。ここだってそうだし……」

顎をしゃくるような大人びた仕草で、大輝が高い天井を見上げる。

もともとは信じられないくらいオンボロな建物だったのを、農作業の傍ら、おおかた自分たちの手で直した。もちろんタダではない。古い資材を流用したってお金はかかるし、屋内各所への電気の配線や水道を引く工事などはさすがに専門業者に頼まなくてはならなかった。

お金のことなどよくわからない雪乃にも、少しは察せられることがある。まさかこんな道楽のために年寄りから借金するわけにはいかない、と言っていた父親は、どこか別のところから費用を工面したようだ。母親と相談して貯金から捻出《ねんしゅつ》したのか、あるいは銀行とか農協から借りたのかもしれない。お客が来るかどうかなんて、始める前の時点ではまったくの未知数だったのに。

「すまないけど雪乃ちゃん、コーヒー淹れてよ」

「あ、俺も俺も」

父親たち二人が、カウンターの前に並んで座る。

「一杯二百円になります」

「わ、しっかりしてんなあ。経営者からも金取るのかよ」

「とーぜんです」

雪乃は無情に言って、細口のやかんを火にかけた。

豆から挽《ひ》いた粉でコーヒーを淹れるやり方を手とり足とり教えてくれたのは、萩原美由紀だ。雪乃にとって、三十代半ばの女性と親しく交わるのは初めての経験だった。母親の年代よりもだいぶ若い、年の離れた姉のような感じで、話していて面白い。友だちと話すのとは全然違う種類の刺激がある。

美由紀が作るアレルギー対応のお菓子は、卵も牛乳も使っていないのにとても美味しいと評判で、先日はどこかのミニコミ誌から取材の申し込みがあったという。聞かされた航介は、自分のことのように喜んでいた。

ゆっくりていねいに雪乃がコーヒーを淹れる手もとを、大輝がじっと見ている。緊張しつつもちょっと得意な気持ちで淹れ終え、雪乃はマグカップを二つ、カウンターに並ぶ男たちの前に置いてやった。

「お、サンキュ。本格的だなあ」

広志が感心する。熱そうに一口すすった航介も、うん、うまい、と太鼓判を押してくれた。

「雪乃」

目を上げると、父親は言った。

「そんなふうにしてさ、新しいことを覚えるのって、どんな気持ちがする？」

「え？」

「たまたま美由紀さんと知り合えたおかげだけど、結果として雪乃はこうやって、そのへんの大人が裸足《はだし》で逃げ出すくらいおいしいコーヒーを淹れられるようになったわけだろ？」

「ちょっと褒めすぎだよ、お父さん」

「いや、お世辞は言ってない。これは、コーヒーにうるさい人だって一口飲んだら黙って頷くくらい、ちゃんとした一杯だよ」

「大げさだって」

「いいや。他のことならまだしも、これは『納屋カフェ』の信用に関わることなんだから、もし雪乃の淹れるコーヒーに何か問題があったら遠慮なくその通り言わせてもらうよ。だけど、今ここからきみが淹れてる最中の手もとを見てても、すごくちゃんとしてて、お客を不快にさせるような要素は何にもなかった。必要以上に物音も立てなかったし、豆の量とか、お湯の温度とか、蒸らす時間とか、きちんと計っててごまかしがない。もちろんハンドドリップのやり方だって、教わったことをきちんと守ってるのが見て取れた。まるで茶道のお手前みたいに、所作が綺麗だったよ」

心臓がどきどきしていた。父親が、こんなにも正面切って真剣に、しかも何かを具体的に褒めてくれることなんてそうはない。

　雪乃はおずおずと言った。

「……美由紀さんが教えてくれたとおりにやってるだけだから」

「そうか。だけど雪乃、教えてもらったとおりにするっていうのは、じつはすごいことなんだよ。誰にでもできることじゃない」

　雪乃は思わず眉根を寄せてしまった。お客さんに出すためのコーヒーを淹れる上で大切なことを、美由紀は丁寧に、優しく教えてくれた。自分はその一つひとつをただ守っているだけだ。べつだん特別なこととは思えない。

「あのね、雪乃。何であれ、人から教えてもらったことをまずは忠実に守って、細かいところまで全部そのとおりにきっちりやるっていうのは、君が思ってるほど簡単なことじゃない。ある意味、どんな特殊なセンスよりも上の才能かもしれない」

「ただ言われたとおりにやるのが？」

「そう」

「上の才能？」

「そう」

　それが証拠に、と航介は続けた。

「父さんには、できない」

「え」

「人から何か、こういうふうにすればうまくいく、こうしなさいって教わったとしようよ。俺は、その場ではウン、ハイ、ワカリマシタっておとなしく頷いてても、いざ一人になったら、教わったとおりにはまずやらない。子どもの頃からそうだったな。ここんとこは省略したってかまわないだろう、そのほうがよっぽど早くて効率がいいしとか、ここはこんなふうにアレンジしたほうが俺らしくてかっこいいんじゃないかとか勝手に考えて、その時点でもう、最初に教わった基本なんかどっかへ飛んじゃってる。何でもかんでもそうだよ、ついつい自己流にやっちゃうんだ」

雪乃は、考えた。

「それは……よくないことなの？」

「よくないね」

はっきりと、航介は言った。

「今の世の中、自分らしさがどうとか、個性を大事にとか、よく言われるじゃない。だけどそういうのは、まずは人から教わった正しいやり方をきっちり守るとこから出発して、それが身についた上で初めて問われるべきものであってさ。基本中の基本さえもまともにできない人間が何をしたって、そんなのはいいかげんなインチキに過ぎないよ」

目の前のコーヒーを一口すすり、じっくりと舌の上で味わってから続ける。

「父さんはさ、雪乃。言っちゃ何だけど、東京ではそういう、ちょっとインチキな才能を存分に発揮して、器用に仕事をこなしてた部分があってさ。でもこっちへ越してきてからは、俺なりに自分を変えようと思って、いま一念発起して頑張ってるとこなんだ。人から教わることがせっかく増えたんだから、自己流じゃなくて、まっとうにやろうって。誠実にやろうって。じっちゃんたちと一緒にやってる畑にせよ、新しく始めたマスタード作りにせよ、それにこの『納屋カフェ』にしたってさ、いつ誰に見られても恥ずかしくない、後ろめたくない、訊かれたらいつだって堂々と答えられるような……それこそいま急に誰かが入ってきて、そこのキッチンのゴミ箱の中を見せてくれって言いだしたとしても、ハイどうぞって、開けて見せられるくらいでありたいよね」

雪乃も、大輝も、同時に足元のゴミ箱に目を落とした。正確に言えば生ゴミ入れだ。

人に見られて困るようなものは捨てていないはずだけれど、さっきのお客さんたちに出した後のお茶殻とか、野沢菜漬けの根もとを切り落とした部分とか、あるいはその前のお客さんの食べ残しとか……ぱっと見たら人は、汚い、と感じるだろう。

次からは新聞紙にくるんで捨てよう、と雪乃は思った。ヨシばぁばが家でいつもそうしているみたいに。

「毎日の生活でも、仕事でも何でもそうだけど、そういう地道で真面目な態度って、少しずつでも積み重ねていったらすごく気持ちいいと思うんだよね。身の回りの全部が清々しくなってってさ。げんに今、父さんはそういう気分を味わってる。だってさ、考えてもごらんよ。何ひとつ、ズルをしなくていいんだよ？　前にやってた仕事みたいに、自分が売り込まなきゃいけないものを実際より良く見せようとして、大げさなインチキを言う必要もない。真っ向勝負でいいんだ。最高じゃないか、まったく」

ずいぶん嬉しそうな顔だ。東京での会社勤めは、父親にとってなかなかにストレスの多い毎日だったらしい。

お母さんはよく踏みとどまっていられるなあ、と雪乃は思った。このあいだの冬にインフルエンザで倒れた後は、けっこう気弱になっているように見えたのに、今はまた、新しく移った先の部署で頑張っている。

毎週は無理でも、何とか時間を作ってこちらへ通ってくるのがいちばんの気持ちの支え——その母親の言葉もきっと本当なのだけれど、休み明けに東京へ戻っていく顔には、雪乃たちと離れる名残惜しさだけじゃなしにピリッとした緊張感も漂っていて、それを本人がどこか愉《たの》しんでいる様子が感じられる。都会と田舎のどちらもが、英理子にとっては

〈気持ちの支え〉なのかもしれない。

「もう一回訊くよ」

コーヒーをほとんど飲み干した航介が言う。

「こういう旨いコーヒーを淹れるやり方みたいに、新しいことを覚えていくのはどんな気持ち?」

雪乃は答えた。

「すごく面白い」

「それだけ?」

「え……っと、楽しいし、わくわくする」

「うん。それから?」

「うーん……上手にできたら、こうやって褒めてもらえる」

「褒められたら?」

「めちゃめちゃ嬉しい」

「だよな。それだよ」

「え?」

「父さんたちもおんなじってこと。自分が楽しむのももちろんだけど、誰かにうんと褒めてもらいたいんだ。もし、新しいことを何もしなければ、誰にも叱られない。けど、誰にも褒められない。そんなのはつまらないから、とりあえずはやってみようとする。それだけのことだよ」

雪乃は、大輝と顔を見合わせた。

挑戦を続けていける秘訣《ひけつ》とはつまり、人から褒められたい気持ちに正直でいる、ということなんだろうか。怖がりよりも、褒められたがりになればいいと……？

「あのね、お父さん」

「うん？」

「お父さん、いっぱい褒められたいんだよね」

「おう」

「こないだから思ってたんだけど、あたし、来てくれたお客さんに、このカフェについての感想をさりげなーく聞いといてあげてもいいよ」

「え、うそ。マジで？」

「難しいことは言われてもわかんないけど、あたしが相手だったら、けっこう正直なこと聞かせてくれるんじゃないかなぁと思って。そうしたら、もっと工夫できるポイントがわかるじゃない？　良くなればなるだけ、褒めてもらえるわけでしょ？　あと、何ならアンケート用紙と鉛筆も置いてみたらどうかな。お父さん、仕事でよくそういうの作ってたじゃない。書き込んで箱に入れてくれた人には、ちっちゃいクッキーか何かサービスするとかさ」

カウンターに並ぶ大人二人が、顔を見合わせて目を丸くする。

「『蛙の子は蛙』ってのはホントだに」

と、広志が笑った。

週が明けた月曜日の放課後。

賢人は塾の日だし、豊はといえば例によって腹を壊して早引けしたというので、この日、島谷家に上がりこんだのはめずらしく大輝と詩織の二人だけだった。

小学校からここまで歩いてくる間、二人でどんなことを話したんだろうと雪乃は思った。大輝は詩織のことを「ナカムラ」と呼び、詩織のほうは「大輝くん」と呼ぶ。入学したとき同じクラスになって以来、三年生と五年生でクラス替えがあったにもかかわらずずっと一緒だったという二人の間には、特別に仲良しというほどではないにせよ、お互いがそこにいて当たり前といった感じの親しみが漂っている……ような気が、雪乃には、する。

詩織が大輝に対してどんな気持ちでいるのかはわからない。それどころか、雪乃自身、自分の気持ちがわからない。大輝と詩織が並んでいるのを見るたび、まるで太陽にうっすらと雲がかかったみたいな気分になるのは、いちばん理解してくれる友だちを詩織に取られるような気がするせいなのか、それとも大輝のことを男の子として意識しているからなのか。

どちらであるにせよ、自分がこんなにやきもち焼きだなんて思ってもいなかったものだから、雪乃はショックだった。みんな、心配して毎日寄ってくれているというのに、心が狭すぎる。

その夕方のことだった。例によって白猫のモチオのいる祠のところまで送ろうと、まだ昼間の暑さの残る道を雪乃も一緒に歩いていると、

「あ、そうだ」

大輝がふと思い出したように言って、詩織に向き直った。

「あのさ、ナカムランちの近くにさ、『山崎』っていう家がなかったっけ？　でっかい木戸んとこに表札のかかってる家」

「あるよ」詩織が、おっとりと頷く。「うちの、すぐお隣」

「だよなあ。もしかしてそこんちに、『正治さん』って人いる？」

「いるよ」また、おっとり頷く。「うちのおばあちゃんと同級生」

大輝が、雪乃をふりかえった。

「やっぱしな。そうじゃないかと思ったんだ。あいつだよ、あいつ。こないだ俺、たまたま車で通りかかってさ、表札見て、もしかしてと思って」

嫌なことをわざわざ思いださせないでほしい、と雪乃は思った。寄り合いの晩にあの山崎という男が発言していた間の、きーんと音がするような緊張と、肌に刺さるような空気がよみがえる。あんなところで小さい子どもみたいに大泣きしてしまって、いま思っても本当に恥ずかしかった。

「あ、そういえば！」

詩織がふいに、ぱん、と胸の前でてのひらを合わせる。

「そうだ、こないだおばあちゃんが言ってたっけ。正治さんから訊かれたって」

「何をだよ」

「私と同じ学年に、東京から来た子がいるだろうって。学校へ行かないで、ふだんはどこで何してるんだ、って」

雪乃は、黙って前を向いた。自分の顔が白くなっている気がした。

祠の前の田んぼにさしかかる。話し声を聞きつけたのか、モチオはさっそく祠の屋根から飛び降り、あぜ道に出てきて、それこそ搗《つ》きたての餅のように長々とのびをしながら三人が歩いてゆくのを待ち構えていた。

雪乃がおこづかいで買っておいた小分けのキャットフードを、みんなで少しずつてのひらから食べさせる。

「だけど正治さん、どうしてあんなこと訊いたんだろ。あれって、やっぱり雪ちゃんのことだよねえ？」

と詩織が言う。

雪乃をちらっと見て、大輝は声を低めた。

「あいつ、またよけいなことを……」

「また、って？」

「いや。ちょっと嫌なことがあってさ。あいつ、ほんと腹立つ」

「そうなの？　でも正治さん、私にはぜんぜん、悪い人じゃないけどなあ」

猫の背中をゆっくり撫でながら詩織が言う。

「あんまり笑ったりしないけど、ふつうに親切だよ。うちのおばあちゃんなんか車の免許持ってないから、お医者さんとか歯医者さんへ通うのに、いちいちお母さんに車で送ってってもらわなきゃなんないでしょう。でも、正治さんの行く日と重なってると、一緒に連れてって、帰りもちゃんと家まで送ってきてくれるの。この間なんか正治さん、わざわざ自分の診察の帰りに受付の人に頼んで調べてもらって、次はおばあちゃんと同じ日に予約を入れてくれたんだって。お母さんがすごく喜んでた。おかげで、付き添いのために半休を取らなくて済むからありがたいって」

「へーえ」大輝が、信じていない様子で言った。「じゃああいつ、相手を選んでるんだな」

「大輝くん、やなことされたの？」

「俺がじゃないけど、俺もだよ」

すっかり食べ終えた猫が足もとの草の上でごろんごろん寝返りを打つのを、かがみこんで撫でてやる。猫を中心に、三人がしゃがむかたちになる。

「じつはさ、こないだ寄り合いで、」

「やめて」

雪乃は遮った。ぴくり、と猫が耳を震わせる。

「あの人の話はしないで。聞きたくない」

「あ……ご、ごめん」

大輝がうろたえて、猫から手を引っ込める。

「違うの」

雪乃は、首を横にふった。

「あたしこそ、ごめん。大ちゃんが、あたしやお母さんたちのために怒ってくれてるんだって、よくわかってる。でもあたし、それがどんな嫌な人でも、いないところでその人の悪口言ったり聞いたりするのがいやなんだ」

大輝からも、詩織からも、それぞれに真剣な視線が注がれる。

「あたし……前の学校で、そういうことといっぱいされてたから」いざ言葉にすると、声が小さくなって掠《かす》れた。「いないとこで、嘘ばっかりの噂を流されたり……いないとこで、次のいじめの相談されたり。そうかと思ったら、教室の向こうの端から、わざとあたしに聞こえるくらいの大声で悪口言ったりね。あんまりひどいこと言うから、悔しくてそっちを睨んでやったら、何でもかんでも自分のことだと思うなバカとか、うぬぼれてるんじゃないよブスとか」

「……ひどい」

詩織が顔を歪める。目には涙まで溜まっている。雪乃は、そっと微笑みかけた。具体的なことを誰かに話すのは初めてで、話せた自分にちょっとびっくりする。

「ごめんね、こんな嫌なこと聞かせて」

詩織が懸命にかぶりを振る。

「だから、あたし、あのとき決めたんだ。これから先は自分も、相手がいないところで悪口とか陰口とか、そういうのを絶対言わないようにしようって。言わないだけじゃなくて、誰かが言うのも聞かないようにして、もし言うのを聞いたら止めるようにしなくちゃ、って」

雪乃は、大輝に目を移した。

「怒らないでね、大ちゃん。大ちゃんは、あの時の子たちとは全然違うよ。ただ……」

「わかるよ、ごめん。俺——なんか、かっこ悪いな」

そんなことない、と雪乃は一生懸命に言った。

思い詰めた顔の三人の真ん中で、モチオだけが機嫌よく喉を鳴らしながら空を見上げていた。

やがて、帰ってゆく大輝と詩織に手を振って一人になると、雪乃は落ち込まずにいられなかった。えらそうなことを言ったけれどほんとうは、〈正治さん〉のことなんか、かばいたくもない。怖いし、憎いし、大嫌いだ。

奥歯を嚙みしめながらふり向けば、丈高く生えそろった稲の向こう、ぽつんと建つ祠の小さな屋根だけが見える。そのてっぺんには再びモチオが乗っかってうずくまり、こちらをじーっと見ている。今日のおやつはほんとにあれで終わりかな、みたいな顔だ。

青々と茂って揺れる稲の海、その向こうにまるで小舟のように浮かんで見える祠の赤い屋根、そして、たったひとりの乗組員みたいな白猫……。まぶしい夏の夕陽に照らされて、すべての色とかたちが鮮やかに目を射る。

祠の屋根に乗るなんて、茂三だったら「ばちあたりめ」とか言いだすに違いない。以前、裏庭でニワトリを飼っていた時に悪さをされたのと、せっかく植えた種や苗を掘り返しては要らない肥やしを置いていくのとで、茂三は猫という生きものがあまり好きではないのだ。

そういうふうな好き嫌いばかりは、どうしようもない。前の学校で自分をターゲットにしていた子たちにだって――そんなふうに考える必要はないと大輝はきっぱり言ってくれたけれど――それでもやっぱり、何かしらの理由みたいなものはあったのだろう。たとえば、そう、こちらの顔や髪型や服装が気に食わないとか、態度が生意気だとか、自分たちと一緒になって誰々をいじめようとしないとか……そんなバカみたいなことだったとしても、理由は理由だ。相手の側はそれを〈立派な理由〉とさえ思っていたかもしれない。

誰かの頭の中にある考えを、こちらがぜんぶ理解できるとは限らない。無理やり変えさせることもできない。

茂三に今から猫を好きになってほしいと頼んだところでちょっと無理だろうし、同じように、自分が〈正治さん〉を好きになるのも難しい。

ただ、どうしてもわからないのは、あの男がいったい何のためにこちらのことを人に訊いたりするのかということだった。

何かまずいところを見つけて言いふらそうとしているとか？　カフェの行く先を妨害するために？　でもそんなことをして何になるだろう。

考えれば考えるほどモヤモヤする。

せっかく口コミで少しずつでもお客さんが増え始めている今、自分のせいで、よくない噂を流されたりしたらどうしよう――。

「……きのちゃん。……こら、ゆーきーのーちゃんってば！」

大きな声で呼ばれ、

「あ、はい！」

びっくりしてふり向いた。

直売スペースに焼きたてのクッキーを陳列し終えた美由紀が、怪訝《けげん》そうな顔で、カウンターのところまでやってくる。

「どうしたの。何かあった？」

べつに、と雪乃は首を振ってみせた。

「ちょっと、考えごとしてたから」

「そうみたいだね。いいの？　水道、ずーっと出しっぱなしだけど」

「え……？　うわっ」

慌ててシンクに向き直り、雪乃は蛇口《じゃぐち》を閉めた。食器を洗ってすすいでいたはずが、いつのまにかぼんやりして、手もとがお留守になってしまっていたらしい。

「何か深刻な考えごと？　なんなら、おばちゃんに話してみたら？　こう見えて、口は固いんだよ」

雪乃は思わず笑った。

「おばちゃんって……美由紀さんはまだ、おばちゃんなんて年じゃないよ」

「いやいやそれが、なかなかどうして。あ、今日も一本頂くね」

業務用の冷蔵ケースの中からサイダーの瓶を取り出すと、美由紀は自身でカウンター横のレジを打ち、百円玉をひとつ入れた。雇い主である航介からは、他にお客のいない時は自由に飲んでいいと言われているのに、いつもきっちり代金を支払う。律儀なひとだ。

「おととい私が来てた日も、雪乃ちゃん、なんだかずっと心ここにあらずだったでしょう」

「え、そうかなあ」

「そうだよ」

答えに困っていると、美由紀が、肩にかけていたトートバッグから密閉容器を取り出した。

「ね、いやなことは忘れて、クッキー食べない？　割れちゃって売り物にならないやつだけど、味は保証付き」

「食べる！」

「じゃあ、コーヒーは雪乃ちゃんが淹れてよ。久しぶりに見ててあげるから」

いっぺんに緊張した。コーヒー豆の缶に手を伸ばしかけ、違う違う、その前にお湯を沸かすんだったと気づいてやかんに水を満たす。落ち着け、自分。

ふだんはもう無意識に手が動くくらいなのに、いざこうして作業の段取りの一つひとつに集中しようと思うと逆に混乱する。ちょうど、階段の途中ではっと足元を意識した瞬間、かえってつまずきそうになるのと同じように。

豆を挽いて濾紙《ろし》に入れ、温めておいたドリッパーにセットする。道具を温めるのには電気ポットのお湯を使ってもいいけれど、コーヒーに注ぐお湯は必ずやかんを火にかけて沸かすように、というのも美由紀師匠の教えだ。

習った手順、守らなくてはいけないきまりはたくさんある。一つたりともおろそかにしてはならじと眦《まなじり》を決していると、

「雪乃ちゃん」

ふいに声がかかった。

「もっと、楽しい顔してやんなさいよ」

「だって……」

「味はね、これだけちゃんと淹れられれば申し分ないに決まってるの。ただ、これから先だんだん余裕ができてきたら、手もとのことはちゃんとしながらも、お客さんとお喋りできるようにしていったらもっといいかもしれないね。絶対にそれが必要って言ってるんじゃないよ。茶道のお点前《てまえ》みたいに心を静めて手もとに集中するのも、それはそれで見てて気持ちいいし。要するに、あとは雪乃ちゃん次第ってこと」

「美由紀さんはどんなふうにしてたの？」

前に聞かせてもらったことがある。美由紀がコーヒーの淹れ方を覚えたのは、ずっと昔、独身だった頃にアルバイトしていた喫茶店で、年とった店主に教えてもらったのが最初だったそうだ。

「私はわりと喋るほうだったね。店主が無口なおじいちゃんだったから、お店に来て私の

方に話しかけてくれる人はたぶんお喋りが好きなんだろうなあと思って。カウンター越しに、それはもういろんな打ち明け話を聞いたよ」

今は、カウンターの客席側から雪乃にクッキーを勧めながら、美由紀が言う。

雪乃は、このあいだ大輝が座っていたスツールを引っぱってきて腰かけ、美由紀の差し出す容れものからクッキーを一つつまんだ。飲みものは牛乳だ。コーヒーを淹れられるようになってさえ、その美味しさは、じつはいまだによくわからない。

「淹れ始めてから飲み終えるまでだから決して長い時間じゃないのに、不思議だよね。逆に、どうせ短い時間だと思うからかな……他の人にはあんまり話さないようなことまでも、さらっと打ち明けていく人が多かった気がする」

「たとえば、どんなこと？」

「そう……たとえば、奥さんが子ども連れて出て行っちゃったとか、大事な友だちが亡くなったとか、あと、離れて暮らしてる親がボケ始めちゃったとか……いろいろだったね」

「つらい話のほうが多かった？」

「そりゃ、中には嬉しい報告だってあったよ。結婚とか、出世とか。でも、そうだね、どっちかって言えば、しんどい打ち明け話のほうが多かったねえ。ただほら、何しろさらっと事実だけ話すから、あんまり重くならずに済むのよ。それが、お互いにとってよかったんじゃないかな」

「美由紀さんは？」

「なに？」

「今いちばんしんどいことって何？」

美由紀が、ちょっとびっくりした顔で雪乃を見た。

「しんどいこと、あるのが前提？」

雪乃は、迷いながらも思いきって言った。

「だって、ちょっと前にお母さんを見てて思ったんだもの。こっちに向けてくれる顔が笑ってても、っていうかいっつも笑ってるように見える時ほど、誰も見てないところでは泣いてたりするんだなあって」

美由紀が、両の眉尻を下げ、何とも言えない顔で微笑む。

雪乃は手を伸ばし、クッキーをもうひとつつまんだ。アレルギーの人でも安心して食べられるよう、細心の注意を払って作られた美味しいクッキー。

「あるとしたらきっと、アキちゃんのことなんだろうな、っていうのはわかるの」

「……うん」

「前にさ、旦那さんのおかあさんが時々、卵とか牛乳の入ってるお菓子をうっかりあげちゃうって言ってたでしょ？　アキちゃん、死んじゃいそうになったって」

「うん」

「でも美由紀さんは、アキちゃんがアレルギーだからいろいろ大変でしんどいとか、おかあさんにわかってもらえないのがつらいとかっていうんじゃなくて、もちろんそれもあるんだろうけど、何ていうのかな……ほんとは、何とかして自分がアキちゃんと代わってあげたいのに、代わってあげられないのがいちばんつらいんじゃないかなあって」

黙ったままの美由紀が、雪乃を真顔でじっと見つめる。

「ぜんぜん違ってたらごめんなさい」

カウンター越しにゆっくりと手が伸びてきて、握手を求めるかのように差し出された。雪乃が戸惑いながら自分の手を差し出すと、美由紀はぎゅっと握り、もう一方の手で雪乃の手の甲を包みこんだ。

「どうしてそんなによくわかるの？」

と、静かに訊かれる。

「前に、お母さんもおんなじようなこと言ってたから」

「いつごろ？」

「あたしが学校行けなくなって、ごはんもあんまり食べられなくて、今よりだいぶ痩せちやった頃」

「そんな時があったんだ」

「うん。久しぶりに一緒にお風呂に入ったんだけど、あたしのあばら骨が浮いてるのを見たとたんに、お母さんてば、泣きだしちゃったの。『かわいそうに、代われるものなら代わってあげたい』って」

ありありと想像したのか、ああ、と美由紀がため息のような相槌を打つ。

「それまでにもね、お父さんはこっちへ引っ越して来ようって言ってたんだけど、お母さんは反対してた。でも、あの晩から考えが変わったみたい。今思うと、お母さんにはほんと悪いことしちゃったな。あんなに心配させちゃってさ」

すると、美由紀は首を横にふった。

「そんなふうに考えることはないんだよ、雪乃ちゃん。母親にとって、娘の心配ができるのは幸せなことでもあるんだから」

「それが、つらいことでも？」

「そう。つらくても、しんどくても」

半分くらいは慰めかもしれない。それでも嬉しい。

そっか、と雪乃は呟いた。

「お母さんや美由紀さんだけじゃないや。あたしも、ほんとにしんどい時って、誰にも言えなかったなあ。なんか、先回りして色々考えちゃうんだよね。こんなこと聞かされても困っちゃうだろうなあとか、こういうふうに言ったらたぶんこう返されるんだろうなあとか。あと、話したってどうにもならないって思ってた。どうせ何にも変わらないし、って」

「実際はどうだった?」

「うーん……」

雪乃は、牛乳をひと口、ふた口と飲みながら考えを巡らせた。

「全然変わらなかったこともあるし、すごく変わったこともあるよ」

「全然変わらなかったことのほうは?」

「……クラスのあの子たちは、今も平気な顔で学校に行ってるよね」

「なるほど」

美由紀が、自分まで悔しそうに頷く。

「じゃあ、すごく変わったことは?」

雪乃は笑った。

「きまってるでしょ。こっちへ越して来て、美由紀さんや他のみんなと知り合えたことだよ」

　ほっとしたように美由紀も笑う。

「じゃあ雪乃ちゃんは、こっちに来たことを後悔はしてない？」

「もちろん！」

　何を今さらとばかりに、力いっぱい答えた時だ。

　入口のドアがいきなり開いた。

「いらっしゃいませー！」

　と立ちあがった美由紀が、無言のままの雪乃を怪訝そうに見る。

　どうしよう、声が出ない。

　こんなふうでは変に思われてしまう。周りに向かって『納屋カフェ』を悪く言われないためにも、自分は絶対に隙を見せちゃいけないのに。

　あんなに背の高い人だったのか。寄り合いの時は、座っていたからわからなかった。

　山崎の正治さんは、直売所に置かれた野菜や手作り品をひと通りじろじろ眺め終わると、やがてこちらへやってきて、雪乃のすぐ前に腰を下ろした。美由紀が座っていた椅子だ。

「コーヒー」

　しわがれた声で言われ、雪乃は、同じくらいのしわがれ声を絞り出した。

「は……はい」

ついさっき、一回淹れておいてよかった。そうでなければ、頭の中が真っ白になって動けなかったかもしれない。やかんで湯を沸かす。その間に豆を挽き、粉を濾紙《ろし》に入れ、温めておいたドリッパーにセット。沸いたお湯を細口のケトルに移し、粉のすぐ上からできるだけそうっと回しかけて蒸らす。

息を詰めるようにして淹れたコーヒーをカップに注ぎ、震える手でカウンターに置くと、正治さんは黙って口に運び、熱そうにすすった。

「ほう。うめえもんだに」

美味しい、という意味で言ったのか、淹れ方が上手だという意味かはわからない。とりあえず、

「……ありがとうございます」

細い声で答えると、いぶかしげに見つめられた。

「おい、どした。そんな顔しなくたって、取って食いやしねえに」

どうだか、と思ってしまう。

助けを求めようにも、美由紀さんは直売所スペースを覗きに来た別のお客さんの応対をしていて、こちらには背中を向けている。ここへ来て話に加わってくれたら、どんなにか

助かるのに。

「そろそろ休みだなぃ」

ふいに言われた。

「え」

「え、っておめえ。もうじき夏休みだに、小学校は」

「あ、はい」

だから何だというのか。また、だらしないとか甘えているとか言われるんだろうか。ますます緊張しながら次の言葉を待つ。

「まあ、休みってのぁ、いつも通ってる連中のためにあるもんだからなぃ。おまえさんにゃ関係ねえかもしれねえが」

関係なくなんかない、と思った。これまで学校帰りに寄ってくれていた大輝や詩織たちは、夏休みに入っても変わらず、遊びに来てくれるだろうか。そのことが、この間からものすごく気になっているのだ。関係なくなんか……。

「行ってみたらいいに、学校」

正治さんは続けた。遠慮のえの字もなしに、真正面から切り込んでくる。

「まだいっぺんも行ってねえだらず？」

雪乃は、黙っていた。

「都会のガッコはどうだったか知らねえが、こっちのはほー、そんなに悪ィとこでもねえよう」

ヨシ江と同じようなことを言われ、仕方なく応じる。

「そう、ですか」

「そらぁそうだわ。うちの隣の婆さんとこにも、あんたと同じっくれぇの孫がいるだけど、毎んちランドセルしょって楽しそうに通ってるよ」

詩織のことだ。

「……知ってます」

「あ?」

「中村詩織ちゃん、ですよね。この間、山……正治さんのことを、すごく親切だって言ってました。おばあちゃんがいつもお世話になってるんだって」

皺《しわ》の寄った顔が苦笑いのかたちに歪む。

「はぁん。そやって、勝手に人の噂ぁしてたわけだ」

しまった、と舌を嚙みたくなったが後の祭りだ。いないところで噂されるのがどれほど嫌なものか、大輝たちにあれほど語っておきながら——。

黙りこんだ雪乃を見て、正治さんはもう一度、鼻からふっと苦笑をもらした。

「おめぇがそやってびくびくすんのは、まあしょうがねえ。俺は、あん時ゃまあちっと酒も入ってただし、そうでなくたって、おめえの親父さんの話聞いた時ゃ正直あやって思ったから、そのとおり口に出しただけだに。ただし、いっぺん口に出したらそれで終《しま》いだ。後までは引っぱらねえ」

少しやぶにらみの目で、じいっと雪乃を見据える。

「おふくろさんのえらく立派な演説もまあ、言われてみりゃなるほどと思ったしな。だもんで、わざわざこんなおんぼろの納屋まで、おめぇさんの顔を見に来たわけだ。家で飲んだらタダのコーヒーを飲みにない」

「……すみません」

「なんも、謝れたぁ言ってねえに。とりあえず、お前さんの淹れるコーヒーが、家で飲むやつより旨いってことはわかっただわ」

緊張のあまり、ぎゅうっとお腹が引き攣れる。

雪乃は、Tシャツの裾《すそ》を握りしめてこらえた。この人から変に思われたくない。ちょっと何か言ったらすぐ体調が悪くなる子、みたいに思われるのは悔しすぎる。

東京では、学校へ行こうとすると、よくこういうふうになった。痛いというより、お腹の下のほうが硬く強《こわ》ばって、縮んで軋むみたいな感じだ。今でこそ母親はまるごと理解してくれているけれど、あの頃は、そんな雪乃を見ていてよほど気が揉《も》めたのだろう。一言、こう言ったことがあった。

〈いい？　雪乃。きついことを言うようだけど、いつまでも逃げてたってどうにもならないのよ〉

瞬間、いきなり足もとの何もかもが消え失せ、底なし穴へ落ちていく気がした。お母さんでさえわかってくれないなら、と思った。この世界にはもう、誰一人として自分の味方なんかいないんだ、と。

「どした。おい」

声をかけられ、雪乃ははっと目をあげた。正治さんが怪訝そうに見ている。

「急に黙っちまって。舌でもなくしただかい。ちっと座んな」

物言いは乱暴だが、その顔は、心配してくれているように見えなくもない。

雪乃は首を横に振った。

「だいじょうぶです」

直売所のほうを見やる。美由紀はやはりまだこちらに背を向けて、お客さんと話している。

「なあ、あんた」

さっきから、あんたとかお前さんとかおめぇとか、色々に呼ばれる。

「雪乃です」

「あ？」

「名前。雪乃です」

「ああ、そうかい。で、あんた、ガッコの勉強は好きでねえだかい」

「そんなことないですけど」

思わずむっとなって、雪乃は言った。

「勉強なら、家でしてるし」

「どやってぇ」

「お母さんが来た時に見てくれるし、詩織ちゃんとかと一緒に宿題の問題解いたり」

ふうん、と正治さんは鼻を鳴らした。

「なんちゅうか、呑気なもんだない。俺らの頃は、勉強するっつったら、まっと必死だっただわ。ガッコへ行かせてもらえるってだけで御《おん》の字《じ》だったに」

「そんな……」雪乃は口ごもった。「そんなこと、あたしに言われても」

「だれぇ、俺はあんたと喋ってるだわ。あんた以外に誰に言うだ」

そうだけど、と雪乃は思った。

なるほど昔は、みんながみんな学校へ行けるわけじゃなかった。そのことはヨシ江から聞かされて知っている。今の時代に生まれてきた自分たちは、それに比べれば幸せなんだろう。でも、恵まれているからといって悩みがないわけじゃない。こちらにだっていろんな事情があるのに……。

一方的に責められているようで、胸の奥がひりひりと引き攣れて疼《うず》く。火傷《やけど》でもしたみたいだ。

「あのう、お話の途中にすみません」

はっと顔をあげると、美由紀が正治さんのそばに立っていた。手には袋詰めのお菓子。いつも直売所に並べているお手製のクッキーだ。

「甘いもの、お嫌いじゃないですか？　よかったら味見してみて頂けたらと思って」

ちょっと面食らった様子で首を引き、正治さんが美由紀をじろじろと見る。

「あ、これ、私が焼いたんです。けっこう人気あるんですよ」

雪乃は急いで棚から器を一枚取り出し、カウンター越しに差しだした。ありがと、と受け取った美由紀が、クッキーをざっくりそこにあける。

勧められた正治さんは、ふん、と鼻を鳴らしながらも思いのほか素直に一つつまんだ。

やがて、口をもごもごさせながら言った。

「入れ歯の間に挟まっておえねえわい」

「あら、すみません。お味のほうは？」

「ふん。悪くねえ」

　よかった、と美由紀がにっこりする。雪乃もほっとして、グラスに注いだ水を差しだした。

「このクッキーは、卵や牛乳を一切使わずに作ったんです」

「へえ？　何だってまた」

「アレルギーがある人にも安心して食べてもらいたくて。うちの娘が、かなり重いアレルギー体質なんですよ。卵や牛乳がわずかでも口に入っただけで、」

「蕁麻疹《じんましん》か何か出るのかい」

「呼吸困難で命にかかわるものですから」

　正治さんがぎょっとなったのがわかった。失礼しますね、と美由紀がカウンターの並びの席に腰掛ける。

「うちの義父や義母なんかは、決して悪気はないんですけど、アレルギーのことを軽く考えてしまうところがあって、『少しずつ食べて慣らしていけば治るだわ』なんて怖ろしいことを言うし、説明しようとしても、『昔はそんなことなかったにねえ』ってため息つかれて終わっちゃうし。……あ、ごめんなさい、なんだか愚痴みたいに聞こえますね」

「いや。別にかまわねえだけども」

「ただね、うちの子だけじゃないんですよ。日本中、いえ、世界中でアレルギー体質の人はものすごく増えてて、環境や食生活の変化がそうさせてるわけだから、たしかに昔とは事情が違っているんです。みんながふつうに食べてる卵や牛乳で死ぬほど苦しい思いをするのは、あの子のせいでもなければ、産んだ私のせいでもない……はずなんですけど……頭ではわかってるんですけど、どうしてでしょうね。自分にはどうにもしようのないことを、人生の大先輩から『昔はそんなことなかったのに』って言われてしまうと、なんだか責められているような気持ちになっちゃうんですよね」

その横顔を、途中から雪乃は息を殺して見つめていた。わかってもらえているのだという安堵と、こんなかたちで庇《かば》ってもらうことの申し訳なさが交叉する。

美由紀の言わんとするところは、聞いていた正治さんにも伝わったのだろう。苦い顔になって雪乃のほうを見る。雪乃が目とお腹に力を入れて見つめ返すと、正治さんはまた美由紀へ視線を戻した。

とうとう、ため息をついて言った。

「やれやれ、わかったわかった。俺が悪かっただわ」

怒り出すんじゃないかと思って身構えていた雪乃の肩からも、ふっと力が抜ける。えらそうだけれど、この人を少し見直すような気持ちになった。

「しかしまぁあんたも、持って回ったっつうか、ずねぇ物言いをするだなあ。この子と喋ってた話、黙って聞いてただかい」

「たまたま聞こえてきただけですよ」と美由紀が笑う。「雪乃ちゃん、『ずない』ってわかる？」

「うん。意地が悪い、みたいな意味でしょ」

「おいおい。今のは、まあ何ていうだか、半分は褒めたみてぇなもんだわ」

「ありがとうございます。長男の嫁は、ずねぇくらいでないと務まりませんから」

正治さんはあきれたように苦笑すると、クッキーをもうひとつ口に入れ、噛んでいるうちにまた入れ歯にはさまったのだろう、顔中を動かすようにしてようやく始末をつけてから、雪乃を見た。

「さっきはよけいなことまで言っちまったけども、俺が言いたかったのは、要するに、あれだ。あんたは幸せもんだ、ちゅうことだわ」

「それは……はい」

「昔と比べて言ってるんじゃねえよぅ。今コン時、どんだけの人間があんたのことをかんげぇてるかってことだ。おふくろさんもおやじさんも、俺らに頭下げなすったに。あすこまで言われっちまっちゃぁ、ほー、こっちもまるっと承知するしかねえによ」

あんただけじゃねえんだよぅ、と、もそもそ続ける。

「俺にゃあ小難しいことまではわかんねえけども、それっくれぇのことはわかるだわ。誰だって、そりゃあ人間だもの、てっくりけえっちまうことはあるに。けどな」

言葉を切り、正治さんは雪乃の目を覗き込んだ。

「起き上がり小法師《こほし》とおんなじだ。てっくりけえったら、ほー、何べんだって起き上がンねえと」

❄

夕方、家まで送り届けてくれた美由紀は、いつもと同じくにっこり笑って手を振っただけで帰っていった。今日のことは気にしないように、とか言われるかと思ったが、それもなかった。言おうが言うまいが、どうせ考えてしまうとわかっていたからかもしれない。

台所に立ち、ヨシ江の手伝いをしながら雪乃は、あの寄り合いの晩のことを一つひとつ思い起こしていた。

いくら家族と一緒といっても、こちらで暮らしていない母親にとって、知らない人間の集まる席はどんなにか気詰まりだったろう。周囲の目は、よそ者に対して厳しい。この土地に根を下ろそうとしている父親でさえさんざん苦労してきたのを雪乃も見て知っているし、それが、娘を置いて都会で仕事を続けている母親となればなおさらだ。

それでもなお、両親は皆に頭を下げた。娘をよろしく頼む、と。こちらへ越してきてよかった、おかげで周りのみんなに見守ってもらえる、と。

〈あすこまで言われっちまっちゃあ、ほー、こっちもまるっと承知するしかねえによ〉

そっぽを向いて、ちょっと悪ぶってみせるような正治さんの声が、耳の奥でずきん、ずきん、とこだましている。

〈あんたは幸せもんだ、ちゅうことだわ〉

雪乃の口から、熱く湿った息がもれた。

いじめなんかに挫《くじ》けて、学校へ行けなくなる自分。周りに迷惑ばかりかけている自分。住む場所どころか家族のかたちまで変え、仲良しの父親と母親を離ればなれにさせてしまった自分。そんな自分が、大嫌いだった。誰からも気に懸けてほしくなかった。こっちを見ないでほしかった。そうはいかないとわかってからは、せめてこれ以上心配されずに済むように、あえて何でもなさそうにふるまってきた。

考えてみるとそれもこれも、全部自分のことばっかりだ。周りに申し訳ないと思うのだって、情けないと思うのだって、結局、自分、自分、自分。あらゆる考え方や感じ方の中心は自分でしかなくて、いつもひとりぼっちだと感じてきた気がする。誰かから「恵まれている」と言われれば、頷くしかなかった。頷きながら、それでもつらかった。

でも、きっと、そういうことじゃないのだ。正治さんが言ったのは、きっとそういう意味じゃない。置かれている立場とか状況のことを言って、だから感謝しろと迫っているんじゃない。

〈あんたは幸せもんだ、ちゅうことだわ〉

言葉にするとあまりにも当たり前のことだから、耳にタコ、みたいな感じですっかりわかっているつもりでいた。全然、わかっていなかった。まったく、少しも。

この、シゲ爺とヨシばぁばの家でのびのびと寝起きして、父親ともども畑やブドウやカフェのことに心砕《くだ》きながら毎日を送り、母親とはテレビ電話で顔を見ながら話し、勉強を見てもらう――そういう今の自分を支えているのは、家族みんなの想いとともに、それを許してくれている周囲の人たちの視線でもある。

たとえば、そう、今日ああしてやんわりと庇《かば》ってくれた美由紀さんや、今や父親の相方とも言える広志さん。大輝と、彼が連れてきてくれた詩織をはじめとする新しい友だち。

お隣の義男さんや、カフェに来ては色々な話をしてくれるお客さんたちや、それに、おそろしく偏屈に見えてじつは情のある人だった正治さんや……。

時に鬱陶《うっとう》しく、時に監視されているように感じたとしても、そうした周りの人たちみんなの視線があったからこそ、自分はここで暮らすことを柔らかく許されてきたのだ。そんなこともわからずに、文句ばっかり並べて、あの人がわかってくれないとか、思うようにならないとか、自分が好きになれないとか。

〈あんたは幸せもん……〉

ふいに、勝手口からの眩しい西陽が遮られた。

「よーいしょっと」

ヨシ江が、庭の井戸で洗った野菜を運び入れ、どさりと竹籠《たけかご》ごと床におろす。

「さあて、そろそろおとこしょうが帰ってくる頃だらず。雪ちゃん、お鍋にお湯を……」

ひょいとこちらを見あげたヨシ江が、ぎょっとなって叫んだ。

「ど、どうしただ！　指でも切っただかい？」

首を横に振る。

慌てて長靴を脱いで上がってきたヨシ江は、雪乃に怪我がないかどうか確かめ、両肩をつかんで顔を覗き込んだ。

「なら、どうしたの、なんで泣いてるの。言ってごらん、どっか痛むだかい。黙ってちゃわかんねえに、ええ？」

雪乃はかぶりを振り続けた。わからない。理由なんてさっぱりわからない。ただただ、涙が溢れ出てくる。ヨシ江の甘酸っぱい優しさが毛布のように全身を包んで、よけいに泣けてくる。

自分より小さい曾祖母に抱きついて、雪乃はとうとうしゃくり上げた。

「ご……ごめんねえ、ヨシばぁば……」

「え、何が」

「が……学校……ず、ずっとい、行かなく、てごめ、なさ……」

「はあ？　今ごろ何言ってるだ。そんなもん、この婆やんが責めたことなんかいっぺんでもあっただかい」

「だって、こ、こんなにし、心配し、てく、れてるのに……あたしってば、ずっと、あ……当たり前みた、に甘えてて……ごめ……ごめんねえ」

「おどかすでねえだよぅ」

おろおろと、ヨシ江が両手で雪乃の背中をさする。

「泣かねえでくんなぃ。雪ちゃんに泣かれちまったら、ほー、婆やんはどうしたらいいだかわからんくなっちまうに」

雪乃は、ううう、と唸った。

「ご……ごめ……」

「だから、謝ることなんかちっともねえによ。いいだかい？　雪ちゃんはね、ずいぶん大人になっただけど、まだ子どもだに。そんでもって、子どもはね、大人っから心配してもらうのが仕事だに。あんたの父やんだって母やんだって、きっとそう思ってるだわ。な？」

父親と母親の顔を思い浮かべると、反射的にまた新たな涙が噴き出す。

ヨシ江は慌てて続けた。

「だからね、なーんも気にすることはねえに。今のうちに、めた失敗しとけばいいだ。迷子になっとけばいいだよ。あっちこっちうろうろして、電信柱におでこぶっつけたり、穴ぼこにはまったりして、ちょっとくれえ怪我したっていいに。いっくらでもやり直せるだから、な？」

温かい手で何度も背中をさすられると、涙はおさまるどころかかえってとめどなく溢れてくる。こらえようとすると、うえぇ、と変な声が漏れてしまう。

「よしよし、大丈夫だからなぃ。大丈夫、大丈夫、よしよし」

あの寄り合いの晩と同じく、幼子をあやすかのようにささやくヨシ江の声が優しくて、雪乃はなおも激しく息を引いてしゃくりあげた。

あの晩は、それでも人前と思って我慢した。こんなふうにすべての我慢を放棄して思いきり涙が流れるに任せたことなど、もうずいぶん長くなかった気がする。泣くことで、同情を引いたり、周りを責めたりしているかのように思われたくなかったから。

「ばぁば……」

「はいよぉ」

「大好き、ばぁば……」

「はいはい、知ってるによぉ」

と、玄関の引き戸ががらりと開く音がした。

「ただいまー」

いやあ、今日はさすがに疲れた、何言ってるだあれしきで、などと言い合いながら、父親と茂三が台所までやってくる。

さっきのヨシ江同様、二人とも息を呑むのがわかった。

エピローグ　雪のなまえ

十一月の終わりのことだ。

白っぽく曇った日の午後、キチの散歩から帰ってリードをつなぎ替えていた雪乃は、はじめ、目の前に落ちてきたものが何だかわからなかった。虫か何かが飛んできたのかと思った。それにしては数が多すぎる。これは……。

「うそ！」

ひとり叫んだ雪乃は、玄関をがらりと開け、居間にいる茂三とヨシ江に大声で報《しら》せた。

「ねえ、雪だよ雪！　雪が降ってきた！」

靴を脱ぐのももどかしく家の中に駆け込むと、茂三とヨシ江は顔を見合わせていた。

「雪ちゃん。あんた、もしかして、雪を見たことがねえだかい」

とヨシ江が言う。

まさか、そんなことはない。東京でだってたまには雪が降る。降るけれどもそれは、厳寒の一月とか二月の話だ。いくらなんでも十一月の終わりには降らない。

「だれぇ、こんなもん、〈降る〉とは言わねえだ。〈舞う〉って言うだよ」

茂三があきれたように言った。

十二月に入ると、雪乃にもだんだんわかってきた。なるほど、〈降る〉とはこういうことを言うのか。同じく〈積もる〉も。

〈一面の銀世界〉という言葉にしたって、知っているつもりだったけれど目にするのは初めてだった。想像とは全然違っていた。一面どころか、全面的に銀世界なのだ。

地面に降り積もるだけではない。家の屋根にも、車の上にも、低い木にも高い樹にも畑にも田んぼにも果樹園にももちろん道路にも、量感たっぷりの綿帽子《わたぼうし》が盛りあがり、そのうえ曇っていたり吹雪《ふぶ》いていたりすると空まで真っ白で、上も下も右も左もわからなくなる。

意識を失うことをブラックアウトというけれど、こちらはホワイトアウトと呼ぶのだと、そう教えてくれたのは父親の航介だった。

「自分ちの庭まで辿り着いてたのに何も見えなくて、玄関の真ん前で凍え死《こご》んだ人だっているくらいだからな。おっかないんだぞ、雪は」

「そうよ。降り始めたら一人で出歩いたりしないでね」

と、英理子も言う。

「あと、氷柱《つらら》が下がった軒下なんか絶対に歩いちゃ駄目だぞ。あれは凶器だからな。刺さっても溶けて無くなって完全犯罪だぞ」

「わかったから、もう。気をつけるから」

うんざりしながらうなずいてみせても、両親はまだ心配そうだった。

去年の冬の雪を、じつはちゃんと覚えていない。例年と比べると驚くほど少なかったらしく、近所の人たちが顔を合わせれば、雪かきらしい雪かきをしなくて済むことを喜び合っていた。

けれど雪乃にとっての印象の薄さは、降雪量にはあまり関係がない。あの頃はまだ、気持ちのほうがいっぱいいっぱいだったのだ。

こちらへ越してきて初めての冬で、友だちといってもようやく年明けに大輝と少しずつ喋るようになった程度だったし、父親は父親で農家の冬にまだ慣れず、「納屋カフェ」になる前の納屋で大工道具ばかり握っていた。次にめぐってくる季節のために何を準備していいかわからなかったのは、親も子も同じだったと思う。

でも、この冬は違っていた。

いちばんわかりやすいのは犬のキチだ。大輝や詩織やその他の友だちが誘いに来て、雪乃が土間で長靴をはきダウンジャケットを着込む気配を聞きつけるだけで、キチは、年甲《としが》斐もなくめちゃめちゃにテンションが上がる。自分も一緒に雪の中を転がり回って遊べるのが嬉しくてたまらないのだ。

雪合戦はもちろんのこと、ソリ遊びもできる。東京ではごくたまに作る小さな雪うさぎでさえ泥が混じったものだけれど、今は、自分より大きな雪だるまどころか、かまくらだって作れる。それくらい、今年の雪はたっぷりしていた。

明るいうちに息が切れるほど遊んだ後は、仕方なく宿題に向かう。皆、鼻の先や頬っぺたが赤い。最近では、「納屋カフェ」に集まって勉強することが増えた。島谷家のこたつでは、大輝、詩織、豊、賢人、でぎりぎり。メンバーがそれ以上になると狭すぎるからだ。業務用の大型灯油ストーブが、「納屋カフェ」のフロアには二つ、離して置いてある。かなりの火力で温風を吹き出し、広い空間を急速に温めることのできる頼もしいやつだ。万が一にもお客さんが火傷《やけど》しないよう囲ってある銀色の柵《さく》に、雪遊びで濡れた手袋がずらりと——大輝たちのぶんだけじゃなくもっとたくさん——干されて並ぶ光景を眺めるたび、雪乃は何ともいえない不思議な気持ちになった。

きっかけは、夏のあの日にまでさかのぼる。

ヨシ江に抱きついて大泣きしたあの日、初めてほんとうに思ったのだ。今の自分を好きになれないからと言って、ただぐずぐず悩んでいては何ひとつ変わらない。ずっとこの場所で立ちつくしているのが嫌なら、少しずつでも努力して、自分が変わっていくしかないんだ、と。

翌日から、「納屋カフェ」まで歩いて通うことにした。美由紀の車の助手席に乗せてもらうのが当たり前になっていたけれど、考えてみたら大輝はランドセルをしょってあの長い坂道を往復しているのだ。放課後はわざわざ島谷家に寄るために遠回りまでして。

学校が長い夏休みに入っても大輝や詩織たちが遊びに来てくれるかどうか、初めはそれが気がかりだったものだが、今ふり返ると恥ずかしくなる。どうして、待っていることが前提だったのだろう。

雪乃は、思いきって詩織に言った。

〈こんど、詩織ちゃんちへ遊びに行ってもいい?〉

正直、おそろしく勇気がいったけれど、詩織の顔がぱあっと明るくなるのを見たら、それまで悩んだりためらったりしたことの全部が報われたようで涙が出そうになった。

不思議なものだ。そうして雪乃が自分から外に出るようになっただけで、いろんなことが面白いほど変わりはじめた。

週末やお盆休みなど、東京から母親の英理子が来たついでに、「納屋カフェ」でみんなの勉強を見てくれる。野沢菜をつまみながらお茶を飲んでいた農家のおじさんたちが面白がって宿題のノートを覗き込んできたり、「今どきの教科書はこんなふうになってるだかい」と感心したりする。

そうかと思えば役場の翔太郎などは、自分が小学生の時にも載っていたという詩を改めて読んで、「こんなに深い内容だったなんて」としみじみ感動していた。

まったく同じ言葉であっても、受け止める側のコンディションや成長次第で、胸に届いたり届かなかったりするものらしい。雪乃を動かすことになった正治さんの言葉にしても、べつの時に出会っていたなら耳を素通りしていたかもしれないのだ。

誰にでも苦手な科目はある。雪乃と豊は算数、詩織は理科で、大輝や賢人はおもに国語だ。

英理子がそれぞれのペースに合わせて教えていると、ある時、いつも直売所に野菜を並べにくるお客さんが言った。

「あのう、よかったら、うちの息子も混ぜてやってもらえませんかね」

聞けば、その息子は大輝たちと同じクラスだった。最初は勉強の時間にだけ参加したものの、翌週にはもう遊びの時間から仲間に加わるようになった。口コミとは、とくに田舎の町の口コミとはおそろしいものだ。夏休みが終わりにさしかかる頃、「納屋塾」の生徒は一気に十人にまでふくれあがっていた。

命名は航介だ。

「ちょっと待って、塾なんて始めた覚えないから！」

と英理子が抗議すると、

「じゃあ店のほうを『寺子屋カフェ』に改名するか」

などと、冗談とも本気ともわからないことを言って笑っていた。

知らない子が一人、また一人と加わってゆくことに、雪乃がまるきり平気でいられたわけではない。男子であれ女子であれ、初めての相手には身構えてしまう。

とはいえ、少々荒っぽい子であってもこちらに敵意をむき出しにしてくるようなことはなかったし、二日三日と一緒に遊ぶうちにはふつうに話せるようにもなっていった。

よく考えてみれば、学校に行けなくなるより前から、クラス替えの朝などは同じように緊張していたのだ。誰かと仲良くなれるまではすごく不安だった。そんな単純なことを、長らく忘れていた気がする。

「あのさ、雪っぺ、わかってる？」

大輝が言ったのは、夏休みの最後の日だった。

「クラスん中で、雪っぺが知らないやつのほうがもう少ないんだってこと」

その通りだった。「納屋塾」での勉強会には加わらないまでも、どこかそのへんの空き地や公園で集まっていれば、通りかかった誰かが自然と仲間に入ることはよくある。同じクラスとは限らない。同い年とも限らない。雪乃の連れているキチを怖がったりいじめたりしない子であれば、大輝たちは誰であれ拒んだりしなかった。

「そうだよう」と、詩織も言う。「もう今さら、いろいろ訊かれたりしないと思うし、あたしは学校でも雪ちゃんに会いたいよ。……そりゃ、無理にとは言えないけど」

「えー？」と大輝が口をとがらす。「俺は、ちょっとくらい無理してでも来てほしいけどなあ」

どきん、とした。

大輝のやつめ、と思う。こういうセリフをさらりと口にしながら、全然自覚のないところが憎たらしい。詩織の見ている前で、意地でも頬を赤らめたりするまいと思うと、つい、二人ともに怒ったような顔を向けてしまった。

それだけに、翌朝、雪乃が家まで出かけていくと、相手は目を瞠《みは》った。

家の裏手に見える畑からこちらへ手を振ってくれる正治さんにぺこりと会釈を返すと、雪乃は詩織に向き直った。

「おはよう、詩織ちゃん。よかったら、始業式、一緒に行ってくれる？」

キチは人なつこい犬だし、みんなに遊んでもらうのが幸せそうだからいいけれど、猫のモチオはそうはいかない。大勢で押しかけたりしたら驚いて、もう姿を見せてくれなくなるかもしれない。

だから、あの祠だけは、雪乃たち五人の秘密だった。

やがて稲の穂は重たげに頭《こうべ》を垂れて黄金色に変わり、ある日きれいさっぱりと刈り取られてしまった。いっぺんに視界の開けた田んぼの中に、色づく楓の木と赤い祠がぽつんとあって、モチオの姿は見えなくなっていた。

「絶対、誰かに拾われたんだって」

賢人の説を信じたいと思いながらも半信半疑だった雪乃は、それからしばらくたった夕方、「納屋カフェ」から帰る途中で思わず立ち止まった。

祠とつながるあぜ道の奥、あの大きな農家の部屋の中がはっきり見える。日が短くなり、明かりがつくのが早くなったおかげだ。その居間の真ん中、筒形のストーブの前に、白い猫がちんまりと座っていた。これまでも時々食事はもらっていたというけれど、とうとう家に入れてもらえたのだ。

どうしよう、みんなに報せたい！

そう思ってから、雪乃はひとり、ふふふ、と笑った。

大丈夫。明日の朝、学校で会える。

モチオが暖かい部屋にいることを知ったら、みんなどんなに喜ぶことだろう。

❄

「去年のほうが寒かったと思わねえ？」

「とか言って、何その足踏み。震えてるし」

指摘してやると、大輝はふざけて直立不動になった。

ゴーーーゥンン……と、除夜の鐘が響く。

暗がりで一緒に並ぶのはふだんと同じ顔ぶれだが、去年とは全然違っている。賢人と豊は、もうすでに屋台で何を買って食べるか相談しているようだし、寒がりの詩織はもこもこに着ぶくれている。

雪乃は、隣に言ってやった。

「去年は、大ちゃん、口もきいてくれなかったんだよね」

「だれぇ。雪っぺだってそうだったじゃん」

言い合う二人を、後ろに並んだ広志と航介と英理子が笑いながら眺めている。

——雪っぺ。

この冬、あたりが雪におおわれるのを見てから、雪乃は自分の名前を前より好きになった。名前のおかげで、この土地と自分自身がしっくり仲良くなれる感じがした。

〈なあ、雪乃。おまえさんは、雪のなまえをいくつ言える？〉

ついこの間、茂三に訊かれた。夕食のあと、家族みんなでこたつを囲んでいた時だ。

それって、ぼた雪とか、粉雪とか？　と訊き返すと、茂三は目尻に皺を寄せた。

〈それもそうだが、雪ってのは、いつでもずーっと雪なわけじゃねえに。凍みりゃ氷。溶けりゃ雨。集まれば、ほー、川ンなって、いつか海へだって出ていくだらず？　人間だってな、無理してずーっとおんなじ顔でいることたぁねえに。自分の好きなように、やりたいように、いっくらだってわがままンなっていいだわい。いっくらだってな〉

ゴーーーゥンン……と、次の鐘が鳴る。去年と同じく、上手な人もいればそうでない人もいる。

でも、どのひと撞きにも祈りや願いがこもっているのだ。そう思うと、寒さに丸まっていた背筋が伸びる。

「雪ちゃんは、何をお願いするの？」

詩織に訊かれ、雪乃は白い息で笑った。

「なーいしょ。しおりんは？」

「なーいしょ」

するとは横から、英理子が言った。

「私は、あれかな。『会社を辞めても仕事がうまくいきますように』かな」

一瞬おいて、

「えっ？」

と航介が叫ぶ。

「フリーの編集者になろうと思って」事もなげに英理子が言う。「その方が時間の融通が利くし、こっちへも通いやすそうじゃない？　人間もっとわがままでいいってシゲ爺が言ってたから、つい」

例によって身体の中にサイダーの泡が弾ける心地がして、雪乃が気持ちのままの笑顔を向けると、英理子も笑い返してきた。

詩織も、賢人も豊も、大輝もみんな一つずつ撞いて、雪乃の順番が回ってくる。

鐘楼《しょうろう》への階段を上り、棒から垂れ下がる綱を握る。ゆっくり、前後に揺する。だんだん大きく揺する。

どうしよう、願いごとが沢山ありすぎて、神様にあきれられてしまいそうだ。

何度目かで思い切って足を浮かせると、雪乃は鐘の真下で仰向けになり、包みこまれるような振動に心のぜんぶを預けた。

【参考文献】

『暦に学ぶ野菜づくりの知恵　畑仕事の十二カ月』久保田豊和　家の光協会
『僕ら地域おこし協力隊　未来と社会に夢をもつ』矢崎栄司編著　学芸出版社
『絶対にギブアップしたくない人のための　成功する農業』岩佐大輝　朝日新聞出版

解説から読む人にもＯＫのネタバレなし解説

永江　朗（フリーライター）

『雪のなまえ』には重要な要素がだいたい三つあります。

一つめは「いじめ」と「不登校」について。小学五年生の雪乃《ゆきの》は、いじめにあって学校に行けなくなってしまいます。

二つめは「地方移住」と「田舎暮らし」。雪乃の父の航介《こうすけ》は、不登校になった雪乃のことを考えて、東京から祖父母（雪乃にとっては曾祖父母）が暮らす長野と山梨の県境にほど近い農村部に移住します。

三つめは「就農《しゅうのう》」。航介が長野で選んだ仕事は祖父母と同じ農業。それまで東京で広告会社に勤めていて経験ゼロの航介が、農業に挑《いど》みます。

ほかにも航介と英理子《えりこ》（雪乃の母）の別居婚（週末婚）とか、過疎《かそ》地《ち》における高齢者の生活など、さまざまなことが描き込まれていますが、ここでは「いじめと不登校」「地方移住と田舎暮らし」「経験ゼロからの就農」という三つについて考えてみましょう。この小説をより深く楽しむための一助《いちじょ》（あるいはお節介）になれば。

まず「いじめ」と「不登校」について。

文部科学省が「児童生徒の問題行動・不登校等生徒指導上の諸課題に関する調査」というものを行っています。あくまで「生徒指導上の諸課題」であって、つまり教員目線、学校管理者目線のものですが。

二〇二二年度の調査結果を見ると、小・中・高等学校及び特別支援学校における「いじめの認知件数」は六八万一九四八件。これは児童生徒一〇〇〇人当たり五三・三件になるとのこと。子供たちにとって、いじめが日常的なものになっているということです。呆然《ぼうぜん》とします。最近はSNSなどネットでのいじめも起きているよう。そして、年度末時点でいじめが解消しているのは七七・一パーセント。二割以上が解消されていません。

いじめ防止対策推進法では、いじめにより「生命、心身又は財産に重大な被害が生じた疑いがあると認めるとき」と「相当の期間学校を欠席することを余儀《よぎ》なくされている疑いがあると認めるとき」を「重大事態」と規定しています。二二年度は「重大事態」とされるものが九二三件もあります。

いじめは会社や趣味のサークルなど大人の集団でも発生しますが、子供にとってどんなにつらいことか。また、いじめられていることを親にも先生にも知られたくないと思う子供も多いでしょうから、数字にあらわれるのは氷山の一角であり、実際はもっともっと起きていると考えていいでしょう。

同調査によると、小・中学校における不登校児童生徒数は二九万九〇四八人です。在籍児童生徒に占める不登校児童生徒の割合は三・二パーセントです。不登校も決して珍しいことではありません。

ただ同調査が、不登校の要因《よういん》について、「いじめ」は、小学校で〇・三パーセント、中学校で〇・二パーセントとしているのは違和感があります。一方、本人の「無気力・不安」という回答はそれぞれ五〇・九パーセント、五二・二パーセントです。つまり「自分のせい」というわけですね。ただし、この調査はあくまで教員目線、学校管理者目線のもの。

文科省は二〇年に「不登校児童生徒の実態調査」を行っています。これは小学校六年生と中学二年生を対象にしたサンプル調査ですが、児童生徒とその保護者に訊いたもの。これでは不登校のきっかけとして「友達のこと（いやがらせやいじめがあった）」を挙げているのは、小学生二五・二パーセント、中学生二五・五パーセントとなっています。単純な比較はできませんが、この食い違いは気になります。なお、文科省のデータについては、東京新聞二〇二三年一〇月一九日朝刊の記事に示唆《しさ》を受けました。

二つめの「地方移住」と「田舎暮らし」について。

かなり昔のことになりますが、ぼくも田舎暮らしにあこがれて、少し調べたことがあります。雑誌の取材にかこつけて、移住地として人気のある某県に何度か足を運びました。田舎暮らしに詳しい人の話を聞いたり、不動産会社の人に現地を案内してもらったり、実際に移住した人たちにも話を聞きました。

空気はおいしいし、景色は最高。移住した人たちは家も庭も広々としています。うらやましい！　ぼくも住みたい！　と思いました。ぼくは北海道の中央部で、毎日、大雪山《たいせつざん》を眺めながら育ちましたから、空が広く山が見える環境はなつかしい。

しかし、いろいろ話を聞くと、うまくいっている人もいれば、そうではない人もいます。うまくいかない理由は、自然環境（寒さに耐えられなかった）や、収入などいろいろなものがありますが、いちばん重要なのは人間関係の築き方だと痛感しました。どっちが悪いということでもないし、地方が閉鎖的《へいさてき》だというわけでもない。

地方に限らず、どこでも新参者《しんざんもの》は警戒されます。一挙手一投足が注目されます。その土地の流儀《りゅうぎ》があり、それは長い時間をかけて形成されたもの。その流儀に合わないと、衝《しょう》突《とつ》が起きる。長くその土地に住んでいる人からすると、流儀を無視した新参者の振る舞いは自分たちを否定しているように感じられる。

　ぼくが取材した地域には、明治以前から住んでいる人と、戦後になってから移り住んできた人、そして田舎暮らしブームで移住してきた人がいました。意外なことに、新たな移住者に対して厳しい態度だったのは戦後の移住組でした。事情に詳しい人によると、戦後に移住してきた人たちも、当初はなじむのに苦労したそうです。だから新たな移住者には、自分たちと同じ苦労をさせたいという心理が働いているのではないかといいます。

　もちろん人はそれぞれで、誰でもウェルカムという人もいれば、変化を望まない人もいます。こればかりは住んでみないとわからない。

　移住に成功した人たちに共通していたのは、子供がいることでした。子供がいると、もとから住んでいる人たちは「一時の腰掛けではなく、定住するつもりなのだな」と判断するそうです。子供同士のつき合いから、親同士のつき合いも生まれます。

　もっとも、子供だってすでにできあがっているコミュニティの中に入っていくには勇気がいる。ぼくは小学校で一回、中学校でも一回、転校しましたが、心理的にけっこうな負担でしたね。転校生は好奇の目で見られます。話し方とか着ているものとか。どのくらい勉強ができるか（できないか）、足は速いか、運動は得意かなど。だから雪乃がなかなか学校に行けない気持ちはよくわかります。ただ、人生を振り返ってみて、あのとき転校しなければ良かったかどうかというと、ぼくの場合、それはまた違います。転校はつらかったけれども、それはそれでいい経験になりました。

さて、結局ぼくは田舎暮らしをあきらめました。冬の寒さ、交通の便、子供がいないことなど、いろいろ考えてのことです。もしあのとき移住していたらと、ときどき想像します。ぜんぜん違う人生になっていたでしょうね。

三つめ。就農。ひと昔前まで、農家はほとんど世襲制《せしゅうせい》も同然でした。家も田圃《たんぼ》も畑も長男が継ぐ。第三者が農業をやりたいと思っても、高いハードルがたくさんありました。農地の確保も簡単じゃないし、種や苗や肥料《ひりょう》をどうやって手に入れるか、そして収穫した作物をどうやって市場（あるいは消費者）に届けるか。

でも、最近はかなり変わってきました。農村では人口減少と後継者不在が続く一方、農業をはじめたいという人も増えています。

「農業をはじめる.JP」というポータルサイトがあります。ここには日本中の就農に関する情報が集まっています。同サイトによると、就農には三つの選択肢があるそうです。

（一）新たに経営をはじめる。（二）雇用されて農業で働く。（三）親や親戚の農業を継ぐ。航介の場合は（三）に近いようですが、自分で農地を借りて畑を始めますから（三）の可能性も含んだ（一）ということでしょうか。

　農家の親戚もいないし、農業とは縁もゆかりもないという人には、（二）の「雇用されて農業で働く」という道があります。これは企業として農業を行っている農業法人などの従業員《じゅうぎょういん》として働くスタイル。一般企業に勤めるのと同じで、毎月、給料が支払われるから安心感、安定感もあります。技術を身につけ、経験を積んだら独立というケースもあるそうで、ゼロからスタートするにはこれがベストかも。

　さて、航介や雪乃、そして英理子は、これからどのように暮らしていくのでしょう。雪乃は学校に通うようになるのか。航介の農業はうまくいくのか。英理子の仕事はどうなるのか。大輝《だいき》は？　じっちゃんとばっちゃんは？　小説のこのあとが気になります。

二〇二三年　十月

この作品は2020年12月徳間書店より刊行されました。
なお、本作品はフィクションであり実在の個人・団体などとは一切関係がありません。

徳間文庫

雪《ゆき》のなまえ

2023年12月15日　初刷

著者　村《むら》山《やま》由《ゆ》佳《か》
発行者　小宮英行
発行所　株式会社徳間書店
東京都品川区上大崎三−一−一　〒141−8202
目黒セントラルスクエア
電話　編集〇三(五四〇三)四三四九
　　　販売〇四九(二九三)五五二一
振替　〇〇一四〇−〇−四四三九二
印刷
製本　大日本印刷株式会社

ISBN978-4-19-894908-2　(乱丁、落丁本はお取りかえいたします)